SAPATÓLATRAS
Anônimas

BETH HARBISON

SAPATÓLATRAS
Anônimas

Tradução de
RYTA VINAGRE

EDITORA RECORD
RIO DE JANEIRO • SÃO PAULO
2008

CIP-Brasil. Catalogação-na-fonte
Sindicato Nacional dos Editores de Livros, RJ.

H234s   Harbison, Elizabeth M.
         Sapatólatras anônimas / Beth Harbison; tradução de
         Ryta Vinagre. – Rio de Janeiro: Record, 2008.

         Tradução de: Shoe addicts anonymous
         ISBN 978-85-01-08066-0

         1. Amigas – Ficção. 2. Calçados – Ficção. 3. Ficção
         americana. I. Vinagre, Ryta. II. Título.

08-1462   CDD – 813
                           CDU – 821.111(73)-3

Título original norte-americano:
SHOE ADDICTS ANONYMOUS

Copyright © 2007 by Beth Harbison

Todos os direitos reservados. Proibida a reprodução, no todo
ou em parte, através de quaisquer meios.

Direitos exclusivos de publicação em língua portuguesa somente
para o Brasil adquiridos pela
EDITORA RECORD LTDA.
Rua Argentina 171 – Rio de Janeiro, RJ – 20921-380 – Tel.: 2585-2000
que se reserva a propriedade literária desta tradução

Impresso no Brasil

ISBN 978-85-01-08066-0

PEDIDOS PELO REEMBOLSO POSTAL
Caixa Postal 23.052
Rio de Janeiro, RJ – 20922-970

EDITORA AFILIADA

Para minha mãe, Connie Atkins,
E sua parceira de compras, Ginny Russell –
As legítimas sapatólatras de minha vida.
Elas devem estar numa loja agora mesmo!
★
E para Jen Enderlin, meu editor e amigo.

Agradecimentos

Escrever é uma experiência solitária, mas viver, se você tiver sorte, não é. Gostaria de agradecer a algumas amigas que me fizeram rir, salvaram minha sanidade mental e inspiraram as amizades neste livro: minhas irmãs, Jacquelyn e Elaine McShulskis; as amigas que estão presentes quase há tanto tempo quanto minhas irmãs, Jordana Carmel e Nicki Singer; as vizinhas e colegas que me salvaram de vez em quando, ficando com as crianças ou servindo as bebidas (ou fazendo ambos), Amy Sears e Carolyn Clemens; e as almas generosas que leram, releram, aconselharam e se condoeram — em geral com um lanchinho — pelos muitos anos e muitos livros, Elaine Fox, Annie Jones, Marsha Nuccio, Mary Blayney, Meg Ruley e Annelise Robey.

Capítulo 1

Sexo em caixa. Era isso. De dar arrepios na espinha, de parar o coração, prazer mundano dentro de uma caixa.

Lorna Rafferty empurrou o papel de lado e o cheiro estonteante de couro encheu suas narinas, gerando uma conhecida pontada direto em seu âmago. A sensação – esta *emoção* – jamais envelhecia, por mais que ela passasse por esse ritual.

Ela tocou o couro esticado e sorriu. Não conseguia evitar. Isso era o prazer perverso em sua forma mais sensual, tátil e hedonista. Causava-lhe arrepio da cabeça aos pés.

Ela passou a ponta dos dedos na superfície macia, deslizou pelo arco gracioso, como um gato se espreguiçando sob o sol de meio-dia; sorriu para a picada afiada mas satisfatória do fecho. Sim. Isssssso.

Isso era excitante.

É claro que ela sabia que estava errada. Doze anos na escola católica não foram à toa: depois ia ter de pagar o preço por essa indulgência.

Bom, que diabos, ela planejou isso durante *anos*.

A dívida ia ter que pegar seu lugar na fila com muitas outras.

Nesse meio-tempo, Lorna teria esses Delman plataforma de alça no tornozelo e dedinhos de fora para reconfortá-la. Ela podia andar no fogo do inferno se precisasse, desde que estivesse usando sapatos maravihosos.

Uma das poucas recordações sobre sua mãe estava relacionada com sapatos. Bicolores em preto-e-branco. Sandálias rosa-claro com saltos gatinho. E os preferidos de Lorna: sapatos de cetim compridos da época do casamento, com saltos como estreitas vírgulas *art déco* e arcos minúsculos nos dedos dos pés que estavam um pouco puídos na ponta. Se fechasse os olhos, Lorna ainda podia imaginar seus pezinhos enfiados na ponta daqueles sapatos, os saltos batendo traiçoeiramente atrás enquanto ela andava pelo tapete persa desbotado do quarto dos pais em direção ao borrão claro de cabelos dourados, o sorriso largo e a onda de perfume Fleurs de Rocaille de Caron que era a lembrança que tinha da mãe.

De tudo que ela sabia ou se lembrava da mãe, e de tudo de que *não* se lembrava, Lorna tinha uma certeza: estava claro que o amor pelos sapatos era hereditário.

Ela tirou devagar os Delman da caixa afastando mentalmente a lembrança da entrega do cartão de crédito e esperando — como um apostador que colocou tudo no vermelho — pelo "sim" ou "não" da distante roleta da Comissão de Aprovação de Cartão de Crédito.

Dessa vez foi um sim.

Ela assinou a fatura, prometendo (para si mesma) *Sim, é claro que vou pagar estes sapatos! Tudo bem! Meu próximo salário irá para estes sapatos*, enquanto assumia uma expressão de quem sempre paga toda a fatura e cuja própria vida não pudesse ser confiscada pelo Visa de uma hora para outra.

Pfiu.

Ela ignorou a outra voz: *Eu não devia estar fazendo isso e farei uma promessa, aqui, neste momento, a Deus ou a qualquer outro, que se o cartão passar nesta cobrança, nunca mais vou gastar um dinheiro que não tenho.*

É melhor não pensar na repercussão.

Se afastar pensamentos desagradáveis sobre dinheiro queimasse calorias, Lorna a essa altura seria tamanho PP.

Ela admirou os sapatos nas mãos por alguns minutos, depois os calçou.

Aaahhh.

Mágica.

O prazer que, se tratado de maneira correta, duraria uma vida inteira. O prazer que ela *sempre* estava pronta e disposta a ter.

Mas e daí que ela não tivesse como pagar por eles? No próximo salário, ela poderia abater um pouco sua dívida. Daqui a – vejamos – alguns anos, talvez três, quem sabe quatro, no *máximo* – e isso supondo-se que ela não seria muito rigorosa com seus gastos – a dívida teria ido embora.

E aqueles Delman ainda seriam tão incríveis quanto são agora. E provavelmente valeriam duas vezes mais. Talvez até mais do que isso. Eram clássicos. Eternos.

Um bom investimento.

Logo depois de Lorna ter esse pensamento, sentada na sala de estar e jantar de seu pequeno apartamento em Bethesda, Maryland, as luzes se apagaram.

Primeiro ela pensou que a companhia de eletricidade tinha cortado a luz. Mas não... Ela havia pago a conta bem recentemente. Será que não percebeu que havia uma tempestade? O verão na capital era bastante quente e úmido, e este dia de início de agosto não era exceção. Os cidadãos iguais a ela pagavam mensalmente pela eletricidade que de vez em quando — no pior do verão — caía por *horas*, às vezes até mais de um dia.

Ela se levantou do sofá e cambaleou nos Delman até o telefone na mesa do hall. Ligou para a companhia de eletricidade, esperando totalmente que lhe dissessem que todos tinham sobrecarregado a rede de força ao ligarem o ar-condicionado e que a energia seria restaurada em breve. Talvez ela fosse ao shopping e matasse uma ou duas horas no ar refrigerado dali antes de trabalhar, pensou ela com preguiça, discando o número no velho telefone rosa em que sussurrava segredos desde que tinha 12 anos.

Depois de dez minutos e talvez uns 14 toques no botão de rediscagem automática, uma operadora da companhia de eletricidade — que se identificou como Sra. Sinclair, sem prenome — deu a Lorna a resposta que ela, bem no fundo, temia.

— Senhora, sua luz foi cortada por falta de pagamento.

Tá legal, antes de tudo, aquele *senhora* foi totalmente condescendente. E segundo — falta de pagamento? Não era possível. Mas não fazia só algumas semanas que ela teve algumas noites boas de gorjeta, veio para casa e pagou um monte de contas? Quando foi isso mesmo? Em meados de julho? No início de julho? Sem dúvida alguma foi depois do 4 de Julho.

Ou, peraí, talvez tivesse sido logo depois do Memorial Day. Um daqueles feriados com piquenique. Ela estava com aquelas lindas sandálias Gucci cor-de-rosa.

Ela olhou em dúvida a pilha de correspondência na mesa perto da porta – que aumentava com tanta rapidez – e perguntou com malícia:

– Qual é o último pagamento que aparece no sistema?

– Dia 28 de abril.

Sua mente recuou como um calendário de abertura de filme vagabundo da década de 1930. Tudo bem, ela teve uma sorte danada em julho, mas talvez não tivesse pago a conta de luz naquela vez. Talvez tenha pago antes, e isso foi quando, talvez em junho? Será *possível* que só foi paga em maio?

Mas claro que não foi em *abril*! Não! De jeito nenhum. Lorna tinha certeza de que havia um engano.

– É impossível! Eu...

– Mandamos outra notificação em 15 de maio, e em 5 de junho – a voz da Sra. Sinclair vertia desaprovação – e em 9 de julho mandamos um aviso de corte, alertando que, se não recebêssemos seu pagamento até a data de hoje, sua energia seria desligada.

Tá legal, ela se lembrava vagamente de a certa altura estar toda preparada para pagar suas contas quando a Norsdtrom mandou um anúncio sobre uma liquidação de meio de ano.

Aquele foi um grande dia. Os dois pares de Bruno Magli foram uma *pechincha*. Tão confortáveis que ela podia correr um quilômetro com eles.

Mas ela sem dúvida pagou a conta no mês seguinte.

Sem dúvida alguma.

Não pagou?

– Espera um minutinho, vou ver meus arquivos. – Lorna foi até o computador, apertou o botão para ligá-lo e esperou uns 5 segundos, até perceber que o computador, que guardava seus registros de pagamento, funcionava com a mesma eletricidade que a rabugenta do outro lado da linha sonegava a ela. — Tenho certeza de que me lembraria se vocês tivessem mandado um aviso de corte.

— Arrã.

Era fácil imaginar a Sra. Sinclair como um troll baixinho e desagradável sentado debaixo de uma ponte, com uma cara espremida e cabelo curto. *Quer eletricidade? Terá que passar por mim primeiro. Então responda a este enigma: quando foi a última vez em que pagou suas contas de serviço público?*

Lorna soltou um suspiro exasperado e pegou a carteira. Já esteve nesta situação antes.

— Tá legal, esquece, só me diz o que preciso fazer para ligarem a luz. Posso pagar por telefone?

— Pode. São 817,26 dólares. Pode usar Visa, MasterCard ou Discover.

Lorna levou um momento para digerir essa. Engano. Engano. Tinha de ser um engano.

— *Oitocentos dólares?* — ela repetiu estupidamente.

— Oitocentos e dezessete e vinte e seis.

— Eu nem *fiquei* aqui uma semana em junho. — Ocean City. Uma semana de alpercatas e sandálias gregas que a fizeram se sentir em férias no Mediterrâneo. — Como eu posso ter gastado 800 dólares de eletricidade? Não pode estar certo. — Algo *tinha* de estar errado aqui. Eles haviam confundido a conta dela com a de outra pessoa. Só podia ser isso.

Talvez fosse a conta coletiva de todo o andar dela no prédio.

— Isso inclui uma taxa de religação de 150 dólares e um depósito de 250 dólares, além de sua conta de 398,43 dólares e encargos financeiros de 80 dólares e...

— O que é uma taxa de religação? — Eles nunca haviam cobrado isso.

— A taxa de religação de sua eletricidade depois que foi desligada.

Era inacreditável.

— *Por quê?*

— Srta. Rafferty, tivemos de desligar sua luz e agora temos de religá-la.

— E como se faz isso, com um interruptor ou coisa assim que precisa ser virada? — Ela podia imaginar a Sra. Sinclair de cara espremida sentada ao lado de um interruptor gigante de desenho animado. — Quer que eu pague 150 dólares por isso?

— Senhora — lá veio de novo aquele tom condescendente —, pode fazer o que preferir. Se quiser sua energia de volta, lhe custará 818,03 dólares.

— Epa, peraí — interrompeu Lorna. — Há um segundo você disse que eram 817 e qualquer coisa.

— Nossos computadores acabam de ser atualizados e os juros de hoje foram acrescentados à sua conta.

O apartamento estava ficando quente. Era difícil dizer se era porque o ar-condicionado estava desligado ou porque estava ficando muito irritada com a Sra. Sinclair — que agora Lorna concluíra que devia ser uma solteira aproveitando a oportunidade para grudar o *Sra.* no nome, apesar do fato de não transar há anos, se é que havia transado um dia.

Na realidade, o nome nem devia ser Sinclair. Ela devia usar como pseudônimo para que ninguém a espancasse nem a matasse em casa depois de falar com ela ao telefone.

— Posso falar com um supervisor? — perguntou Lorna.

— Posso conseguir que alguém lhe telefone em 24 horas, senhora, mas isso não vai mudar sua conta.

A não ser pelos juros acrescentados quando ligassem para ela, é claro.

Lorna pegou o Visa na carteira. Praticamente ainda estava quente da compra do Delman.

– Tudo bem. – A batalha acabara e Lorna perdera. Que droga, ela perdeu a guerra *toda*. – Vou usar meu Visa. – Supondo-se que o cartão passasse.

Uma fração de segundo de satisfação pareceu crepitar pela linha vindo da Sra. Sinclair para Lorna.

– E que nome aparece no cartão?

Depois de desligar com a Sra. Sinclair, Lorna decidiu olhar a pilha de correspondências perto da porta, para ver se havia realmente uma notificação de corte. De algum modo, até aquele momento, ela ainda estava levemente convencida de que havia um engano.

E havia mesmo um engano. Na realidade, quando ela abriu todos os envelopes, havia uma pilha grande e feia de enganos, e todos eram dela.

Para ser franca, havia algum tempo Lorna sabia que precisava encarar aquele troço todo. A pilha tinha se acomodado ao lado da porta, como uma coisa em chamas, e ela tentou ignorar a pilha e a dor surda na boca do estômago sempre que passava por ali ou pensava nela no meio da noite, quando não conseguia dormir. Ela não tinha dinheiro para pagar as contas, mas sempre lhe parecia que teria logo. Outro dia de pagamento, uma boa noite de gorjetas. Mas seus gastos estavam fora de controle e ela sabia disso.

Ela só não sabia o quanto estavam descontrolados.

Que diabos ela comprou com todo aquele dinheiro?

E por que ainda se sentia tão vazia?

Ela não era extravagante. Saía pouco e não era de ficar sentada por aí bebendo Dom Pérignon o tempo todo. As únicas coisas que compreensivelmente podiam ser consideradas *supérfluas* eram alguns sapatos aqui e ali. Isto é, se é que sapatos podem ser considerados supérfluos.

É claro que vez ou outra, quando achava um par realmente ótimo, ela comprava um extra, só por segurança. Como aconteceu com aqueles Magli no verão anterior. Mas, fala sério, um par custa só uma fração de seu aluguel. Como chegou a dezenas de milhares de dólares?

Até aquele momento ela achava que pagaria a dívida. O dinheiro ia entrar, ela ia passar pelas contas e tudo ficaria bem. De vez em quando havia noites de 250, até 300 dólares de gorjetas no restaurante. Agosto sempre era devagar no setor de gastronomia, mas assim que setembro começasse, Lorna tinha certeza de que ia ganhar muito.

Olhando as contas, no entanto, ocorreu-lhe que ela nunca seria capaz de ganhar o bastante para colocar a dívida sob controle. Havia juros por atraso, juros por estourar o limite, encargos financeiros... Dois de seus cinco cartões de crédito tinham aumentado a taxa de juros a veementes trinta por cento. Dos 164 dólares de pagamento mínimo em um deles, 162 eram de juros. Até Lorna sabia que se pagasse 2 dólares por mês levaria décadas para saldar a dívida.

E isso supondo-se que ela *não usasse* mais o cartão.

Lorna tinha um problema.

E essa era uma dívida muito, muito séria.

Começou com muita simplicidade, com um cartão da Sears que a loja de departamentos muito gentilmente mandou para ela no primeiro ano de faculdade. Depois de ser criada com muito conforto no subúrbio elegante de Potomac, em Maryland, ela sempre achou que não só correspondia, mas *superava* a vida de subúrbio de classe média alta. Este foi o ponto de *partida*, e não o ponto *alto* de sua vida.

E então, quando ela conseguiu o cartão de crédito, parecia simplesmente *certo* sair e fazer umas comprinhas que ela própria pagaria.

Sua primeira compra foi um par de Keds vermelho. Ela os vira no estande da Lucite e de imediato se imaginou passeando pela baía de Chesapeake com as amigas, a pele com um forte bronzeado de sol, o cabelo louro cintilando como a frente de uma caixa de tintura hidratante da Clairol, cor 02 Beach Blonde, o namorado novo – filho de uma família rica que era dona de uma rede de revenda de carros em toda a área metropolitana de Washington – tão apaixonado por ela que lhe pediria em casamento e eles viveriam felizes para sempre.

A apenas 11,99 dólares, mais uma taxa de cinco por cento e meros 16 por cento de juros no cartão da Sears, aqueles Keds pareciam um bom investimento. Ela os pagaria antes que a primeira fatura fosse emitida.

A caminho da loja, porém, ela viu mais alguns produtos que chamaram sua atenção: o novo MP3 da Sony era uma *pechincha* a 99 dólares, e quem poderia lhe negar a compra de um parzinho de brincos de prata – fala sério, o que é isso, eles tinham o formato de chinelos...

Infelizmente Lorna estava um pouquinho sem grana quando teve de pagar a conta, e o namorado a largara algumas semanas antes, depois de traí-la de modo espetacular com a melhor amiga dela em sua própria festa de aniversário; ela passou o verão trabalhando em diversos empregos temporários entre quatro paredes, então o bronzeado jamais se materializou. E seu cabelo tinha assumido um tom castanho-claro fraco e sem graça do ambiente artificial dos escritórios, em vez do dourado que ela imaginou voando de modo encantador em seu rosto enquanto ela estava de pé na proa de um barco, velejando confortável rumo à felicidade para sempre.

Mas o outono chegou e ela conheceu um novo homem – um cara que adorava dançar salsa. Os calçados eram magníficos. Saltos agulha, sandálias de tiras, o homem era um sonho que virou realidade. Não era barato, mas desde quando os sonhos têm preço?

É claro que o sonho acabou, Lorna acordou e terminou a faculdade solteira. O que não quer dizer que não tenha havido ótimos sapatos ao longo do caminho – ela conseguiu créditos por fazer aulas de balé (ela não fez isso pelas sapatilhas de ponta, mas os chinelos eram divertidos), de jazz (era cheia de sapatilhas meia-ponta e também de botas) e de sapateado (o inegável couro barulhento!). Era uma péssima dançarina, mas os sapatos – os sapatos!

Então Lorna marchou firme para seu futuro em um par de calçados adequados depois de outro, na eterna esperança de que um dia encontraria o Príncipe Encantado que combinaria com o sapato. Lorna levaria a vida de classe média alta em que fora criada – dois ou três filhos, um golden retriever, um closet no quarto e nenhum problema financeiro.

Mas não foi assim que aconteceu. Namorados vieram e se foram. E vieram e se foram. E vieram e se foram, e logo as pessoas pararam de dizer "Você é jovem, devia aproveitar a vida!" e passaram a falar "E então... quando é que vai sossegar?" Quando ela largou o último namorado — bonito, mas um George Manning chato chato chato, que era advogado — a colega de trabalho Bess a chamou de idiota e disse: "Ele pode ser um mala, mas usa Brooks Brothers e paga as contas!"

Mas isso não era o bastante para Lorna. Ela não podia ficar com o cara errado só porque ele lhe oferecia segurança financeira, por mais tentadora que fosse essa situação. Então ela vivia como se alguma resposta — um milagre que limparia sua ficha — fosse aparecer na esquina. A solução sempre estava bem ali, em sua mente.

E assim Lorna não fez quase nada do que devia para encontrar as próprias soluções e parar de dissipar problemas antes que eles saíssem de controle. Como o apostador que continua dobrando a aposta porque o grande prêmio, pela estatística, *tem* de chegar, Lorna continuava duplicando seus problemas até que agora, finalmente, percebeu que tinha uma mão perdedora, independente do que fizesse.

Vivia uma crise muito real. Se não mudasse algo, e logo, ela ia quebrar.

E não falida só de *não-posso-comprar-essas-sandálias*, nem de *feijão-com-arroz-no-jantar-pelos-próximos-meses*, mas, de fato, uma falida do tipo *caixa-de-papelão-é-mais-quentinha-em-temperaturas-abaixo-de-zero-do-que-compensado, então vá até os fundos da Sears pegar uma caixa de geladeira antes que as boas sumam*.

Lorna precisava agir.

E rapidinho.

Capítulo 2

— Mas então você está tomando anticoncepcional e deixa que ele pense que está tentando engravidar? — Helene Zaharis ficou atenta. A pergunta não era dirigida a ela, mas podia muito bem ter sido. Na realidade, encaixava-se tão bem que por um momento ela se perguntou se alguém havia descoberto e se sentara à mesa dela para chantageá-la.

Mas não, a conversa era entre duas mulheres de vinte e poucos anos na mesa ao lado da dela no Café Rouge, onde Helene ia encontrar Nancy, a esposa do senador Cabot, para almoçar.

Nancy estava atrasada, o que era uma felicidade, uma vez que Helene achou a conversa ao lado muito mais interessante do que a que invariavelmente elas teriam sobre quem iria à corrida de cavalos em Middleburg em outubro e que figura política foi a última a propor aquele corte absurdo nos impostos.

Ou aumento dos impostos.

Ou qualquer outra sensação que ultimamente fosse do interesse daqueles dentro dos círculos do poder.

Nada disso era de muito interesse para Helene.

— Não é de fato um sofrimento. — A mulher que evidentemente tomava pílula riu e bebericou um drinque rosa. — Ele só terá de tentar um pouco mais... e por mais tempo.

A amiga sorriu, como se adorasse partilhar aquele segredo particularmente delicioso.

— Então vai parar de tomar a pílula?

— Um dia. Quando eu estiver pronta para isso.

A segunda mulher sacudiu a cabeça, sorrindo.

— Você tem peito, garota. Enquanto isso, torça para que ele não descubra sobre as pílulas.

— Sem chances.

— Onde você esconde?

Com fita adesiva no fundo da gaveta de minha mesinha-de-cabeceira, pensou Helene.

— Na minha bolsa — respondeu a mulher do drinque rosa com um dar de ombros. — Ele nunca olha ali.

Péssima jogada. Um erro de novata. Os homens respeitam essa fronteira até que têm uma leve suspeita de que há algo errado. E aí é o primeiro lugar em que eles procuram. Até os idiotas.

Se Helene escondesse algo na bolsa, Jim encontraria logo. Ele passou do ponto da cortesia há muito tempo.

Ela estremeceu ao pensar no que ele faria se descobrisse que ela estava sabotando suas tentativas de reprodução.

Mas Helene era firme nisto. Não queria um filho. Seria absolutamente injusto, antes de tudo com a criança, uma vez que o único motivo para Jim querer um bebê era que ele teria a pequena família perfeita para exibir em suas campanhas.

Camelot 2008.

Ela já sonhou em ter filhos. O desejo de segurar um corpinho quente, de beijar os dedinhos gorduchos das mãos e dos pés. Fazer sanduíches de manteiga de amendoim com geléia para o almoço todo dia e ainda colocar um pouco de *eu te amo* na lancheira.

Ah, sim, Helene já sonhou em ter filhos. E já teve sonhos de família. E todo um lote de outros sonhos que foram retalhados e descartados como lixo pela Máquina Política de Washington.

Agora ela não queria levar uma criança inocente para isso.

— Posso lhe trazer alguma bebida, pelo menos? — perguntou a jovem garçonete. Tinha o tique nervoso de quem começa no emprego e quer fazer tudo certinho, sem no entanto ter idéia do que isso significa. Helene reconhecia a situação. Quinze anos antes fora a vez dela.

— Não, estou bem, obrigada. Vou esperar por minha...

— Moça! — ladrou um executivo de pileque a algumas mesas de distância. Ele estalava os dedos, como se estivesse chamando um cão. — Quantas vezes tenho de pedir para que me traga a porcaria de um café irlandês?

A garçonete olhou insegura de Helene para o homem e voltou a Helene, as lágrimas se formando nos olhos.

— Desculpe, senhor, eu verifiquei, mas ainda não ficou pronto.

— A qualidade requer tempo — disse Helene, com o sorriso mais encantador. O babaca não merecia nenhuma tolerância, mas, se ninguém interferisse, ele ia tirar o emprego da pobre garota. — E *muitos* de nós estão fazendo pedidos no bar hoje. Não é culpa dela.

Como previsto, o homem riu, revelando dentes amarelados e feios. Helene teria apostado o último dólar como ele era fumante de charutos.

— Você é uma gracinha. Me deixe pagar uma rodada.

Helene sorriu de novo, como se estivesse absolutamente *deliciada* por ter a atenção desse representante da humanidade.

— Mais um e não vou poder dirigir para casa — mentiu ela. — Esta menina gentil foi e voltou do bar tantas vezes que deve estar ficando tonta. — À garçonete, ela acrescentou: — Não preciso de nada agora. Obrigada.

A menina parecia confusa, mas profundamente grata ao se virar.

— Ei, e se a gente se encontrasse mais tarde — o homem começou a sugerir, mas foi interrompido pela chegada da companheira de almoço de Helene.

— Helene, querida, me desculpe pelo atraso. Levei *tanto* tempo para atravessar Georgetown.

Helene se levantou e Nancy Cabot beijou o ar dos lados do rosto, espalhando o aroma antiquado de Shalimar. Ela olhou o homem de dentes amarelados, que deve ter reconhecido Nancy, pois sorriu e piscou para Helene.

— Não tem problema — disse Helene a Nancy. As duas se sentaram. — Só fiquei sentada aqui, aproveitando a vista.

— É adorável, não é? — Nancy olhou pela janela, através da qual o Monumento de Washington era visível ao longe, sob o céu azul-claro.

Por um momento Helene pensou que Nancy podia estar prestes a dizer algumas palavras filosóficas sobre a majestade da cidade, tão fixo era seu olhar na distância.

Não era esse o caso.

— Eu só queria poder tirar todos os velhos prédios arruinados dali. — Ela apontou para o sul, indicando o que era reconhecidamente um cortiço, mas que os moradores se esforçavam muito para melhorar.

— Dê tempo a eles — disse Helene, sendo cautelosa para não revelar o quanto se importava; não queria entrar em choque com a política proposta pelo marido naquela semana. — O programa de desenvolvimento urbano está indo muito bem.

Nancy riu, claramente pensando que Helene estava sendo sarcástica. E que isso era engraçado.

— A propósito, eu queria mesmo falar com você. Acho que *enfim* achei o lugar perfeito para a arrecadação de fundos da DAR.

— Ah? — Helene tentou organizar as feições numa expressão de interesse, em vez da sonolenta indiferença que sentia. Não estava mais interessada na Daughters of the American Revolution do que Nancy na renovação urbana. A diferença era que Helene era obrigada a fingir interesse, embora tivesse adorado soltar uma boa gargalhada, exatamente como Nancy fez. — O que tem em mente?

— A Hutchinson House, em Georgetown. Conhece o lugar? Na esquina da Galway com a M.

— Ah, sim, é lindo. — Ela não conhecia a casa, mas sabia que se confessasse sua ignorância passaria por uma longa palestra sobre a história da Hutchinson House, a mobília da Hutchinson House, as pessoas que passaram pela Hutchinson House e, é claro, o custo da Hutchinson House. Para ser franca, Helene não tinha certeza de quanto tempo seria capaz de manter a tranquilidade educada de sua expressão.

— Agora, sobre o leilão — começou Nancy, mas foram interrompidas pela chegada da garçonete.

"Vou tomar um Manhattan – disse Nancy, depois ergueu as sobrancelhas para Helene como quem indica que *não* pretende beber sozinha.

– Coquetel de champanhe – disse Helene, pensando que era a última coisa que queria naquele momento. – E um copo de água – acrescentou ela, com a intenção de se concentrar na água e não no champanhe. – Obrigada.

Um ajudante de garçom passou pela mesa das duas e seu olhar arregalado se demorou em Helene por um momento.

– Você chama a atenção dos homens – comentou Nancy num tom que mostrava uma reprovação nítida.

Por um instante, o som tranquilo dos talheres na porcelana e as vozes baixas murmurando as últimas fofocas preencheram o ar e pareceram ficar mais altos.

– Eu pedi champanhe – disse Helene, com a voz alegre. – Isso sempre faz as pessoas se perguntarem qual é a comemoração. É só isso o que chamou a atenção.

Isso pareceu agradar Nancy o suficiente.

– O que nos traz de volta ao que estávamos dizendo. A comemoração é por encontrar o lugar perfeito para dar a festa de arrecadação de fundos. Então, vamos falar de nossa festa, certo?

Helene não estava com ânimo para isso. Sempre odiou esse tipo de conversa, sobre uma causa que não apoiava e como podia ajudar. Mas não tinha alternativa: devia dar o máximo de si, oferecer o máximo que pudesse e não invocar nenhuma vergonha nem negatividade para o nome dos Zaharis.

Às vezes isso a fazia odiar tudo ainda mais.

Quando a garçonete trouxe as bebidas, Helene ergueu a dela num brinde com Nancy à presidente atual da DAR – uma mulher com cara de sapo que certa vez disse a várias pessoas sobre

Helene, "uma vez vendedora de loja, sempre vendedora de loja" – e tomou o que ela pretendia que fosse seu único gole.

Depois de vinte minutos do monólogo de Nancy sobre as antigas presidentes da DAR, Helene cedeu e terminou o coquetel.

E por que não? Isso lhe dava algo para fazer além de assentir como uma idiota para Nancy e programar um riso falso para suas piadas chatas.

Era surpreendente a freqüência com que Helene tinha essas conversas, dado o grau de desconforto que lhe provocavam. Ainda mais surpreendente era como ninguém parecia perceber seu tédio. Todavia, os mexericos eram uma parte enorme de sua vida e parecia que não havia um fim à medida que Jim ascendia cada vez mais alto nos gabinetes políticos.

Então Helene aceitava seu quinhão na vida com a maior tranqüilidade que podia. As pessoas no círculo de Jim fugiam de seu interesse pessoal. Era muito raro conhecer alguém – independente de idade, raça, sexo ou tendência sexual – que não atropelaria a própria avó para atingir seus objetivos.

Qualquer um que dissesse que Helene não estava pagando um preço alto pela vida de dona-de-casa que tinha era louco.

Nancy continuava a falar.

Helene continuou a sorrir e fez um sinal para a garçonete, pedindo outro coquetel de champanhe.

Mais tarde haveria um barulho dos infernos por ter desligado o celular.

Helene se recostou na cadeira dura de couro sintético no departamento de calçados da Ormond's – sua recompensa por passar duas horas ouvindo Nancy Cabot – e deixou de lado a idéia da raiva do marido, como uma jóia que pensava em comprar.

Ele odiava quando não conseguia entrar em contato com ela.

Ela, por outro lado, passara a odiar quando ele conseguia. E ele ligava, cada vez mais. Independente de onde ou do que ela estivesse fazendo, parecia que o celular dela ia tocar no pior momento possível.

Quando estava entregando comida enlatada na igreja ortodoxa grega para a campanha de alimentação da comunidade, Helene parou por um momento para admirar a beleza tranqüila que era o novo vitral, com um ícone redondo retratando a Anunciação, e seu celular tocou.

Quando ela estava equilibrando quatro sacos de papel com alimentos orgânicos – só o que Jim comia ultimamente, embora fosse provável que viesse a dar lugar à mais nova tendência muito em breve – junto com a bolsa e as chaves, enquanto pelejava pelo longo trecho de sua entrada de carros até a porta da frente, seu celular vibrou, e o movimento inesperado a assustou tanto que ela largou o saco que continha os ovos.

Quando estava fazendo canja de galinha para os doentes do Lar da Sagrada Transformação, ela estava passando uma tigela de sopa quente que acabara de sair do microondas a um paciente idoso e diabético quando seu celular tocou, fazendo-a derramar o caldo quente no paciente e, menos importante mas ainda assim grave, em seus escarpins Bally.

Mesmo hoje ele ligou durante o almoço dela com Nancy, transformando uma conversa inútil de almoço em duas, dizendo-lhe que teria uma reunião até tarde e só chegaria em casa depois do jantar, que ela devia comer sem ele.

Nancy pensou – e disse repetidas vezes – que ele era *um amor* por ligar mas, para variar, Nancy não falava a língua de Jim. Ela não sabia que "reunião até tarde" era o código para chegar em casa com o perfume de outra e fedor de martíni.

A hipocrisia merecia um estudo psicológico.

Jim Zaharis (seu prenome verdadeiro era Demetrius, mas ele concluíra que era étnico demais para a política americana) era o novo e carismático senador de Maryland, mas estava se preparando para uma forte guinada a um cargo mais elevado. Em uma cidade como Washington, tudo o que uma figura pública – e sua esposa – fazia era alvo de críticas, e ele *não* queria que Helene o constrangesse.

E, no entanto, como muitos homens inteligentes porém estúpidos antes dele, Jim acreditava que suas indiscrições eram invisíveis, ao mesmo tempo em que se preocupava muito com o que Helene fazia quando estava em público.

Ela nunca, *jamais* fez nada que sequer *sugerisse* um escândalo desde o casamento. Nada de tratadores de piscina, nem casos lésbicos, nem informação privilegiada... Nada.

Isso não queria dizer que não tivesse segredos. Mas pelo menos ela os mantinha bem enterrados.

Ela fez um acordo quando se casou com ele, embora fosse ingênua demais para entender na época. Não foi o de ser dona-de-casa; foi pior. Foi o Acordo da Esposa Troféu, pelo qual ela precisava ter boa aparência; dedicar-se às ocasionais obras de caridade que fossem muito badaladas; de vez em quando participar de almoços no Country Club com outras senhoras; ser responsável por uma organização caritativa da cidade; e, mais importante de tudo, guardar silêncio enquanto os pedacinhos de sua alma se desintegravam.

Helene tornara-se de modo alarmante boa em todos esses quesitos.

— Helene!

Ela foi arrancada de seus devaneios por uma voz animada e aguda. Ao se virar viu Suzy Howell, a vereadora do condado, com a filha adolescente.

— Suzy.

— Lembra-se de Lucy, não é? — disse Suzy, gesticulando para a adolescente mal-humorada de cabelo preto liso, opaco de tantas aplicações daquelas cores modernas que são vendidas hoje em dia.

A menina parecia completamente deslocada no departamento de calçados da Ormond's e, pior ainda, tinha consciência disso.

— Sim, lembro. — Helene havia esquecido o nome da menina e ficou feliz por Suzy ter mencionado. — Como vai, Lucy?

— Eu estou...

— Ela está maravilhosamente bem — interrompeu Suzy, lançando à filha um olhar que teria sido mais eficaz se ela não tivesse enchido o rosto de botox. — Aliás, ela está se candidatando para a Miami-Ohio. Você estudou lá, não foi?

Ah, não. Esta não era uma conversa que Helene queria ter. Em especial agora, quando ainda estava tonta de seu almoço com Nancy Cabot.

— Sim — disse Helene devagar, esperando que elas não sentissem o cheiro de champanhe em seu hálito. Depois, porque parecia que Suzy e Lucy podiam saber muito mais sobre o lugar do que ela, Helene acrescentou: — Em parte de minha educação universitária.

— Ah, você não se formou lá?

— Não, só fiz o primeiro ano. Há séculos.

— Ah. — Suzy pareceu decepcionada. — Mas *onde foi* mesmo que você se formou?

Helene sabia que devia ter tomado nota de sua história fabricada.

— Na Universidade Marshall — disse ela, porque David Price fora aluno de lá e ela costumava visitá-lo o suficiente para conhecer muito bem o campus.

David Price, o amor de sua vida até ela concluir que podia se sair melhor e deixá-lo.

Ela de fato recebeu o que merecia.

— Em West Virginia — concluiu Helene, ouvindo a melancolia no próprio tom de voz.

— West Virginia! — Suzy deu a impressão de que Helene tinha dito que fora à faculdade em um país de terceiro mundo. — Meu Deus, como uma linda rainha do baile de Ohio foi parar lá?

Helene sorriu, sem um pingo de sinceridade.

— Esta é uma pergunta muito boa.

— Não quero ir para West Virginia — grunhiu Lucy para a mãe, sem a menor intenção de se desculpar com Helene pela possibilidade de tê-la insultado.

Era assim que as pessoas da capital falavam de West Virginia. Presas na armadilha louca de pensar que West Virginia só tinha caipiras desdentados que se casavam com as próprias primas.

Suzy riu da objeção de Lucy, deixando dolorosamente claro que compartilhava do desânimo da filha com essa idéia.

— Não se preocupe, meu bem, você não vai para lá. — Ela abriu um sorriso luminoso para Helene. — Pode escrever uma carta de recomendação para Lucy? Para Miami-Ohio, quero dizer.

— Ficarei feliz em fazer isso. — O que poderia dizer? Nada. Era sua tarefa dizer que sim. — Mas — pensou ela rapidamente —, talvez uma recomendação de Jim seja mais significativa.

Uma luz apareceu nos olhos de Suzy.

— Acha que ele estaria disposto a fazer isso por nós? — Estava claro que era isso que Suzy tinha em mente o tempo todo. Helene não precisava ter se preocupado.

— Ah, estou certa que sim. — Tudo para divulgar o nome dele. Jim estava sempre endossando assuntos que nada significavam para ele.

A certidão de casamento, por exemplo.

— Pedirei à secretária dele para lhe telefonar — prometeu Helene.

— Muito obrigada, Helene. — Suzy deu uma cotovelada nas costelas da filha. — Hein? Não é uma gentileza da Sra. Zaharis?

— Obrigada — disse Lucy, com tédio.

— Disponha. — Helene abriu seu sorriso mais educado.

Ela as observou ir embora, pensando em como ultimamente sua vida era cheia desse tipo de interação artificial. As pessoas queriam usá-la como conexão para obter influência, mas não havia problema, porque o marido dela aproveitava essas oportunidades para aumentar sua própria influência política. E Helene havia muito, muito tempo entrara num acordo com o universo: ela participaria do jogo para ter paz de espírito financeira.

Então, isso era bom para todo mundo.

Bem, a não ser para Helene, como ela constatou mais tarde.

Dez anos antes, ela nunca teria acreditado se alguém lhe dissesse no que sua vida se transformaria. Mas a vida mudara em pequenas melhorias quase imperceptíveis, até que um dia ela acordou e descobriu que vivia um conto de fadas maluco e distorcido.

Era ruim, mas a alternativa — a vida que tinha antes de Jim — ainda estava terrivelmente clara em sua mente.

Talvez isso a tivesse tornado fraca, mas ela não conseguia pensar num preço que não pagaria para não ter de voltar. E se Jim sabia a verdade sobre essa vida, não havia preço que *ele* não pagasse para evitá-la também.

E Helene, por sua vez, podia pagar qualquer preço por qualquer coisa que quisesse. E foi isso que a levou àquele lugar, ao departamento de calçados da Ormond's, onde terminava pelo menos três vezes por semana.

O prazer que tinha ali era fugaz — às vezes nem durava a viagem para casa com as novas caixas e sacolas —, mas a emoção inicial da aquisição nunca a abandonava.

Ela viveu tempo demais sem isso para conseguir dispensar a essa altura.

Agora, enquanto se recostava esperando que o vendedor de cabelos escuros — Louis? — lhe trouxesse a pilha de sapatos que ela pedira em tamanho 38, ela se perguntava se essa vida valia a pena.

Sem dúvida havia alguma vantagem em poder comprar o que ela quisesse, em particular depois dos anos de luta que suportou. Agora era fácil. E isso era um conforto.

Ela não estava só comprando *objetos*. Mesmo em seu estado atual de tonta-de-coquetel-de-champanhe ela entendia isso.

Ela estava comprando algumas boas lembranças para si mesma.

Em uma vida sem calor emocional, ela fazia o possível para ter momentos que no futuro pudessem ser lembrados como agradáveis.

Algo diferente de uma perda de tempo entre o nascimento e a morte.

Assim, tantas vezes ela se deixou levar pela tentação de certo perfume, de uma loção corporal, de uma roupa que ficava de arrasar nela, ou – na maior parte do tempo – de um par de sapatos que a alçava, literal e figurativamente, a altitudes elevadas.

– Com licença, Sra. Zaharis – uma voz interrompeu seus pensamentos.

Louis. Ou Luis. Ou, que droga, talvez ela tivesse entendido totalmente errado. Talvez fosse Bob.

– Sim? – perguntou ela, com o cuidado de não se dirigir a ele pelo nome, uma vez que era forte a probabilidade de estar errada.

– Receio que seu cartão tenha sido rejeitado. – Ele lhe estendia com cuidado o cartão American Express, como se segurasse uma aranha morta encontrada numa Caesar salad.

Rejeitado? Não era possível.

– Deve haver algum engano – disse ela. – Tente novamente.

– Já passei três vezes, senhora. – Ele sorriu, aparentemente como quem se desculpa, e ela percebeu que um dente no fundo de sua boca era de um cinza escuro nítido. – O valor não passa.

– Uma conta de 600 dólares? – perguntou ela, sem acreditar. O cartão nem tinha limite!

Ele confirmou, assentindo.

– Quem sabe o cartão foi dado como perdido e a senhora está usando o substituto?

– Não. – Ela pegou a carteira na bolsa. Estava cheia de notas de 1 e 5 – um antigo hábito dos tempos em que as notas de 1 e 5 a faziam se sentir rica – e cartões de crédito. Ela sacou um MasterCard prata e o estendeu. – Vou verificar isso depois. Tente este. Não deve haver problema. – Sua voz possuía uma brevidade que ela não se lembrara de ter adotado. Na realidade, a voz de Helene *com freqüência* tinha esse ar de impaciência e ela não sabia bem por que, embora lhe tivesse ocorrido a teoria desagradável de que refletia sua própria infelicidade, e não uma insatisfação verdadeira com o *serviço* prestado.

O vendedor de cabelos escuros – por que eles não tinham crachás com nome? – afastou-se, ansioso, com o cartão de crédito Platinum, e Helene se recostou, confiante de que ele voltaria logo com uma pequena fatura para ela assinar e depois ela sairia com suas compras.

Ou melhor, suas *presas*, como a terapeuta, a Dra. Dana Kolobner, referia-se a isso aos risos.

E parecia *mesmo* uma presa. Ela reconhecia esse fato. Helene a procurava para satisfazer um apetite. Depois, após algumas horas, a satisfação refluía e ela precisava de mais. Bom... Não. "*Precisava*" era um exagero. Helene era realista o bastante para saber que era *desejo*, não *necessidade*.

Às vezes ela pensava que um dia podia atirar tudo para o alto, dar o fora e se filiar ao Corpo da Paz. Mas talvez aos 38 anos ela fosse velha demais. Talvez essa tenha sido outra oportunidade que deixou passar enquanto desperdiçava anos de sua vida com um homem que não a amava.

E que ela tampouco o amava. Não mais.

O vendedor voltou, interrompendo seus pensamentos. Mas algo na expressão dele tinha mudado. Ele derramava certo verniz de cordialidade.

– Receio que este também não tenha funcionado – disse ele, segurando o cartão pela ponta, entre o indicador e o polegar, e o entregou a ela.

— Isso não pode estar certo — disse ela, com um pavor antigo porém muito conhecido se esgueirando pelo estômago. Ela pegou outro cartão, cobrado da conta de representação de Jim. Era para emergências.

E isso era sem dúvida uma emergência.

Dois minutos depois o vendedor estava de volta; desta vez seu rosto transmitia uma repugnância diferente. Ele lhe entregou o cartão... cortado em pedaços perfeitamente iguais.

— Fui instruído a cortar — disse com aspereza.

— *Quem* o instruiu?

Ele deu com os ombros estreitos por baixo do paletó mal ajustado.

— O banco. Disseram que o cartão foi roubado.

— *Roubado!*

Ele assentiu e arqueou uma sobrancelha bem cuidada.

— Foi o que disseram.

— Acho que eu saberia se meu cartão tivesse sido roubado.

— Eu também pensaria o mesmo, Sra. Zaharis. No entanto, foi este o recado que me deram e é com base nisto que devo proceder.

Ela se ressentiu de seu tom condescendente de maneira desproporcional e tentou controlar a raiva.

— Podia ter falado comigo antes de cortar o cartão.

Ele sacudiu a cabeça.

— Receio que não. Eles me instruíram a descartar o cartão na hora, caso contrário a loja seria penalizada.

Besteira. Helene tinha certeza absoluta de que ele teve prazer em retalhar o cartão, em especial em devolvê-lo aos pedaços; ela conhecia muito bem esse tipinho.

Ela o olhou com desprezo e pegou o celular na bolsa.

— Com licença, por favor. Preciso dar um telefonema.

— É claro.

Ela o observou se afastar, temendo que ele simplesmente contasse até cinco e voltasse para chegar perto dela de novo, lançando-lhe seu olhar crítico. Mas enquanto ele se aproximava dos fundos, uma menina colocou a cabeça pela porta e disse: "Javier está no telefone, Luis. Disse que há um cano vazando na sua casa."

Luis. Helene decorou o nome, assim ela saberia exatamente a quem se referir na carta contundente que pretendia escrever ao gerente da loja.

Ela pegou na carteira um dos cartões de crédito rejeitados e discou o número do verso, apertando com impaciência os botões em menu depois de menu até que enfim conseguiu um ser humano na linha.

— Meu nome é Wendy Noelle, como posso ajudá-la?

— Espero que possa, Wendy – disse Helene no tom mais gracioso que pôde assumir, devido às circunstâncias. — Por algum motivo meu cartão foi rejeitado na loja hoje e não consigo entender qual.

— Ficarei feliz em ajudá-la, senhora. Posso colocá-la na espera por um momento?

— Tudo bem.

Helene esperou, o coração martelando, enquanto a música de espera se chocava em sua cabeça com a música da loja de departamentos.

— Sra. Zaharis? — A operadora do banco voltou depois que a primeira metade da música de Barry Manilow entrou em guerra com a versão ambiente de "Love Will Keep Us Together".

— Sim?

— Comunicaram o roubo do cartão, senhora. — A mulher era gentil. Seu tom era de desculpas. — Foi cancelado.

— Mas eu não comuniquei roubo algum — objetou Helene. — E estou na loja agora, mas não me deixam usá-lo.

— Não pode usá-lo depois de uma comunicação de roubo.

Helene sacudiu a cabeça, embora a mulher ao telefone não pudesse vê-la.

— Deve ter sido uma espécie de roubo de identidade. — Era a única explicação que fazia algum sentido. — Quem telefonou e comunicou o roubo?

— Foi um Deme... Deme-et-tris...

— Demetrius? — perguntou Helene, incrédula.

— Sim, Demeter's Zaharis — atrapalhou-se a mulher. — Ele ligou para comunicar que o cartão foi roubado.

— Por quê? — perguntou Helene antes que pudesse se reprimir, embora soubesse que não havia resposta para esta pergunta. Pelo menos não uma resposta que a pudesse satisfazer.

— Desculpe, mas não sei.

— O novo cartão será mandado ainda hoje? — Ela estava começando a se sentir em pânico. — Pode simplesmente autorizar minha compra com o número novo?

— O Sr. Zaharis solicitou que não mandássemos outro cartão por enquanto.

Helene hesitou, desnorteada. Ela queria discutir, dizer que havia um engano ou que alguém fingindo ser o Jim tinha ligado e cancelado o cartão, mas no fundo algo lhe dizia que não fora engano nenhum. Jim tinha feito isso de propósito.

Ela agradeceu à mulher, desligou o telefone e de imediato discou a linha privativa de Jim.

Ele atendeu no quarto toque.

— Por que comunicou o roubo de meus cartões de crédito?
— Quem fala?

Ela podia imaginar sua cara sorridente e presunçosa zombando dela.

— Por que cancelou todos os meus cartões de crédito? — repetiu ela, a voz mais dura.

Ela ouviu a cadeira dele guinchar quando ele se mexeu.

— Deixe-me fazer uma pergunta — disse ele, a voz cheia de sarcasmo. — Há algo que você queria aliviar do peito? Talvez uma coisa que andou escondendo de mim?

Seu estômago se apertou como um nó corrediço.

O que terá ele descoberto?

— Aonde quer chegar, Jim? — Ah, meu Deus, pode ser tanta coisa.

— Ah, eu acho que você sabe.

Muitas possibilidades lhe vieram à mente.

— Não, Jim, não consigo pensar em nada que eu tenha feito de tão ruim que o fizesse me tolher e me humilhar em público. Você acharia bom se sua esposa estivesse tentando usar cartões de crédito cancelados?

— Não tão bom quanto... ah, sei lá... uma *família*.

O silêncio caiu entre eles como uma bola de pingue-pongue quicando fora de alcance.

Jim foi o primeiro a dar a raquetada.

— Não lhe traz nenhuma lembrança? — A cadeira dele guinchou novamente e ela podia vê-lo se remexendo, agora agitado. — Pensei que estivéssemos tentando ter um filho. — Ela quase podia ver seu dar-de-ombros que devia-ser-despreocupado-mas-na-verdade-fervia-por-dentro. — Mas acabou que estávamos só... fodendo.

Ela sorriu duro para o modo como ele cuspiu a palavra.
— Não me parece que você não tenha se divertido.
Ele não se deixou distrair com facilidade.
— Você mentiu para mim, Helene.
— Sobre o quê, exatamente?
— Até parece que você não sabe.
— Você é louco – disse ela, já que a melhor defesa era um bom ataque, ou pelo menos um ataque bem convincente.
— Acho que não.
— Então me diga do que está falando.
Ela estava quase pronta para considerar as acusações dele como um desvio da conversa quando ele disse:
— Descobri sobre as pílulas.
Culpa e raiva percorreram as veias de Helene.
— Que direito tem de vasculhar minha mesinha-de-cabeceira?
— Mesinha-de-cabeceira? Fui comprar um remédio na farmácia da G Street hoje e me perguntaram se eu ia refazer sua receita!
Ah, merda. *Merda merda merda.* Ela havia revelado seu segredo. Ainda podia ter se safado com uma mentira, podia ter dito que era uma receita antiga ou engano do farmacêutico, mas havia dado informações demais. Foi apanhada e não havia como sair dessa.
— Espere aí – disse ela, tarde demais. – Que pílulas?
— Pílulas anticoncepcionais. Você as toma há meses, então nem tente mentir sobre isso.
Era um dilema. Deveria ela aproveitar a oportunidade e negar ou simplesmente seguir em frente com a verdade?
— Foi por motivos médicos – disse ela, a mentira chegando com quase a mesma naturalidade da verdade. – Precisei para equilibrar meus níveis hormonais e conseguir engravidar.

O riso da resposta dele foi feio.

— Se isso fosse verdade, você teria me contado antes.

— Porque você é muito generoso, agradável e receptivo a conversas? — perguntou ela, a voz severa.

— Você é uma mentirosa.

— É o que você diz. Então agora está me castigando?

— Pode apostar que estou.

Helene estremeceu com a frieza dele. Como diabos ela acabou casada com um homem desses?

— Por quanto tempo? — perguntou ela.

— Quanto tempo acha que vai levar para você engravidar?

— Está *brincando*? Vai me deixar dura até que eu fique *grávida*? — Ela não ia ceder a isso. Ia conseguir um emprego. Não ia pagar seus prazeres de compras com o futuro de um filho.

— Vou lhe dar uma mesada — disse Jim. — Para as necessidades. Digamos, 100 pratas por semana.

— Cem.

— Eu sei, é generosidade minha.

Equivaliam a uns 60 centavos por hora por estar casada com ele.

— Você é desprezível — disse ela e desligou o telefone.

Helen deu uma olhada pela loja, para as clientes ricas e despretensiosas que andavam por ali, alheias aos apuros que ela havia suportado nos últimos anos, parecendo à vontade, abastadas e despreocupadas. Mas pelo menos algumas deviam compartilhar de sua situação desagradável.

Como aquela mulher ali. Bonita. Bonita demais para ter nascido rica. Ela havia sido comprada. Praticamente tinha uma placa de EM ESTOQUE grudada no traseiro. Com o passar dos anos,

Helene ficou muito competente na distinção entre o verdadeiro e o falso. Como a própria Helene.

As falsas sempre tinham uma pequena sombra de incerteza no rosto bonito.

Como Helene. De algum modo, apesar da conta bancária que dividia com Jim, ela nunca alcançou plenamente aquela sensação relaxada de gastos despreocupados de que pareciam desfrutar tantas clientes da Ormond's. Sempre havia algum tipo de ameaça pairando sobre sua cabeça.

A ameaça da censura de Jim.

Bem, vamos esquecer isso. Ela não ia viver à mercê de Jim, de acordo com os caprichos dele. E sem dúvida não ia se curvar às ordens dele.

Como num sonho, ela se abaixou e colocou seus Jimmy Choo na caixa Bruno Magli e fechou a tampa.

Levantou-se, sentindo como se estivesse sendo empurrada contra a força da censura de Jim até naquele pequeno gesto. Sim, ele a derrubara, a humilhara, inclusive, e deixou o funcionário da loja lhe dar a notícia. Mas ele não ia vencer este *round*. Ele não ia colocar um freio nela, ao cortar seus cartões de crédito.

Helen deu um passo, pensando mais no simbolismo do caminhar sob o controle de Jim do que no fato de que ainda estava, tecnicamente, usando sapatos que não tinha comprado.

Mas ela ia voltar, disse a si mesma ao dar outro passo. A Ormond's não a perceberia partindo; ela sabia, pela própria experiência no departamento de ternos da Garfinkels – onde conheceu Jim, aliás – que os sensores de segurança nas portas ficavam no nível do meio do corpo, porque era ali que os ladrões levavam os objetos.

Mas Helene não era uma ladra. Era uma cliente habitual, que deve ter contribuído com dezenas de milhares de dólares para os cofres da Ormond's. Que diabos, ela até deixou um par perfeitamente bom de Jimmy Choo para trás quando estava experimentando os Magli.

Ela precisava fazer isso. Os Bruno Magli lhe davam uma sensação tão boa. E isso não era válido para todo mundo. Algumas pessoas os achavam desconfortáveis, mas pessoas com os pés de formato *certo* os amavam. Então, quem não ia querer continuar andando?

Bem, talvez isso fosse um exagero. Ela não estava andando porque os *sapatos* eram bons; estava andando porque a *fuga* era boa.

Mais tarde ela pagaria pelos sapatos, com facilidade. Assim que chegasse em casa e colocasse as mãos em dinheiro vivo ou metesse algum juízo no louco do Jim para que ele liberasse o crédito dos cartões, ela ia voltar, explicar que tinha levado os Magli por engano e pagá-los.

Não tinha problema.

Não os estava *roubando*, pelo amor de Deus. Helene quase riu da idéia. Não roubava nada havia trinta anos e, embora fosse boa nisso na época, não estava prestes a readquirir o hábito agora.

Seu coração bombeou e ela sentiu o rubor no rosto. Jim não a venceria desta vez. Era estimulante. Ela ia entrar no carro, comprar uma garrafa de champanhe e beber em Haines Point, vendo os aviões decolarem do aeroporto nacional Reagan. Quem foi mesmo que a levou ali para um encontro tantos anos atrás? Woody? Sim, foi ele. Ele era tão lindinho. Dirigia um Porsche 914, quando isso era bacana. Ela se perguntou o que teria acontecido com ele...

Ela estava quase do lado de fora, podia ver o crepúsculo pontilhado de estrelas acima do horizonte laranja e rosa e quase podia *sentir* o ar refrescante na pele quando o sistema de segurança começou a apitar.

Isso a fez parar por um segundo. Era alto. E aquelas luzes piscando?

A culpa invadiu Helene e enrijeceu seu andar, mas ela se obrigou a prosseguir. Continuou andando, tentando ao máximo ignorar o som. Afinal, este era um som que era ignorado – por clientes e funcionários – na maioria das lojas, incontáveis vezes por dia

Mas ela não pôde ignorar o alarme seguinte: os passos que vinham atrás dela e a voz masculina em seu ombro, dizendo: "Com licença, senhora. Temos um problema. Pode voltar à loja comigo, por favor?"

Capítulo 3

— Estou com meus saltos agulha de couro vermelho... — Sandra Vanderslice andava descalça por seu apartamento em Adams Morgan, o telefone na orelha, e parou na cozinha. Abriu a geladeira no maior silêncio.

— *Aaaaah, gostosa* — disse o homem do outro lado da linha —, *gosto de você de vermelho. Está com aquele fio-dental vermelho também?*

Com cuidado, Sandra tirou o suco de laranja da geladeira e disse de modo sensual:

— Estou, meu amor, exatamente como você gosta. — Ela inclinou o copo para que ele não a ouvisse servindo o suco. Cinqüenta mililitros. Era só o que podia beber. Ela completou o restante com água.

— *Estou arrancando seu fio-dental com os dentes.*

Sandra gemeu como devia e recolocou a tampa na garrafa de suco de laranja.

— Ah... ah... ah, isso! — Um golinho. — Você me deixa louca! — Ela voltou para a tevê na sala de estar. — Hmmmmm. Issssso.
— *Agora estou lambendo sua xoxotinha molhada.*
— Hmmmmm.
— *Você gosta?*
— Ah, meu amor, você é tão gostoso. — Ela agora dizia essas palavras com tanta freqüência que eram automáticas. Não tinham mais significado algum. Eram só um mantra que repetia para ganhar 1,55 dólar por minuto como operadora do disque-sexo Um Toque de Classe.

Classe, tá legal.

Ela gemeu de novo, na esperança de parecer sincera, e se sentou no sofá.

— Aaaahhh... Aaahhhh...

Ela pegou o controle, apertou a tecla MUDO e passeou pelos canais de tevê até parar numa reprise do *Daily Show* da noite anterior.

— Perfeito — disse ela, mais para si mesma do que para o interlocutor. Depois passou a soltar outros gemidos obrigatórios que agradavam tanto aos homens que ligavam — e que eles imitavam —, enquanto via Jon Stewart entrevistar o mais recente político a ser indiciado por fraude, lendo as legendas ocultas.

— *Você tem um gosto tão bom* — murmurou ele em meio ao que ela passou a chamar de "ofegar de punheteiro". — *Eu podia... fazer... isso tudo... todo dia.*

— Faça, por favor — gemeu ela, pensando nas botas Pliner que tinha visto na internet. Pela bagatela de 175 dólares. — Não pára... — Caramelo ou pretas. Talvez esse cara fosse bom o bastante para ela comprar os dois pares. Não, precisaria de quase duas horas com ele para pagar apenas um par. Nenhum de seus clientes conseguia se conter desse jeito. Ela simplesmente os mantinha pelo maior tempo possível e esperava por mais duas longas ligações para poder encerrar o expediente. — Não pára... Faz comigo. — Ela arfou um pouquinho, chamando a atenção de seu gato persa, Merlin, que pulou em seu colo e derramou o suco de laranja nela.

— *Merda!* — gritou ela antes que pudesse pensar em se reprimir. Felizmente o cliente, "Burt", gostou dessa.

— *Aaaa, isso. Xinga, vai* — grunhiu ele. — *Quer que eu coma sua xoxotinha mais um pouco? Hein? Você gosta assim? Estou chupando seu clitóris.*

Muito tempo atrás, esse tipo de conversa seria totalmente desconcertante para Sandra, que foi criada numa família tão conservadora que a interjeição *droga* era o pior palavrão do mundo e era poupado só para as situações mais graves.

Mas agora, como seu próprio diálogo ao telefone, era só barulho. Um ruído que era um meio para se conseguir um fim. Aluguel, comida, serviços públicos e seus muitos e muitos catálogos de compras on-line.

Não era um jeito ruim de ganhar a vida.

— Ah! — gritou ela, tirando a camiseta molhada. Devia ser a primeira vez que ela realmente tirava uma peça de roupa durante uma chamada. — Ah! Oooooh!

— *Você está tão molhadinha!*

— Estou — concordou ela, formando uma bola com a camisa ensopada de suco de laranja e tentando se secar com o pedaço pequeno que ainda estava seco. — Estou toooooda molhada. E com gosto de fruta — acrescentou ela, só para se divertir.

— *Está mesmo.*

Ela suspirou.

— *Agora vou comer você. Vou te comer pra valer, sua puta.*

Ela revirou os olhos. O cara pegava pesado. Devia ser um fracote na vida real. Na verdade, ela imaginou que ele tinha uma esposa dominadora ou, melhor ainda, uma chefe que o intimidava totalmente.

Então ele pagava para receber elogios.

E ela os dava. Mas tinham um preço.

— Aaaah, Burt. Você é tão grande. Tão duro.

— *Diga isso de novo.*

Ela disse, acrescentando novas elaborações, depois baixou o fone por um segundo para poder vestir alguma roupa. Pegou a única peça que tinha à mão — uma blusa apertada, tamanho 36, que pensou em jogar fora mas guardou na esperança de que um dia pudesse caber — e aninhou o telefone junto ao pescoço enquanto a abotoava. A verdade era que nem sabia por que se incomodou em vestir a blusa. Ela morava sozinha. *Sempre* estava sozinha. Podia muito bem ficar nua por 36 horas seguidas sem de *ter* de se vestir.

A não ser, talvez, para evitar as garras de Merlin.

O único arranhão que realmente sentia... Ah, meu Deus, não valia a pena pensar nisso.

Burt aumentou progressivamente a voz enquanto ela fechava o último botão da blusa, que ficou na casa por um momento, depois estourou.

Ela bem que podia ter gritado.

Em vez disso, no entanto, fez o que costumava fazer para se sentir melhor nessas situações.

Compras.

Ela ligou o computador, soltando o ocasional gemido, grunhido ou exclamação enquanto a paixão de seu cliente chegava aos últimos espasmos. Quando "Burt" finalmente terminou, ficou ansioso por desligar – ele parecia preocupado em ser flagrado, provavelmente pela chefe que Sandra imaginara antes –, e ela parou o cronômetro.

Vinte e sete minutos.

Não foi grande coisa, mas ela já pegara jovens de voz rouca que levaram muito menos tempo do que isso, então, valeu.

Ela olhou o relógio na tela do computador. Eram 12h45. Só tinha um compromisso às 16 horas, então, com sorte, poderia se ocupar durante as três horas seguintes com ligações e os pedidos na Pliners antes que o FedEx fosse expedido à noite.

Felizmente seu trabalho era muito lucrativo. Os homens adoravam "Penelope" – como era conhecida para eles –, e por que não adorariam? A foto que ela providenciou para o catálogo era de matar. Penelope tinha os lábios da Angelina Jolie, o nariz da Julia Roberts, o formato do rosto e os olhos da Catherine Zeta-Jones, o cabelo dos anos 1980 da Farrah Fawcett (tosado, não picotado) e o corpo da Cindy Crawford em 1991.

Sandra montara sozinha Penelope no Photoshop, acrescentando o detalhezinho de substituir o lóbulo de uma das orelhas de Catherine pelo dela. Assim ela teria uma característica para se identificar com Penelope.

Era divertido ser alta, magra e linda – pelo menos em sua imaginação e na dos incontáveis homens solitários e excitados – quando a própria Sandra tinha altura mediana e passara a vida toda bem acima do peso.

O fato de sua família ser muito rica e morar em Potomac Falls Estates nunca prestou nenhum favor a Sandra no que se refere à aceitação social. Na escola fundamental, seu corpo inspirou apelidos como Sandra Noel e, depois de uma experiência infeliz em uma excursão a uma fazenda, Muuu.

As pessoas também a comparavam – inevitável e desfavoravelmente – com a irmã mais velha e mais atraente, Tiffany. Tiffany, a líder de torcida, a rainha do baile, a aluna mediana que era lembrada como uma estrela pelos professores e funcionários devido a seu sorriso cintilante e personalidade de destaque.

Enquanto o cabelo de Sandra era do castanho exato de um rato, Tiffany tinha cabelos louros dourados, com luzes sutis e naturais do ruivo para o amarelo-trigo. O nariz de Sandra era reto e não se destacava, ao passo que o de Tiffany era o tipo de botãozinho fino e levemente arrebitado que as mulheres descreviam a cirurgiões plásticos o tempo todo. Os olhos de Sandra eram marrons num tom de café forte; e os de Tiffany?... verdegrama. De novo, uma característica que a maioria das mulheres só conseguia de modo artificial.

Crescer com a irmã foi como ficar presa em uma propaganda de dieta "antes e depois", com a balança do afeto pendendo ao máximo para Tiffany no que dizia respeito aos pais. Eles teriam dito a Sandra que ela estava enganada ao pensar assim, mas ela achava que não havia expressão mais clara de uma adolescente ansiando por atenção e vendo este cuidado indo para a irmã mais atraente.

Tiffany agora estava grávida, e Sandra cruzava os dedos para que a barriga começasse a aparecer perto das festas de fim de ano para que, *pelo menos uma vez*, Sandra não se sentisse tão visível e singularmente grande e redonda nas reuniões de família. Talvez isso até mudasse seu relacionamento com os pais, embora ela duvidasse, uma vez que a filha de ouro ia ter o bebê platinado.

Todavia, Sandra tomou isso como a oportunidade perfeita para se filiar ao Vigilantes do Peso, mesmo que on-line. À medida que Tiffany ficava maior, Sandra ficaria menor.

Seria uma mudança e tanto.

Ela pensou nisso agora, enquanto preparava uma receita do Vigilantes do Peso de nhoque de batata-doce com gorgonzola e nozes. Era um prato delicioso. O problema era que a porção recomendada parecia pequena demais.

Sandra tinha certeza absoluta de que não era a única no Vigilantes do Peso que se sentia assim. Mesmo vestindo 34 (quando não está grávida), Tiffany comia quatro vezes mais, sem engordar nem sequer um grama.

A diferença era que Sandra ia ter de se prender à porção recomendada, enquanto Tiffany jamais teria de se preocupar com isso.

Já fazia um bom tempo que Sandra percebera que a vida nem sempre era justa. E se ela quisesse perder peso, ou fazer alguma coisa, tinha de seguir as regras idiotas, traiçoeiras, tendenciosas e injustas da vida.

O telefone tocou de um jeito distinto.

Outro cliente.

Sandra pegou um garfo de plástico — ela sempre tinha um à mão para essas ocasiões, pois eram muito mais silenciosos do que os de aço inox batendo na tigela — e correu para onde tinha deixado o telefone, na bancada.

Ela respirou fundo, entrou rapidamente na personalidade de Penelope e apertou o botão TALK.

— Aqui é Penelope — sussurrou ela. Às vezes Penelope era assim. Ficava tão satisfeita por receber um telefonema que praticamente virava Marilyn Monroe. — Qual é seu nome?

— Oi, Penny — disse uma voz conhecida. — É o Steve. Steve Fritz.

Ah, Steve. Ela lhe disse umas cem vezes que achava que ele não devia dar o nome verdadeiro a pessoas desconhecidas ao telefone.

Mas talvez esse *não fosse* o nome verdadeiro dele.

— Oi, Steve — disse ela calorosamente, soltando a voz sensual com certo alívio. Steve era o Tagarela. Ele queria solidariedade, nunca sexo. Ela adorava quando ele ligava, embora às vezes se sentisse muito mal por ele pagar 2,99 dólares por minuto para fingir que estava conversando com sua adorável esposa no final do dia.

— Foi outro daqueles dias — disse ele com um suspiro.

— Ah, eu sinto muito, querido — disse Sandra, acomodando-se numa cadeira. — O que aconteceu?

Ela não era Penelope nestas chamadas, mas também não era Sandra. Ela era... Era difícil dizer. Não fazia o papel de mãe, mas era carinhosa e maternal. Uma confidente. Alguém que conseguiu passar pelos obstáculos da vida e saiu do outro lado mais sábia e mais serena.

Francamente, não era Sandra.

— Lembra o que eu disse do Dwight? O cara da sala de correspondência que faz comentários idiotas toda vez que me traz os catálogos de videogames?

— Sei, aquele babaca. — Ela odiava pessoas assim. Freqüentara a escola com centenas delas. — O que houve?

— Bom. — A voz de Steve era áspera. — Acho que ele colocou meu nome numa mala-direta para transexuais.

— Ah, não. — Que imbecil. Babaca sem imaginação. Caras como Dwight implicavam com sujeitos como Steve para se sentirem melhor com seu pau mixuruca.

Ela própria teria dito isso a Dwight.

Ele devia ser um daqueles que gostavam de levar palmadas por serem travessos.

Steve não tinha terminado.

— Ele fez o maior estardalhaço quando trouxe a mala-direta hoje. Isso significa que vou aparecer em todo tipo de correspondência estranha, e Dwight vai sair espalhando por aí sempre que chegar uma.

Coitado do Steve. Ela queria poder dizer a ele para aprender artes marciais e dar uma surra no infeliz, mas já havia lido muitas histórias nos jornais sobre gente que terminava morta por causa de conselhos como este, vindo de gente igual a ela. Steve parecia um cara legal, mas era impossível ignorar o fato de que devia haver um motivo para ele telefonar a uma operadora de tele-sexo em vez de procurar um amigo.

— Vai ter que contar a seu chefe.

— Se eu contar a meu chefe, vou chamar atenção para o fato de que estou na lista. E se ele não acreditar que Dwight está por trás disso? Não tenho *provas*.

— Eu sei, mas se você realmente estiver nessas listas e chegar correspondência duvidosa para você, seu chefe vai saber, quer você conte a ele ou não. É melhor que ele saiba por você, não acha?

Houve um silêncio. Sandra pensou que devia estar mais ciente do que Steve de quanto custavam a ele estes muitos segundos de silêncio. Mas era contra as regras impostas a ela fazer contato particular com os clientes, e, embora às vezes fizesse de tudo para poupar o dinheiro de Steve, ela ficava preocupada em ser pega e acabar numa encrenca por isso.

— Ele pode não acreditar em mim.

— Talvez não, mas é mais provável que acredite se souber por *você*. Pense bem: se estivesse tentando esconder uma coisa dessas, você levaria o assunto a ele?

Silêncio.

— Steve?

— Acho que tem razão...

— Então é melhor ele saber disso.

— Não sei, não, Penny. Ele não é tão inteligente.

Ela suspirou. Ele trabalhava num escritório cheio de Dwights. O eterno calouro do ensino médio.

Este foi um dos muitos motivos para ela ganhar a vida daquele jeito em vez de se juntar aos demais ratos da Beltway nos escritórios.

— Steve, já pensou em arrumar outro emprego?

Outro silêncio.

— Já *pensei* nisso.

— Talvez deva pensar um pouco mais. Não há absolutamente nenhum motivo para você suportar isso. Você trabalha numa empresa de redes, não é?

— Montamos redes de computadores e bancos de dados, em geral para grandes varejistas e operações de compra.

Ela não tinha muita certeza do que isso significava, mas sabia que tinha a ver com tecnologia de ponta.

— Então posso apostar que suas qualificações estão em *demanda*. Em especial nesta cidade. — Eles já haviam dito que ele morava em Washington e ela estava na região também, mas ela não disse exatamente onde. — Saia daí e apareça diante das pessoas que estão contratando.

— Eu não saio muito.

— Mas devia — disse ela de modo enfático, sabendo que estava sendo hipócrita. — É importante. Não se prenda à idéia de que não pode mudar de vida. Basta sair.

Para alguns. Para outros, como Sandra, tratava-se de ser uma pessoa caseira. Se ela não tivesse esse trabalho, teria outro que não exigisse muita interação social. Era o jeito dela. Sempre ficava pasma quando os pais lhe contavam que ela era uma borboleta social quando criança, porque assim que chegou ao ensino fundamental — uma de suas lembranças mais remotas — Sandra nada mais quis do que ficar em casa e se esconder das outras crianças. Ela preferia ler a brincar de pique-esconde no pátio da escola.

Mas ela teria preferido mascar papel-alumínio a brincar de pique-esconde, então talvez não tivesse problemas com a vida social, mas problemas para se divertir.

Sandra não conseguia se lembrar de uma época em que não se sentisse constrangida na companhia de outras pessoas. Não sabia se era por causa dos insultos de "bunda de banha" — e tantos outros nomes igualmente sem imaginação porém aliterantes — quando estava na escola, ou por causa de seu diálogo interior — não muito diferente daquele dos colegas de turma, mas, mesmo assim, rude — quando estava com sua família.

Algumas pessoas lidavam com os traumas de infância encarando-os de frente, irrompendo por eles e saindo do outro lado tão completamente diferentes do início que as pessoas se maravilhavam com a transformação.

Outras lidavam de jeito mais silencioso, vivendo normalmente, embora não de forma notável, e tentando não pensar nos problemas do passado.

E havia aquelas que se prendiam ao piche e não conseguiam tirá-lo dos sapatos. Elas podiam *parecer* normais, sob algumas circunstâncias, mas sempre havia uma pequena falha de personalidade. Nos casos *realmente extremos* – o serial killer Ted Bundy lhe veio à mente –, atitudes como assassinato em série e canibalismo.

Mas os demais casos extremos tinham de lutar contra seus próprios demônios; em geral ninguém saía machucado. Pode ser medo de cachorro (*cinofobia*); medo de falar em público (*glossofobia*); ou até pavor de lontras (*lutrafobia*).

Sandra não tinha problema com lontras.

Não, o medo de Sandra era sair da segurança de seu lar.

Agorafobia.

Na realidade, graças às maravilhas das compras pela internet e entrega em domicílio, ela não saía de casa havia três meses.

Ah, Sandra tinha problemas. Nenhum deles era grande demais, sombrio demais, grave demais, mas somados os problemas de peso, de constrangimento, de timidez e a sensação de que os pais preferiam a irmã, surgia uma pessoa neurótica que corria perigo real de se tornar uma eremita que vê programas de auditórios na tevê.

Ela não queria isso.

Sandra sabia que precisava mudar.

Ela só não sabia como.

Capítulo 4

Lorna andava pelo Montgomery Mall com um par de sapatos que – considerando os 2 dólares de pagamento mensal do cartão de crédito que amortizaram o principal da dívida – representavam 12 anos de pagamento.

Isso era ofensivo.

O shopping estava frio e festivo, carregado do som de gente conversando e música ambiente e do cheiro de bolos de chocolate, hambúrgueres, fritas e comida chinesa. Em geral o ambiente deixava Lorna de alto astral, mas ao voltar ao departamento de calçados da Ormond's parecia estar carregando um fardo nas costas.

Ela precisava devolver os Delman.

Não tinha alternativa.

— Preciso devolver isto – disse ela quando chegou ao balcão da loja de departamentos.

Era Luis, o mesmo vendedor que lhe trouxera os sapatos – um sujeito alto e um tanto franzino com traços fortes, olhos pequenos e cabelo escuro puxado para trás com gel no estilo de um mafioso dos anos 1940.

De algum modo, ele não pareceu tão ameaçador quando lhe mostrou os Delman com desconto de trinta por cento.

— A senhora acabou de comprá-los.

— Eu sei disso. — Ela abriu um sorriso de *o que se pode fazer?* — Mas preciso devolvê-los. Não estão muito bons para mim.

— Qual é o problema deles?

Estava claro que Luis não era um funcionário adolescente da Wal-Mart que seguia os procedimentos sem levar para o lado pessoal. Não, Luis ia *perseguir* isso; ia chegar ao âmago da situação — provavelmente da maneira mais desagradável possível, escavando todas as inseguranças financeiras dela — antes de deixar que Lorna saísse com o recibo do cartão.

Embora a atitude desafiadora dele não fosse uma surpresa — ela fazia compras havia tempo suficiente para reconhecer alguém que se agarrava a sua comissão —, ainda assim isso a irritou. O que a enervou ainda mais, porém, foi a sensação de ter de inventar uma explicação para evitar que o vendedor a julgasse mal.

— Eles não combinam com a roupa que eu tinha em mente.

Ele ergueu uma sobrancelha escura e Lorna o imaginou tirando a sobrancelha no meio da testa toda manhã num espelho de maquiagem magnífico.

— São de couro preto.

— Sim — ela se obrigou a engolir qualquer explicação adicional —, são mesmo. — *Vestido azul*, pensou ela, mas não disse. *A cor preta não combina. A fivela é prateada e estarei vestida de ouro*. Um milhão de desculpas idiotas vieram à mente, mas ela manteve a boca fechada. Não ia dar a ele a satisfação de uma explicação elaborada.

Sem disfarçar o olhar de nojo, Luis estendeu a mão, e ela lhe entregou o recibo e o cartão de crédito.

Lorna ficou parada ali, esperando, pedindo a Deus que a transação simplesmente *terminasse* para ela poder sair da loja e nunca mais voltar. Qual era o problema da Ormond's, aliás? Por que eles precisavam ter exatamente esse tipo de vendedor no departamento de calçados? A cada vez que entrava, esperava encontrar outro vendedor, mas em noventa por cento das vezes era Luis.

Ele fez o estorno, entregou o recibo a Lorna e tirou a caixa de sapatos do balcão, lançando-lhe um olhar que ela interpretou como punitivo. Talvez tenha ficado ultra-sensível por ter de devolver os sapatos, mas o que quer que fosse, quando saiu da loja, Lorna sentiu que ia chorar.

E ela se odiava por se sentir assim quando havia pessoas no mundo com tantos problemas muito mais graves.

Mas Lorna não era boba, embora suas dúvidas decerto parecessem um testemunho em contrário. Agora que tinha consciência de sua situação e do erro colossal que havia cometido, ela estava completamente *decidida* a fazer tudo certinho. Cortaria cada cartão de crédito, trabalharia em turnos extras – que droga, ela até comeria feijão com arroz se isso lhe permitisse economizar dinheiro para pagar os cartões de crédito.

Sua única preocupação, e ela sabia que até pensar nisso era deplorável e vergonhosamente comodista, era a dificuldade que enfrentaria para deixar de comprar sapatos.

Eles a faziam feliz.

Ela não ia se desculpar por isso.

Algumas pessoas bebiam, algumas usavam drogas, outras eram viciadas em sexo, alguns até cometiam atos verdadeiramente *odiosos* a *outras* pessoas para se sentirem melhor. Comparados com tudo isso, um novo par de Ferragamo aqui, uns Ugg ali... não pareciam assim tão ruins.

Ora, em pouco tempo cada par que tinha provavelmente estaria gasto, e depois, como Lorna ficaria?

Uma Lorna sem sapatos, pobre demais para colocar sola nos escarpins.

Quando chegou em casa e verificou a secretária eletrônica, havia uma ligação de uma colega de trabalho pedindo-lhe para cobrir um turno no restaurante, o Jico, onde as duas trabalhavam naquela noite. Grata pela oportunidade de colocar em prática imediatamente o plano de redução de dívidas, ela pegou o turno.

Nove horas depois estava com o último cliente, Rick, um sujeito convencido que ficou sentado a uma mesa perto do bar a noite toda sem pedir mais do que um refrigerante por hora e uma porção de anéis de cebola. Ela já havia esperado por ele antes. Muitas vezes, na verdade. Aparecia pelo menos uma vez por semana e de algum modo sempre terminava em uma mesa atendida por ela. Que sorte dé tolo. O cara era pão-duro nas gorjetas.

Pior do que isso, era tagarela. Falava sem parar. Queria saber tudo sobre as pessoas do bar e do restaurante. Ela acreditava que ele estivesse tentando arrumar um encontro, mas ele não parecia ter muita sorte. Não era para menos. O cara não devia ter pago por nem um encontro na vida.

E no momento Rick era o único obstáculo entre Lorna e o relaxamento, então ela ficou duplamente irritada com ele. Quando ele enfim pediu a conta, ela ficou aliviada.

— Posso lhe trazer algo mais? – perguntou-lhe ela, na esperança vã de que ele dissesse "não".

E ele disse.

— Só a conta.

Ela a tirou do bolso e a baixou na mesa, dizendo:

— Volto para pegar quando estiver pronto.

— Espere, benzinho, estou pronto agora. – Ele olhou a conta, depois abriu a carteira e retirou uma nota de 10 e algumas de 1 dólar. – Fique com o troco.

Ela odiava ganhar gorjetas pequenas, mas precisava ser cortês a qualquer custo.

— Muito obrigada. – E colocou o dinheiro no bolso.

Lorna pagaria sua dívida em pequenas parcelas, se necessário.

Naquela mesma noite, ela estava sentada junto ao balcão, com os pés doloridos para cima, contando as gorjetas.

— Noite ruim? – perguntou Boomer, o barman, olhando para ela. Ele era um homem grandalhão, com mais de 1,90 metro de altura e uma cara de traços duros, mas o tipo de olhos azuis claros que sempre pareciam simpáticos. Diziam que ele havia jogado no Redskins algumas décadas antes, mas sofreu uma lesão nos treinos e desde então trabalhava em vários bares.

Lorna não sabia se era verdade, porque Boomer nunca falou de si mesmo ou de seu passado, mas, dado seu tamanho, ela podia acreditar nisso.

— Vamos ver – disse ela, dando um tapinha na pilha de notas no balcão do bar. – A mesa cheia de patricinhas que deram mole pros músicos a noite toda e secaram 300 pratas de Bellini deixou 5 dólares, e aquele filho-da-puta do Earl Joffrey – Earl Joffrey era apresentador do telejornal local com fama no Jico de dar as piores gorjetas do mundo – literalmente deixou as moedas do troco. Setenta e seis centavos.

– Deu o troco a ele em notas de 1? – perguntou Boomer, levando uma bandeja de canecas para a pia. – Se der o troco a ele em notas grandes, ele fica puto.

– Sei disso. Dei a ele *17* notas de 1.

Boomer derramou o líquido de uma garrafa de cerveja pela metade e a atirou na lata de reciclagem com um tinido.

– E 76 centavos.

Ela soltou uma risada fria.

– É, e 76 centavos. O idiota mesquinho. Não veja o noticiário do Canal Seis.

– Nunca vejo.

– Nem eu. – Tod, um dos colegas de trabalho de Lorna, parou e deu uma olhada no balcão do bar. – O último da noite. Gorjeta de 34%. Vi Earl Joffrey chegando e logo rezei para ele não se sentar no meu lado. – Ele fez um carinho afetuoso em Lorna. – Desculpe, garota.

Ela revirou os olhos e colocou o braço em volta de sua cintura fina de astro do rock.

– Você não lamenta por isso.

– Na verdade, não. – Ele a abraçou. – Por que *eu* tenho um encontro hoje à noite.

– Agora? Mas está tão tarde!

– Não para todos nós, mamãe. – Tod soltou uma gargalhada.

Ela se lembrou de como eram os encontros. Pareciam ter acontecido há cem anos.

– Conheci um cara incrível – continuou Tod. – Vamos nos encontrar no Stetson's à 1h30. E depois... Quem sabe?

– *Eu* sei.

— Você me entende — Tod riu. Aqui estava um cara que ficava inteiramente à vontade com o ditado relaxa e aproveita. — Aí, viver, amar, rir e transar, né?

Ela verificou mentalmente que itens ela *não* vinha praticando e ficou ainda mais deprimida, mas deu um beijo de despedida em Tod e lhe disse para se divertir por ela. Lorna tinha poucas dúvidas de que ele faria isso.

— Não sei qual é a desse cara — disse Boomer depois que Tod saiu. — Espero que ele seja cuidadoso.

— Não se preocupe, já tive *a* conversa com ele. Ele é um galinha, mas um galinha cauteloso. Eu, por outro lado, sou uma freira cansada.

— Pelo menos isso a mantém saudável. — Boomer abriu um sorriso carinhoso.

— Aí é que está. — Ela suspirou e colocou o dinheiro na bolsa. — Vou para casa. — Lorna se levantou. — Espalhe por aí que estou procurando por turnos extras, está bem? Se alguém quiser que eu cubra, dê meu telefone.

Boomer, que estava secando um copo de vinho, parou e olhou para ela.

— Está com algum tipo de problema, garota? Algo mais do que cansaço e solidão?

Lorna sorriu.

— Não, tá tudo bem, de verdade.

Ele não parecia convencido.

— Então para que precisa de mais trabalho? Se quiser um empréstimo, eu podia...

— Ah, meu Deus, não. — Ela riu. — Boomer, você é um doce, mas não, obrigada. — Ela nunca entendeu como ele era tão financeiramente estável. Devia ter mais a ver com seu passado de futebol americano do que com o trabalho de barman, disso Lorna tinha certeza. – Estou trabalhando mais para tentar pagar as contas *extras*.

– Ah. – Ele assentiu, com bom senso. – Cartões de crédito?

– Nem sabe como.

Ele parou, depois disse:

– Não quero me meter no que não é da minha conta, querida, mas esteve um camarada aqui umas semanas atrás que trabalha como conselheiro de crédito. Já ouviu falar disso?

Um conselheiro de crédito. Parecia um serviço que custaria uns 150 dólares a hora. E tome cartões de crédito.

– O que exatamente faz um conselheiro de crédito?

Boomer sorriu.

– Bebe um monte de Fuzzy Navels, por exemplo. Mas o que ele disse é que a empresa ajuda as pessoas a consolidar as dívidas e a conseguir taxas de juros menores.

Ela pensou nos dois cartões de crédito com 39 por cento de juros e se sentou.

– É mesmo? Como?

– Ele me contou tudo. – Boomer assentiu, cansado. – Quero dizer *tudo* mesmo. Eles fazem um acordo com as empresas. Acho que os bancos deduzem que receber pagamentos a cinco por cento é melhor do que ser ignorados a 15 por cento ou coisa assim.

Quinze por cento. A essa altura, seria uma dádiva. Mas cinco por cento? Lorna não precisava de uma calculadora para saber que quanto mais baixa a taxa de juros, mais rápido o problema desapareceria.

– Tem alguma idéia de como se chama a empresa?

– Ele deixou o cartão. Coloquei aqui em algum lugar. – Boomer foi até a caixa registradora, abriu-a e pegou um cartão de apresentação em um dos compartimentos. Entregou-o a Lorna do outro lado do balcão.

PHIL CARSON, CONSULTOR, METRO SERVIÇOS DE ACONSELHAMENTO DE CRÉDITO. Na parte inferior havia a inscrição: EMPRESA SEM FINS LUCRATIVOS.

— Fique com ele — disse Boomer, olhando para Lorna com tanta franqueza que ela não pôde recusar.

— Tudo bem. Obrigada. — Ela colocou o cartão na bolsa, junto com as gorjetas magras da noite, sabendo que provavelmente ia se esquecer do assunto antes de chegar em casa. — Por que ele deu esse cartão para você, aliás?

Boomer riu.

— Ele queria que eu o entregasse a Marcy. Acho que tem uma queda por ela.

É claro. Quem não tinha? Marcy era uma louraça infantilóide que com freqüência ia para casa com gorjetas de 100 dólares e, de vez em quando, cavalheiros mais velhos e muito ricos cujas necessidades aparentemente incluíam peitos de silicone tamanho 44 e discrição. Marcy proporcionava ambas, mas isso tinha um preço.

E não era um preço que Phil Carson, o conselheiro de crédito sem fins lucrativos, podia pagar.

— Devia ter tentado dar a ela — disse Lorna, pegando o cartão de novo.

Boomer ergueu a mão para impedi-la.

— Eu entreguei. Ela deu uma olhada e disse "de jeito nenhum". — Ele abriu um sorriso torto. — Acho que foi a parte *sem fins lucrativos* que a desanimou.

Lorna riu.

— Bem, obrigada. Talvez haja algum sinal nisso. A perda de Marcy pode ser lucro meu. — Ela pensou nisso por um momento.

— Ou prejuízo meu, dependendo de como se pensa no assunto. — Ela suspirou. — Tchau. Lembre-se dos turnos extras.

— Vou lembrar — disse Boomer, assentindo com um aceno de cabeça. Depois colocou os olhos azuis nos dela e Lorna sentiu a chegada de uma onda de preocupação. — E você vai se lembrar de me dizer se precisar de ajuda, não é? O mundo lá fora é duro e odeio ver uma garota legal como você lutando sozinha.

Lorna sorriu, embora tivesse lágrimas nos olhos. Por impulso, ela se inclinou sobre o balcão e puxou Boomer num abraço.

— Obrigada, Boomer. Você é o máximo. — Quando recuou, viu que a cara dele tinha ficado vermelha até a gola da camisa.

— Vá. — Ele gesticulou com o copo de vinho que estava bebendo. — Saia daqui.

Lorna chegou em casa às 2h da manhã. Assim que acendeu as luzes — aliviada por haver eletricidade — foi ao computador e o ligou, apesar do cansaço.

Tinha que *des*-pedir uns sapatos pela internet.

Com um nó na garganta, ela mandou o navegador para sapataria.com, um site em que passara muitas horas navegando no passado. Um clique em MINHA CONTA e as palavras BEM-VINDA, LORNA apareceram na tela.

Isso em geral a fazia sorrir, mas esta noite a deixou triste. E ficar triste com uma futilidade a fez se sentir ainda pior.

Ela clicou no pedido mais recente — não foi uma tarefa fácil, considerando que havia uma lista de 25 pedidos — e procurou pelo link CANCELAR PEDIDO.

Estava ali. Era tão pequeno. Como se eles conhecessem os clientes bem o bastante para saber que relutariam em clicar naquele link.

Lorna clicou e abriu seu pedido. Sandálias Ferragamo rosa com laço. Ela já podia se imaginar usando-as em alguma maravilhosa festa ao ar livre no verão, com homens fazendo o churrasco em aventais BEIJE O COZINHEIRO e mulheres tomando vinho e rindo para os colegas machões enquanto crianças corriam em volta, gritando e dando gargalhadas, disparando pelo gramado ou descendo o escorrega.

Não era glamouroso; era a vida real. A boa vida real.

Em algum lugar no passado Lorna deve ter sido uma daquelas crianças felizes, porque a idéia de que era isso que significava ser adulta estava tão profundamente arraigada que ela não conseguia se livrar dela.

Os sapatos – de repente mais importantes do que nunca – custavam originalmente 380 dólares, mas agora estavam por apenas 75. Por essa obra de arte usável lindamente eterna! Eles definiam uma época, um lugar na história. Sem eles ela sentia a certeza irracional de que *perderia* algo. Cancelar o pedido era como desistir de um ótimo investimento. Como dizer a um Bill Gates da década de 1970 que suas idéias eram arriscadas demais.

Talvez ela precisasse repensar. Talvez não fosse necessário de fato *cancelar* este pedido, considerando o ótimo negócio que era. Em vez disso, talvez ela devesse simplesmente jurar não olhar mais.

Deixando o cursor tremeluzindo na tela, ela se levantou e andou por um momento, pensando nas possibilidades. Não havia dúvida sobre isso: estes 75 dólares seriam um dinheiro bem gasto. Na verdade, ela podia, teoricamente, manter os sapatos na caixa e um dia vendê-los como seminovos em condições de novos. Isso fazia muito sentido.

Ela decidiu verificar a correspondência e ver se havia alguma coisa urgente que a impedisse dessa minúscula indulgência. A conta de luz estava paga. Lorna tinha certeza absoluta de que a conta de gás também. E, dado o fato de que o West Bethesda Credit Union liberara o crédito para pagar a conta da companhia de eletricidade mais cedo, ela presumiu que seus cartões de crédito eram válidos – ou pelo menos este.

Ela foi até a pequena pilha de correspondência e começou a vasculhar.

Um remetente atraiu sua atenção: CAPITAL AUTOMÓVEIS FINANCEIRA.

Seu estômago desabou.

Fazia *mesmo* um ou dois meses desde que ela pagara a prestação do carro. A Capital Automóveis sempre era tão negligente com isso que era um dos pagamentos que ela deixava de lado. A uma taxa de juros de menos de seis por cento não parecia fazer muito sentido pagar.

Ela abriu o envelope, preparando-se para dois meses de pagamento, na pior das hipóteses. Duzentos e setenta e oito vezes dois. Quinhentos e cinquenta e seis pratas. Ela teria isso... logo.

Mas quando a carta apareceu, as palavras em negrito saltaram do papel como saídas de um filme.

INADIMPLÊNCIA GRAVE. TERCEIRA NOTIFICAÇÃO.

REAVER O CARRO.

22 DE JULHO.

Hoje era 22 de julho.

Eles iam reaver seu carro.

Lorna amassou o papel e o atirou na parede, gritando palavras que teriam provocado sua suspensão por um mês na escola católica.

Como diabos isso aconteceu? Com o coração aos saltos, ela agora andava mais rápido, tentando pensar em onde cair. Por fim, desabou no sofá – o mesmo sofá que provavelmente seria reavido no mês seguinte, se este mês servisse de parâmetro – e colocou a cabeça nas mãos.

O que ela ia *fazer*?

De modo algum podia procurar a madrasta de novo. Lucille deixara absolutamente claro que o empréstimo de 10 mil dólares feito a Lorna depois da morte do pai era *único*. Era só o que Lorna conseguiria sob a forma de herança. E devia ser justo, uma vez que pelo menos parte do dinheiro do seguro de vida pagara a hipoteca da casa do pai.

Esses 10 mil dólares pareceram um salva-vidas sete anos antes, e, embora odiasse usá-lo em suas dívidas frívolas, Lorna jurou que nunca mais faria uma compra com cartão de crédito.

Não sabia dizer ao certo como conseguira fazer isso de novo, repetidas vezes, sem parar. Mas havia alguns motivos válidos intercalados na história – uma conta médica aqui, comida ali –, o suficiente para que ela ficasse atolada de novo. O suficiente para que ela ficasse presa à mentalidade de "mais alguns dólares não vão fazer diferença".

Era a morte financeira gradual.

Lorna tamborilou com a ponta dos dedos, pensando. Pensando. Tinha que bolar algum plano. Qualquer um. As jóias que podia vender, os empregos a mais que podia ter, as lojas de conveniência que podia roubar...

Ela ia *perder* o carro!

Como chegou a esse ponto?

A resposta lhe veio com tanta rapidez e clareza que era assustadora: ia precisar de uma droga de sapato para caminhar.

O silêncio se seguiu a este pensamento; depois a terrível ficha caiu.

Isso era uma merda.

Lorna tinha um problema.

Sem se dar ao luxo de reconsiderar, ela entrou em um site depois de outro, cancelando pedidos e chorando como uma criança que via os presentes de Natal lhe serem retirados.

Ela terminou com os sites de calçados e pegou o cartão que Boomer lhe dera mais cedo. O único que ela pensou que jamais usaria.

Phil Carson, conselheiro de crédito.

Usando a cautela sensata que empregou a vida toda, exceto nas compras de sapatos, ela procurou pelo nome na internet, à busca de sinais de credibilidade ou de fraude.

A empresa dele estava listada como membro do Better Business Bureau.* Isso era bom. Melhor ainda, o nome dele não aparecia em nenhum dos sites de reclamações. Ao que parecia, ele era perfeitamente adequado àquela ocasião, e ela ia ligar para ele assim que acordasse de manhã.

Bom, logo depois de ligar para a Capital Automóveis para resolver o financiamento do carro. Ela pagaria com o cartão de crédito por telefone.

Depois, na escuridão da noite, sentindo-se infeliz como nunca sem que ninguém tivesse morrido, Lorna teve uma idéia.

Ela entrou no Gregslist.biz da cidade, o quadro de avisos comunitário para todo tipo de coisas, de anúncios pessoais a serviços de babá e empregada e venda de colchões usados. Tinha

---

*Agência que faz avaliação das práticas comerciais das empresas. Funciona como um órgão de defesa do consumidor. (N. do E.)

de tudo, de vendas de artefatos estranhos como cabeças encolhidas a grupos de apoio para pessoas com vícios em bolos Twinkies. Nada de bolos Ho Hos, nem os Ding Dongs. Pode esquecer os Little Debbies. E os chocólatras também estavam fora. Só Twinkies.

Lorna não tinha dúvida de que, em algum lugar na Gregslist, devia haver um grupo de apoio especial para pessoas que só comiam o recheio dos biscoitos recheados.

O que tornava a Gregslist um lugar perfeito para Lorna pôr o anúncio que, se tivesse sorte, colocaria pelo menos uma pequena parte de sua vida nos trilhos de novo.

SAPATÓLATRAS ANÔNIMAS — Você é como eu? Adora sapatos mas não pode continuar comprando? Se você calça 38 e estiver interessada em trocar seus Manolo por Magli etc. nas noites de terça-feira em Bethesda, mande um e-mail para sapatolatras2205@aol.com ou telefone para 301-555-5801. Talvez possamos nos ajudar.

Capítulo 5

Naquela noite, depois de chegar em casa, Helene ficou quase uma hora no banho, tentando lavar a lembrança – e o cheiro – de sua tarde na sala de segurança nos fundos da Ormond's. A sala fedia a café barato, isopor, gesso de parede e algo vagamente parecido com urina.

Ela se sentara, completamente imóvel, enquanto o jovem segurança seboso e cheio de espinhas digitava um relatório, as palavras *furto* e *detenção* saltando para ela da tela do computador.

Havia um monte de desculpas que ela podia ter usado. Que ficou perturbada com o problema do cartão de crédito e guardou os sapatos errados; que ia até o carro para pegar outro cartão e não se lembrou de tirar os sapatos antes; ela podia até ter dito que estava sentindo o rosto pegar fogo e precisava de um pouco de ar fresco, e que deixara o outro par de sapatos de propósito ali para indicar que voltaria.

Mas Helene não queria dar desculpa. Talvez mais tarde desse, mas no momento simplesmente ficou sentada imóvel, sem confirmar nem negar as acusações. Mais tarde ela se perguntaria por quê, mas na hora estava tão arrasada que não conseguira fazer nada além de esperar.

Foi só quando o gerente da loja entrou e a reconheceu que ela conseguiu se mexer. Sabendo quem era seu marido e que isso podia ser um constrangimento público para ele e talvez para a loja, o gerente a deixou ir embora, murmurando que tinha certeza de que havia ocorrido algum mal-entendido.

Os dois sabiam – e também o segurança, o vendedor horripilante, algumas outras clientes e quem quer que ouvisse a história de segunda e terceira mãos – que não foi mal-entendido algum.

O lar não era bem um refúgio seguro. Jim não estava lá, e Teresa, a empregada, foi friamente educada, como sempre, quando Helene entrou pela porta da frente.

Ela subiu para o quarto. Jim o chamava de seu *boudoir*, mas os dois sabiam que era o espaço dela e que ele tinha o dele.

Ela tirou as roupas, deixou-as de lado, entrou no banho quente, passou xampu, condicionador, depilou pernas e axilas e enxaguou-se por completo, permitindo-se o breve luxo da água quente caindo em suas costas.

Depois disso, vestiu o roupão, penteou-se e secou o cabelo, vestiu a camisola, escovou os dentes, passou fio dental, aplicou hidratante La Mer no rosto e guardou tudo antes de finalmente se permitir ficar sentada na beira da cama.

E chorar.

Ela se concedeu uns bons dez minutos para soltar tudo, sentir tudo tão profundamente quanto precisava, antes de puxar as rédeas. Quando os dez minutos passaram, ela se endireitou, jogou água fria no rosto, aplicou de novo o hidratante e agiu como se nada tivesse acontecido.

Com sorte a novidade não se espalharia. Ela levou o laptop para a cama, ligou-o e se sentou diante dele. Entrou em todos os sites de notícias da cidade, Washingtonpost.com, Gazette.net, UptownCityPaper.net e assim por diante, e digitou seu nome em cada barra de pesquisa e esperou para conferir se havia alguma história recente.

Felizmente não havia. Em nenhum dos sites em que podia pensar, nem mesmo nos obscenos.

Com alívio considerável, ela entrou na Gregslist.biz para praticar um de seus passatempos on-line preferidos: procurar apartamentos nos bairros favoritos. Ela sempre fantasiava a compra de um lugarzinho só dela, onde pudesse escapar de Jim e de seus deveres de "esposa". E talvez, de certa forma, um dia isso fosse acontecer.

Talvez, se ela pudesse fazer algo inovador sozinha, algo que pudesse lhe oferecer seu próprio sustento sem comprometer a situação de Jim na sociedade.

Ela digitou "Adams Morgan", um dos bairros preferidos da capital; depois "Tenleytown"; "Woodley Park"; e por fim "Bethesda".

As ofertas habituais de apartamentos e casas apareceram em todos os bairros e ela já havia visto uma boa porcentagem deles, mas desta vez, quando digitou "Bethesda", surgiu um anúncio que ela nunca tinha visto.

Sapatólatras Anônimas.

Ela entendeu a ironia de imediato e seu primeiro impulso foi voltar para verificar novamente os sites de notícias e ter certeza de que eles não haviam descoberto a história do furto na loja. Mas isso era tolice. Não tinha nada a ver. Era só coincidência.

Helene era cética quando se tratava de vodu, cartomante, bola de cristal e presságios, mas dessa vez era difícil negar: tinha de ser um sinal.

E o fato de que o anúncio lhe provocou o primeiro riso sincero de que se lembrava a fez pensar que devia pelo menos anotar os dados antes que desaparecesse para sempre nos recessos sombrios dos arquivos da Gregslist.

Não é que ela fosse se filiar ao grupo. Helene sempre foi uma solitária. Mas *ia* manter essa informação à mão.

Só por segurança.

Talvez Helene estivesse cansada, mas ela sempre achou as cerimônias da Casa Branca um tédio. Mas não eram nada se comparadas com o tédio das festas pós-cerimônias a que ela e Jim sempre tinham de comparecer.

Eles estavam a caminho da *soirée* de Mimi Lindhofer no centro de Georgetown quando o "sapato de cristal" voou e Helene caiu de bunda em sua calçada cármica.

— Recebi uma ligação interessante hoje — disse Jim, como se estivesse prestes a contar que o corretor achava que ele devia investir em lombo de porco.

— Ah? — perguntou ela, distraída, vendo a paisagem estranha de Georgetown passar do lado de fora da janela. Ela sempre se perguntava como seria viver em uma daquelas casas aconchegantes e ostentosas.

Mas não se podia viver numa daquelas casas sem muito dinheiro; e se havia uma lição que Helene aprendera na última década era que as pessoas com dinheiro nem sempre tinham uma vida tão boa.

– Você ia me contar sobre seu incidente na loja? – perguntou Jim, ainda tão despreocupado que ela teve de se perguntar o que ele de fato sabia.

O coração de Helene martelou de pânico num código Morse acelerado.

– Ah, meu Deus, eu me esqueci disso – mentiu ela. – Você acredita que aquela gente realmente pensou que eu estava tentando *roubar* um par de sapatos?

Ele lançou um olhar de esguelha que fez o sangue dela gelar.

– Isso foi antes ou depois de falarmos sobre os cartões de crédito?

– Ah, foi depois – disse ela, retribuindo seu olhar frio com um tom gélido. – Isso porque eu ia ao carro pegar algum dinheiro. Acho que fiquei tão distraída com o joguinho de poder de meu marido que saí da loja com os sapatos nos pés. – Seu rosto ardeu do mesmo modo como corou quando o alarme foi disparado. Ela ficou grata por estar escuro no carro. – A idiotice é que eu deixei um par *mais caro* de sapatos para trás, então era *óbvio* que eu ia voltar. – Ela odiou chamar o pessoal da loja de idiota por tê-la flagrado, mas, nesta vida, era matar ou morrer. – Imbecis – murmurou ela com desdém.

– Eu sabia que havia uma explicação lógica – disse Jim, parecendo aliviado. – Vou cuidar para que minha secretária de imprensa levante as informações, só por segurança. – Ele tamborilou os dedos no volante. – Mas preciso dizer que quando soube da história fiquei com medo de que seu passado... Bom, sabe como é...

— Filho-da-puta. É, ela sabia, sim.

Jim tinha medo de que todos os outros deduzissem o que ele já sabia: que ela não era boa para ele.

Helene percebeu que um fotógrafo – sempre havia pelo menos alguns nestes eventos – que estivera do lado de fora da festa dos Rossi também apareceu na casa dos Lindhofer. O que era estranho, porque essas festas só davam o que falar se não houvesse mais nenhuma grande notícia a ser publicada. Em geral uma ou duas fotos eram espremidas na seção "Style" do *Washington Post*, e, de vez em quando, se uma festa fosse boa ou se uma estrela de cinema aparecesse para promover uma ou outra causa, as fotos apareceriam na *Vanity Fair*.

Do mesmo modo, se uma estagiária aparecesse morta no canal C&O ou terminasse com o DNA de um político no vestido, às vezes eram usadas as fotos arquivadas dessas festas, mas em geral elas tomavam o rumo de todas as fotos de celebridades classe E e acabavam na lixeira.

Assim, era estranho ver o mesmo fotógrafo em dois eventos na mesma noite. Mais estranho ainda era o fato de que ele era bem bonito, com um jeito afável e louro, algo que não se poderia dizer da cara dura da maioria deles.

Portanto, quando ele se aproximou de Helene depois de algumas horas de tédio e uns copos de Chardonnay, por um momento ela se sentiu lisonjeada.

— Sra. Zaharis – disse ele, com um aceno de cabeça.

Ela ergueu uma das sobrancelhas.
— Você é...?
— Gerald Parks.
— Sr. Parks. — Ela estendeu a mão, ciente de que estava ficando bêbada mas se permitindo desfrutar de um instante de paquera. — Você é fotógrafo.
— Sim, eu sou. — Ele ergueu a câmera e apertou o botão, disparando um flash rápido para ela.

Ela pestanejou e por um momento a silhueta dele flutuou com certo mistério diante dela. Será que ele quis ser desagradável ou lisonjeiro? Em vista da semana infeliz que teve, Helene preferiu acreditar na última opção.

— Não consegue achar nada mais interessante para fotografar?
— Na verdade, Sra. Zaharis, eu a considero *muito* interessante.

Ela pegou uma taça de champanhe da bandeja de um garçom que passava.

— Então talvez não tenha visto o bastante.

O que quer que Gerald Parks pretendesse responder, foi interrompido pela chegada de Jim.

Ele enganchou o braço no de Helene, segurando-a como um torno.

— Querida. — Ele a beijou no rosto, arranhando-a com a barba iminente. Agora em público, eles eram a imagem da felicidade conjugal. — Quem é seu amigo?

Ela queria lhe perguntar se ele havia sido atraído pelo fato de ela estar falando com outro homem ou pelo fato de que o outro homem tinha uma câmera que podia, quem sabe, registrar a ascensão de Jim a um cargo mais elevado. Em vez disso ela abriu o que considerava seu Sorriso de Mulher de Político e disse:

— Este é Gerald Parks. É fotógrafo.

— Foi o que pensei. — Jim olhou para a câmera e fez um gesto e aumentou o aperto na cintura de Helene. — Cobrindo os manda-chuvas da política ou as esposas?

— Alguns dos manda-chuvas *são* esposas — observou Helene, desejando outra taça de champanhe uma vez que a dela havia se esvaziado de algum modo.

Jim riu.

— Tem razão, me pegou. — Ele assentiu como um velho camarada para Gerald Parks e acrescentou: — E recepcionistas e aeromoças podem ser homens.

— Aeromoços.

O sorriso de Jim ficou congelado.

— Como?

— Se os homens fossem aeromoças — disse Helene — então seriam aeromoços. — Ela ouviu a estrutura estranha da frase, mas já havia falado e não tinha certeza de como corrigir.

Estava na hora de ir para casa dormir.

Jim soltou uma gargalhada.

— *Touché*, querida. Você está afiada hoje. Me faça um favor? Pode pegar um scotch para mim?

Ela estava sendo dispensada. Tomara uma ou duas taças de champanhe além da fronteira do constrangimento, e Jim queria que ela se afastasse de qualquer um que pudesse identificá-la por qualquer atitude que não fosse perfeitamente aceitável e moderada.

Para sua falta de sorte Helene sabia que ele tinha razão. Passara duas taças do limite de ignorar educadamente peidos e estava a uma de cantar caraoquê. Já que não poderia ficar sóbria em apenas um segundo, ela concordou que devia se retirar da situação.

— Claro — disse ela, tirando o braço dele da cintura com um pouco mais de força do que precisava. Ela virou seu sorriso para Gerald e encontrou os olhos dele, sentindo-se quase como se eles tivessem acabado de marcar um encontro que ela não queria que o marido soubesse. — Com licença, Sr. Parks.

Ele assentiu e Helene percebeu que o dedo dele se agitava no disparador da câmera, mas ele não tirou uma foto.

Ela entendeu aquele gesto como um segredo entre os dois.

Meu Deus, ela estava bêbada.

Ela foi até o bar e pediu um copo de vinho, uma bebida mais suave para o champanhe que tinha tomado. Jim não queria um uísque. Ora essa, ele nem bebia quando estava nesse papel. Só gostava de *dar a impressão* de que bebia, para que ninguém o acusasse de ser um ex-alcoólatra ou, pior, de não ser bastante másculo. A cena de John Wayne funcionou muito bem para Ronald Reagan e, por Deus, ia funcionar também para Jim Zaharis.

Ela tomou um gole do vinho e olhou em volta, procurando por alguém suportável para conversar. De cara viu umas dez pessoas que preferia evitar, e assim, quando a assessora de Jim, a jovem Pam Corder, passou por ela, Helene a pegou.

— Pam!

Pam parou, virou-se para Helene e pareceu ficar pálida.

— Sra. Zaharis.

Helene pegou Pam pelo braço e disse:

— Você *precisa* me salvar dessa gente. Quero dizer, sei que trabalha para meu marido, mas se puder me livrar de outra conversa com Carter Tarleton sobre pescaria em Maine eu lhe serei eternamente grata.

Pam olhou em volta, insegura.

— Hmmm. Tudo bem.

A garota era completamente destituída de personalidade. É claro que era bonita, mas não parecia ter muita inteligência. Helene costumava se perguntar por que Jim a mantinha no gabinete em vez de contratar alguém mais capaz, com mais jeito de secretária que de Barbie.

— E então. — Helene tomou outro gole de vinho. Na verdade, conversar com Pam podia ser *mais* difícil do que ouvir uma história exagerada de Carter. — Como estão as coisas?

Pam retrocedeu um passo quase imperceptível. Mal foi perceptível, isto é, a não ser que você fosse esposa de político que esperava que as pessoas não percebessem que você estava bêbada. O primeiro pensamento de Helene foi que a garota recuou para não sentir seu bafo de álcool.

Mas de imediato foi seguido por outro: Pam tinha algo preso nos dentes.

— Você tem alguma coisa... — Helene apontou para os dentes dela.

— Como? — Pam lançou para ela um olhar inexpressivo.

Helene semicerrou os olhos e se inclinou para Pam, olhou mais de perto e disse:

— Você tem alguma coisa presa nos dentes da frente.

Foi durante a fração infinitesimal de segundo no meio da palavra *dentes* que Helene percebeu exatamente o que estava preso nos dentes da frente de Pam.

Era um cabelo crespo e preto.

E, sem um fragmento de prova que fosse, Helene teve certeza absoluta de que pertencia a Jim.

— Tenho? — perguntou Pam, ainda sem saber que a pessoa diante dela deduzira que ela tinha um pêlo pubiano preso nos dentes.

— É um... — Helene hesitou. Não havia jeito de dizer isso. E com a aparente certeza de que pertencia ao marido, não havia de fato um *motivo* para comentar. — Não é nada — disse ela. — Um truque da iluminação.

— Ah. Está bem. — Pam abriu um sorriso fraco, exibindo com clareza o pêlo entre os dentes.

É, não havia dúvida sobre o que era aquilo. Até as mulheres certinhas do DAR como Nancy Cabot poderiam reconhecer. E havia um monte delas ali naquela noite.

Helene estava quase gostando da situação.

— Sabe onde posso encontrar Ji... o senador Zaharis? — Pam estava enforcando a si mesma e Jim a cada palavra.

Quer fosse pelo vinho ou pelos últimos dez anos, Helene não tinha certeza, mas respondeu:

— Da última vez em que o vi ele estava no corredor do saguão, conversando com alguém. — Ela devia ter se importado, mas não ligou. Naquele momento não ligava muito para nada.

Ela furtara uma loja.

E fora flagrada.

E a assessora do marido, que o chamava pelo prenome — e que, pensando bem, estivera ausente junto com Jim por algum tempo depois que eles chegaram à festa — tinha um pêlo pubiano preto preso entre os dentes da frente.

Não era uma noite boa para Helene.

— Sra. Zaharis, nos encontramos mais uma vez. — Era o fotógrafo, Gerald.

Talvez o porre de Helene tenha passado um pouco com a recente revelação da assessora, mas de repente Gerald parecia muito menos bonito e muito mais letal.

— Pois é – respondeu, acostumada a reagir a essas eventualidades com o maior charme que podia exibir.

No momento, isso consistia em um *pois é*.

— Lamento que tenhamos sido interrompidos antes.

Ela estava entrando no modo de cinismo. Algo nesse cara, na insistência dele e no fato de que ele parecia estar em toda parte aonde ela olhava a desconcertava.

— Por quê?

— Por que não conseguimos conversar.

— Não conseguimos?

Ele olhou para ela com frieza.

— Não, eu ia lhe contar sobre uma das sessões de fotografia mais interessantes que tive ultimamente. Na verdade, foi ontem mesmo. – Ele hesitou por um momento mais longo do que faria uma pessoa gentil. – A *senhora* fez algo interessante ontem?

Além de ser pega roubando numa loja?

— Não que eu me lembre. – Sua névoa alcoólica estava se dissipando.

— Que engraçado – disse Gerald. – Porque a senhora figurou com destaque na parte mais interessante do *meu* dia.

Helene olhou para ele.

— Eu? – Ela teve sensação muito, muito ruim de que ia obter a resposta que não queria ouvir.

Gerald assentiu.

— Eu estava na loja de departamentos Ormond's ontem. É a liquidação semestral deles, a senhora sabe.

— É mesmo?

Os dois sabiam que ela estava blefando.

Ele assentiu, fazendo o joguinho.

— Fiz algumas tomadas por lá.

— Quer dizer fotos. — Ela arqueou uma sobrancelha. — Ou andou tomando tequila no banheiro masculino?

Ele riu.

— Ainda bem que não, ou teria perdido uma história muito boa.

— Você não parece o tipo de homem que acharia *qualquer coisa* interessante na Ormond's. — Ela olhou seu terno qualidade SuperMart. — Estava só de passagem, a caminho do estacionamento?

— Na realidade, estava. Fui comprar uma bateria para minha câmera numa daquelas joelharias elegantes. Sempre fico louco por ter que comprar uma bateriazinha cara como essa em vez de pilha comum, mas por acaso tive uma sorte danada.

— Foi mesmo?

Ele assentiu, entusiasmado.

— Eu estava passando pela Ormond's, indo para meu carro, e mexia na câmera para me certificar de que a bateria estava funcionando, quando me deparei com uma cena inacreditável. Não fazia idéia de que ia topar com uma história de verdade, mas topei. — Ele pegou um envelope no bolso. — Dê uma olhada. É material bom.

Ele havia planejado encontrá-la e encostá-la na parede naquela noite.

— Não estou muito interessada em seu trabalho, Sr. Parks. — Ela não queria ver o conteúdo no envelope.

— Ande, dê uma olhada. — Ele o sacudiu para ela, como um domador de leões agitando um bife para atrair a atenção de sua cobaia. — Imagino que vá achar realmente interessante.

Ela olhou para ele sem dizer nada.

— É melhor saber por mim agora do que pelos jornais amanhã.

Helene pegou o envelope com relutância. Àquela altura, ela fazia seu papel num jogo em que não tinha alternativa a não ser participar.

Levando o que pareceram horas, ela abriu o envelope e tirou a pilha arrumada de fotos 10 x 15 em preto-e-branco.

A primeira era dela, de longe, falando com Luis no departamento de calçados da Ormond's.

A segunda mostrava Luis devolvendo seu cartão de crédito, estendendo-o para ela.

A terceira mostrava Luis devolvendo o cartão de crédito a ela *de novo.*

A quarta era um close muito bom da angústia em seu rosto enquanto ela falava com a empresa de cartão de crédito ao telefone.

A quinta... Bom, a mesma cena.

A sexta – esta era a pior. Mostrava Helene olhando para a esquerda de um jeito que ilustra claramente *ver se a barra está limpa.*

A sétima mostrava Helene colocando um dos sapatos novos no pé direito, os velhos bem visíveis na caixa a seus pés.

A oitava era uma foto ótima do conflito em seu rosto enquanto ela empurrava a caixa com os sapatos usados para baixo da cadeira em que estava sentada.

A nona, a décima e a décima primeira mostravam Helene encaminhando-se para a saída com um andar que parecia confiante e uma expressão que parecia ambígua.

A décima segunda, abrindo a porta.

A décima terceira – esta era digna de um prêmio – era do segurança, com a cara séria de polícia montada de Maryland, correndo atrás dela.

E a décima quarta... Era história. Junto com as fotos 15 a 25. Formavam uma documentação momento a momento da apreensão e detenção de Helene.

Ela olhou as fotos novamente, depois as arrumou numa pilha ordenada — como lhe haviam sido apresentadas — e as devolveu a Gerald Parks.

— Não tenho certeza se entendi por que isto seria de interesse para alguém — disse ela, mas sua voz oscilava o bastante para garantir a uma pessoa observadora que sim, Helene *tinha* certeza.

Helene tinha uma certeza dolorosa.

— Ah, porque são uma seqüência de fotos mostrando a senhora... pra ser franco, eu quase não acredito na minha sorte... roubando um par de sapatos de uma loja, sendo flagrada e detida por isso. — Ele explicou numa voz tão simpática que podia ter sido um guarda-florestal local contando a criancinhas sobre a vez em que encontrou uma cobra inofensiva na banheira.

E tirou fotos dela.

Era puro Momentos Particulares Mais Constrangedores da América, e Gerald Parks acabara de ganhar o primeiro prêmio.

— Foi um mal-entendido — disse Helene com frieza.

— Então significa que não estava roubando? — Ele sacudiu a cabeça. — Não de acordo com minhas fontes.

— E quem são suas fontes? — Ela queria continuar calma, mas estava óbvio, só de olhar as fotos, que ela era culpada; e ninguém que as visse acreditaria na história que ela contara a Jim.

— Agora, Sra. Zaharis, se eu lhe contasse isso, podia colocar essa pessoa em risco. E mais importante, a história. — Ele estalou a língua nos dentes. — Acho que os jornais vão me pagar um bom dinheiro por esse material, é o que penso.

— Os jornais não estão interessados em mim.

— Não seja tão modesta. — Meu Deus, como ele podia parecer tão bom e tão cordial enquanto fazia uma chantagem terrível? — A senhora é casada com quem muita gente diz que será o futuro presidente dos Estados Unidos. Sua foto apareceria com destaque na seção "Style" do *Post* e no *Washingtonian*. A senhora é, para usar uma expressão jurídica, *parte interessada*.

Helene olhou para ele em silêncio, atordoada — e quase até impressionada — com sua capacidade inacreditável para a crueldade *blasé*. Uma pessoa que não fala a língua teria deduzido, pelo tom de voz dele, que Parks era um homem respeitoso expressando sua apreciação pela beleza e pelas realizações de Helene.

— Vejo que a surpreendi — disse Gerald. — Me desculpe por isso. Pode não acreditar, mas pensei muito bem e não há maneira mais elegante de levantar um assunto como este. A gente simplesmente tem que *bam!*...

Helene se retraiu, assustada.

— ...ir direto ao que interessa.

Novamente, seu tom de voz era tão caloroso e despreocupado que ela não conseguia deduzir em que ponto ele queria chegar. Será que ele ia vender as fotos? Ou seria possível que ele só a estivesse alertando para andar na linha porque havia pessoas indecentes lá fora que podiam não ser tão gentis com ela?

Helene já vivera o suficiente para duvidar seriamente da última opção, então perguntou direto a ele.

— O que pretende fazer com estas fotos e suas alegações de roubo, Sr. Parks?

Os olhinhos escuros dele se acenderam, como um professor orgulhoso da aluna que deu uma resposta particularmente inteligente.

— Isso cabe à senhora.

— Cabe a mim. — Se de fato coubesse a ela, o homem ficaria seco ali mesmo e explodiria.

Ele balançou a cabeça.

— Sou um trabalhador, Sra. Zaharis. Preciso ganhar a vida, como todo mundo. — Ele parou e uma caluniadora expressão de desdém cintilou em seus olhos. — Bem, como a *maioria* das pessoas.

Era tentador dizer que ela sabia muito bem o que era ganhar a vida, mas Helene não ia criar nenhum tipo de camaradagem com ele, mesmo que muito vaga.

Além disso, não era da conta dele.

E ele já sabia demais sobre ela.

Então Helene disse:

— A maioria das pessoas ganha a vida de maneira honesta.

— Sem dúvida alguma — concordou ele. — É exatamente assim que gosto de viver. E a senhora pode ficar tranquila pois não tenho a intenção de mentir para *ninguém* sobre a senhora. — Ele indicou com a cabeça a pilha de fotos que ela ainda segurava. — Estas fotos contam a verdade, toda a verdade e nada mais que a verdade por si mesmas. Não é necessário que eu enfeite nada.

Helene sacudiu a cabeça.

— Aonde quer chegar, Sr. Parks? Não tenho tempo nem interesse para ficar aqui tentando decifrar seus enigmas.

Ele apontou o dedo indicador para ela.

— É uma dama perspicaz, Sra. Zaharis. Gosto da senhora. Quero chegar no seguinte: a senhora me paga uma quantia de 25 mil dólares de adiantamento.

Ela ofegou, depois olhou em volta, na esperança de não ter chamado a atenção de ninguém.

— *Vinte e cinco mil dólares?* – sussurrou ela asperamente. – Deve estar brincando.

— Ah, não. De jeito nenhum. Olha, eu pensei muito nisso. Não queremos que um saque enorme do banco chame atenção para a senhora. Pode explicar com facilidade uma retirada de 25 mil como doação política ou filantrópica; mais do que isso, porém, seu maridinho poderia começar a pedir recibos ou coisa assim.

Ele não sabia de nada.

— Meu marido acompanha as finanças dele muito de perto – disse ela.

— As finanças *dele?* Que estranho. São suas finanças também. E a senhora e eu sabemos que, de onde a senhora vem, 10 mil pratas e um "salário" de, digamos, alguns milhares de dólares por mês não são nada.

Alguns *milhares de dólares* por mês? E logo agora, quando Jim tinha puxado as rédeas de seus gastos.

— De onde eu venho – disse ela num tom gelado – as pessoas não pensariam na chantagem como uma forma legal de ganhar dinheiro.

— Não gosto desse termo, *chantagem.*

— É uma descrição exata.

— Sim, é. Mas prefiro entender que estou salvaguardando a senhora da própria realidade. – Ele riu. – De certo modo, sou seu destacamento particular do Serviço Secreto. Aliás, gostaria de receber as 25 mil pratas na forma de cheque ao portador, sem nome nem endereço. Consiga o dinheiro e se prepare. Entrarei em contato ainda nesta semana.

— Onde? Quando?

— Não se preocupe com isso. Eu a encontrarei.

A raiva tomou o peito de Helene. Ela se esforçou demais e por muito tempo para ter esta vida e agora deixar que um babaca lamuriento como esse tirasse tudo dela, e no entanto não parecia ter alternativa. Aqui estava ele, propondo que ela lhe pagasse 25 mil dólares, provavelmente repetidas vezes, de acordo com as necessidades financeiras dele.

A não ser, é claro, que ele quisesse um *aumento* por seu trabalho árduo.

Isso podia continuar para sempre, destruindo sua vida em frações de dólar, até que ela enfim desmoronasse.

Ela não ia fazer isso.

— Não vou lhe dar nem um centavo. Não faz idéia do que aconteceu naquele dia, ou das fotos que tirou. — O flash. De repente ela se lembrou disso. Lá fora, enquanto o alarme berrava, ela pensou que também havia luzes. Mas não eram luzes; era o flash da câmera de Gerald Parks.

Ela devia ter pensado nisso há muito tempo. Devia ter se preparado para esse momento, devia ter se prevenido. Talvez até falado com o advogado com antecedência.

Só que ela não podia falar com o advogado sem que Jim descobrisse e ela *não* queria que Jim descobrisse isso, acima de tudo, agora que estava sendo chantageada.

Gerald Parks a pegara num contrapé que ele jamais teria imaginado.

Não importava. Ele sabia o suficiente. Mesmo que ela só quisesse evitar que a imprensa descobrisse, ele a pegara.

E ele sabia disso.

— A senhora vai pagar — disse ele, com completa confiança. — Prepare-se. A senhora me verá logo.

Capítulo 6

Era Steve de novo.

Engraçado como ele sempre parecia ligar para Sandra lá pelas 3h30 quando ela estava no horário das 4h. Ela quase podia contar com isso.

Ela ficava de olho no relógio.

Eles conversaram de novo sobre a necessidade que ele tinha de atividade social. E de novo rendeu uma boa grana para Sandra, enquanto custou a Steve um pouco mais do que ele devia pagar por uma amiga.

— Da última vez nós não falamos de ingressar em algum tipo de grupo de apoio ou programa assim? – perguntou Sandra a ele, assumindo a Voz de Terapeuta Profissional.

Ele não era o único cliente que gostava daquela voz. Na verdade, ele devia precisar menos dela do que alguns outros, mas esta era uma questão totalmente diferente.

— Já — disse Steve a ela. — E eu tentei. Não deu certo.

— O que você fez?

— Primeiro, procurei um grupo ou coisa assim de que eu pudesse participar.

— E?...

— E o grupo de apoio a transexuais em Washington já estava lotado.

Sandra não sabia o que dizer.

— Brincadeirinha — disse Steve, soltando as primeiras notas de leveza que ela ouvira dele. — Liguei para um clube de culinária e um clube de jardinagem, mas ao que parece é preciso ter alguma experiência e apresentar propostas, por assim dizer. Não dá para se filiar a eles só para aprender.

— Isso é péssimo.

— É, depois liguei para o número dos Pais sem Parceiros, mas não basta *querer* ter filhos... É preciso ser pai solteiro.

Sandra esperou que ele dissesse que estava brincando de novo, mas desta vez ele não disse, e ela se viu inesperadamente sensibilizada pela idéia de que aquele pobre solitário queria ter filhos.

— *Depois* dei com um anúncio para pessoas que gostam de sapatos. E imaginei, é, eu gosto de sapatos. — Ele bufou uma risada. — Gosto muito mais deles do que de ficar descalço.

Sandra ficou confusa.

— Uma reunião para pessoas que gostam de sapatos? — Ele deve ter entendido mal.

— Esquece. É muito específico. Tem que ser mulher, antes de tudo, ou pelo menos... saca essa... uma *drag queen* com pé de estreito a normal. Não pode tamanho largo.

— *Como é?* Steve, fala sério, o que é que você está dizendo? Um grupo para pessoas que gostam de sapatos, mas você não pode ter pés largos ou ser *drag queen?* – E por que tudo continuava voltando para a transexualidade com ele? Ela não ia perguntar, mas sem dúvida imaginou.

– Tá legal, está aqui. – Ela o ouviu clicar no computador. – Sapatólatras Anônimas...

Sandra se endireitou na cadeira.

Seria pra valer? Porque esse era exatamente o tipo de sonho fora-do-apartamento que ela sempre teve. Depois de esperar e esperar por uma cotovelada de Deus ou Sei Lá Quem, finalmente o sonho seria realizado de uma forma bem específica. E agora que ela estava se sentindo mais capaz de sair...

– ...reuniões em Bethesda toda terça-feira à noite...

Agora veja só, isso está ficando cada vez mais estranho. Sandra estava livre nas terças à noite.

É claro que ela estava livre em todas as noites. Vamos tirar essa da lista de "estranho".

– E elas trocam sapatos, eu acho. Fala a respeito de troca de Magli...

Ele pronunciou "meg-lais" em vez de *mali*, mas ela entendeu o que ele quis dizer. Havia um par ali no chão, bem diante do sofá.

– Ah! E você tem que ser tamanho 38. *Mulheres* de tamanho 38; 39 não serve, nem 35. Se for homem com sapatos tamanho 38, pode esquecer. – Ele fez um ruído de nojo. – Isso é que é ganhar um tapa na cara de um grupo exclusivista logo quando você está tentando sair e sentir que *pertence* a algum grupo. Babacas.

Sandra, enquanto isso, sentia que podia estar ouvindo sobre o primeiro clube na história do mundo em que ela podia ingressar. Tudo isso era muito suspeito.

Será que ele descobriu onde ela morava, veio ao apartamento dela, vasculhou seu armário e verificou sua marca preferida de sapatos e o tamanho?

— E você viu isso na internet — disse ela em dúvida, perguntando-se se devia pegar o celular para ligar para a polícia e pedir que rastreassem a chamada de Steve, ou se devia ligar o computador e encontrar esse grupo antes que desaparecesse do mundo dos contos de fadas.

— É — disse Steve, tão sem malícia que ela não acreditou que sua paranóia pudesse ter sentido.

Não havia como Steve tê-la localizado. A empresa se certificava de que as chamadas fossem roteadas por vários eixos de transferência antes de terminar nas operadoras.

— Então esse não é o grupo para você — disse ela, ainda ressabiada, mas sentindo-se muito melhor do que minutos antes.

— É. É isso que se consegue por entrar em um quadro de avisos on-line gratuito para encontrar afirmação. Talvez eu precise mesmo de um psicólogo.

Psicólogo! Merda! Ela olhou a hora.

Cinco para as quatro.

— Pode pensar nisso, Steve — disse ela, usando uma voz de *vamos encerrar* de que ela raras vezes precisava quando era paga por minuto. — Pelo menos levaria você a sair, e você se acostumaria a ter contato cara a cara com alguém. Pode ser um grande primeiro passo para você.

— Acha mesmo?

Ela assentiu, embora ele não pudesse vê-la.

— Acho, sim.

— Bom, e os medicamentos? Os psicólogos não podem receitar e talvez eu precise de algum remédio...

— Um psicólogo pode lhe dizer se você precisa ver um psiquiatra para conseguir drogas psicotrópicas.

— Como é?

— Antidepressivos.

— Ah. – Ele parou novamente. Deviam custar uma grana. – Você acha mesmo?

— Acho mesmo. Na verdade... – Ela olhou o relógio e viu que tinha dois minutos para o compromisso das 16 horas. – ...acho que você devia ligar para alguém agora mesmo. Não é que haja algo errado com você, Steve – ela se apressou em acrescentar. – Mas acho que existe ajuda lá fora para alguém sensível como você, que encontra dificuldades para sair neste mundo louco. Faça isso *agora, antes que* a chama se apague. – Chama podia ser um exagero mas, de acordo com a experiência de Sandra, os homens adoram exageros.

— Talvez tenha razão – disse ele, parecendo esperançoso pela primeira vez para Sandra. – Acho que vou dar uns telefonemas.

— Excelente! – Raras vezes as chamadas terminavam num clímax para ela. – E lembre-se – acrescentou Sandra, dando um conselho que ela sabia que também lhe servia –, dê pequenos passos. Não tente fazer tudo ao mesmo tempo.

— Penny – ele fez uma pausa, e ela o imaginou sacudindo a cabeça e sorrindo –, você é o máximo.

— Você também, Steve – disse ela, perguntando-se se um deles estava usando um nome verdadeiro, ou se toda a camaradagem era só uma miragem. – Mas não deixe de me contar como vão as coisas, está bem?

— Pode deixar. – Ele parecia mais forte do que de costume. – Vou ligar para você.

— Obrigada, Steve. – Ela desligou o telefone e hesitou, perguntando-se pela milésima vez se era tão errado assim deixar aquele pobre rapaz telefonar e pagar tanto por minuto para ter uma amiga.

Ela sabia que não era uma situação *boa*, mas a decisão era dele. Ele preferia fazer isso repetidas vezes. Embora ela o tivesse avisado que custava caro.

Até que ponto ela precisava ser responsável por isso?

Não era uma pergunta que Sandra pudesse responder, então ela decidiu se preparar para a Dra. Ratner, seu compromisso das 16 horas. Pelo qual ela pagava 130 pratas a hora.

Comparado com o que Steve estava pagando, parecia uma mixaria.

A conversa com a Dra. Ratner tomou o rumo de sempre.

— Estou preocupada porque você não está se sentindo confiante o suficiente para vir a meu consultório — disse a Dra. Ratner. — Fica só a seis quadras de distância. Pode vir a pé para cá em 10 ou 15 minutos e ter o prazer de saber que você venceu um de seus desafios.

Desafios. Tá legal. Era uma fobia. Não havia como fugir disso. Sandra não gostava de sair de seu apartamento. Sabia que se chamava agorafobia, ela sabia que era comum, sabia que *podia* ser curada com algum esforço... Para algumas pessoas. Ela sabia muito sobre isso.

Ela sabia que tinha de vencer o medo e sair de casa. Era o que diria qualquer manual básico de psicologia e já era hora de colocá-lo em prática.

— Estive muito ocupada — mentiu ela, perguntando-se por que estava pagando tanto por hora para mentir a uma terapeuta.

— Sandra, você precisa fazer de si mesma uma prioridade.

— Eu sei.

— Você disse isso todas as semanas durante quase um ano — insistiu a Dra. Ratner. — Não tenho certeza se realmente entendeu. Pode ligar para mim quando quiser, toda semana, todo dia, sempre que precisar. Mas não vai ficar *melhor* se não romper esse muro e sair de seu ambiente seguro.

— Sempre que você diz isso faz parecer que o mundo lá fora não é seguro.

— Talvez porque você *sinta* que não é seguro. Talvez esta seja uma boa razão para você sair e enfrentar seus demônios. — A voz da Dra. Ratner era tranqüilizadora, mas sua proposta ainda parecia inviável para Sandra. — Até que faça isso, não acho que eu, ou qualquer outra pessoa, possa verdadeiramente ajudá-la.

— Mas o que você está dizendo? — Meu bom Senhor, será que a terapeuta estava *terminando com ela*?

— Estou dizendo simplesmente que você precisa sair por uma hora. Meia hora. O tempo que puder. Olha, dirija até o mercadinho e a biblioteca, e venha a meu consultório de vez em quando. Sabe que pode fazer isso sem correr nenhum risco. O que estou dizendo é apenas que você precisa se desafiar um *pouco* para superar sua fobia. — A Dra. Ratner hesitou por um instante, talvez sem perceber que Sandra chorava em silêncio do outro lado da linha. — Isso faz sentido?

Sandra assentiu, depois disse em voz baixa:

— Faz.

— Excelente. Então, que tal uma sessão de cinema?

Sandra sacudiu a cabeça sem ser vista.

— Apinhado demais. E os filmes hoje em dia são longos.

Ela sabia que precisava tentar. E não seria um filme chato num cinema escuro e horripilante. Precisava conhecer pessoas com quem se sentisse segura, gente com quem tivesse alguma característica em comum. A única maneira de se imaginar saindo e levando uma vida parecida com o normal era estar com amigos, conversar sobre algum assunto que a interessasse — ao contrário de uma festa, na qual todas as mulheres magrelas e os homens lindos ficavam se agarrando enquanto ela trabalhava na cozinha.

— Então, no que é que está interessada? — perguntou a Dra. Ratner. — O que parece confortável e atraente para você? Não importa o que você escolher... Basta escolher algo que acredite que possa fazer.

— Eu não sei!

— Tudo bem. — A voz da Dra. Ratner era suave, mas havia uma firmeza no tom que Sandra raramente ouvia. — Está tudo bem, Sandra. Mas vamos considerar isso uma tarefa para a semana que vem. Encontre um interesse... Só *um* interesse, e isso pela semana toda... Que a faça sair e que dure, digamos, mais de uma hora. Sessenta e um minutos seria ótimo. Só precisa ser mais de uma hora. E isso vai progredir. Está preparada?

Uma hora.

Ela podia fazer isso.

Não podia?

Ela queria fazer. Queria ficar melhor. Então ela perguntou:

— Está falando de, tipo assim, uma ida ao mercadinho? Ou à Catedral Nacional ou ao zoológico, ou coisa assim?

— Não, Sandra. Essas são atividades que você se imagina fazendo sozinha...

Ela estava certa.

— ...o que estou sugerindo é uma hora de contato social verdadeiro. Uma reunião na cidade, uma associação de donas-de-casa, qualquer coisa em que possa pensar. Não importa *o que* seja, só o que importa é sair e fazer. — Ela parou por um momento e Sandra nada disse, então ela continuou: — Acho que faria um bem danado a você.

— Tá bom — disse Sandra, de repente uma criança petulante. — *Tá legal.* Eu vou fazer.

— Ótimo — disse a Dra. Ratner. — Sandra, estou falando muito sério. Acredito que não achará tão difícil quanto você teme que seja. Isso mudará sua vida.

Isso mudará sua vida.

Se Sandra tinha uma necessidade, era que sua vida mudasse. Quase não importava que mudança fosse; ela só precisava de uma interrupção na rotina a que estava presa antes que a vida a devorasse.

Depois de desligar com a Dra. Ratner, ela ligou o computador e abriu o navegador. Dali, só o que ela teve de fazer foi digitar "Sapatólatras, Bethesda" e o anúncio de que falou Steve Fritz apareceu na tela.

> **SAPATÓLATRAS ANÔNIMAS** — *Você é como eu? Adora sapatos mas não pode continuar comprando? Se você calça 38 e estiver interessada em trocar seus Manolos por Magli etc. nas noites de terça-feira na região de Bethesda, mande um e-mail para sapatolatra2205@aol.com ou telefone para 301-555-5801. Talvez possamos nos ajudar.*

Ela olhou o anúncio por um longo tempo, tentando se convencer a dar o telefonema, mas parecia ser um primeiro passo grande demais. Meter-se direto numa reunião com pessoas que sem dúvida esperavam que ela fosse sociável... Embora o grupo parecesse perfeito, Sandra precisava começar mais devagar.

Mas ela estava interessada. Então impôs alguns minidesafios para si mesma.

O primeiro foi uma ida a uma lanchonete. Como praticamente não havia nada no cardápio que fosse permitido pelo Vigilantes do Peso, seria uma viagem rápida. Ela saiu, pediu uma Coca-Cola Zero, sentou-se em uma cadeira de frente para a janela e bebeu, obrigando-se a ir devagar e usar o truque da Dra. Ratner de "flutuar" por suas sensações de desconforto.

Vinte minutos pareciam ter sido duas horas, mas, quando saiu, Sandra sentia que tinha realizado algum feito.

Era um ato pequeno e quase todas as pessoas no planeta podiam fazê-lo diariamente sem sequer pensar, mas Sandra estava aprendendo a parar de se repreender por sua fobia, e assim, sempre que tinha aqueles pensamentos impacientes consigo mesma, tentava detê-los.

Mas nem sempre dava certo.

— Quanto mais você tentar afastar o medo, mais ele vai voltar — disse a Dra. Ratner ao telefone quando Sandra ligou para ela naquele mesmo dia.

— Mas é tão idiota — disse Sandra, aflita. Ela queria sorvete. Pizza. O pavê feito com creme batido e o famoso wafer de chocolate da Nabisco.

Ela queria *algo* que lhe desse prazer, porque tomar um refrigerante diet com aspartame numa lanchonete gordurosa de fast-food não lhe proporcionava tal sensação.

— É o que é — disse a Dra. Ratner. De vez em quando ela vinha com essas frases "filosóficas" de enlouquecer e que não ajudavam em nada.

— *É* — disse Sandra — *ridículo*. Todo mundo pode andar pela rua sem sentir palpitações. Eu *odeio* isso. — Cara, ela estava mesmo sendo uma pirralha nessa história. Mas não podia evitar. Ela odiava *mesmo*. Só estava expressando seus sentimentos. Normalmente a Dra. Ratner teria aplaudido isso.

— Sandra, você saiu hoje por meia hora e nem por isso morreu. Isso não lhe diz nada?

Estava na ponta da língua de Sandra dar uma resposta impertinente sobre como aquilo queria dizer que ela era uma covarde por correr para casa para se livrar de estranhos grandes e maus, mas ela concluiu que seria contraproducente.

— Diz que eu preciso de outra viagem de campo — disse ela.

— Ótimo! — A Dra. Ratner parecia deliciada de verdade. Ela obviamente havia achado que era um progresso.

E talvez fosse mesmo.

— Qual será a próxima? — perguntou ela a Sandra. — Um museu? Talvez uma refeição numa mesa compartilhada de restaurante?

— Marquei uma hora com um hipnotista — disse Sandra, um pedaço de si esperando que a Dra. Ratner expressasse choque e reprovação. — Para afastar minha fobia por meio da hipnose. — Houve um silêncio e Sandra perguntou: — Acha que é idiotice?

— De forma alguma — respondeu a Dra. Ratner. — Só estou me xingando por não ter sugerido isso antes.

— É mesmo? Então acha que há alguma validade nisso?

— O que eu sei é que funciona maravilhosamente bem para algumas pessoas. Se você for uma delas, isso é incrível.

— E se não for?...

— Então você não vai se sentir pior do que está agora. Na verdade, eu diria que definitivamente você vai se sair bem, porque aprenderá novas dicas de relaxamento que podem ajudá-la em qualquer situação de ansiedade. Bom trabalho, Sandra. Estou orgulhosa de você.

Dois dias depois, quando Sandra tentava se convencer a sair de seu apartamento cinco minutos antes de sua consulta começar, ela pensou nas palavras da Dra. Ratner.

Ela respeitava muito a Dra. Ratner. Demais, na verdade, para chamá-la de Jane, embora ela lhe tivesse dado liberdade vezes sem fim. Para Sandra, "Dra. Ratner" parecia muito mais agradável quando se tratava de revelar seus pensamentos íntimos mais constrangedores. E ela a respeitava tanto que não queria ligar e dizer que tinha se acovardado diante de um compromisso que fizera a Dra. Ratner se sentir tão bem ao saber que Sandra havia marcado.

Então ela respirou fundo e saiu pela porta.

Quando chegou ao pequeno prédio quadrado de tijolinhos onde o hipnotista tinha consultório, ela estava dez minutos atrasada. A caminho do terceiro andar, na caixinha de aço do elevador, ela tentou pensar nas desculpas que daria à secretária intrometida que esperava ver. Mas quando entrou na sala não havia secretária. Na verdade só havia uma sala apertada, repleta de livros e folhetos e um homem de meia-idade atraente que parecia exatamente o que se imaginava de um cara em uma sala bagunçada, cheia de livros para ver.

— Sandra? — perguntou ele, abrindo um sorriso caloroso.

— Sim, desculpe pelo atraso. Havia tanto trânsito...

— Não se preocupe com isso. — Ele agitou a mão. — Muita gente muda de idéia na última hora e não aparece. É difícil encarar seus medos de frente.

E ia ficando mais difícil a cada minuto.

— Ainda dá tempo para... Desculpe, não sei como isso funciona. Tem um tempo determinado?

— Depende de você. — Ele abriu a porta da sala principal e sinalizou para ela entrar. — Sempre marco consultas de uma hora e meia para que meus clientes não tenham a sensação de que estão sendo apressados.

Ela entrou na sala e viu que era uma versão menor daquela que acabaram de deixar. Estantes revestiam cada parede e continham um livro após outro de psicologia e hipnose, junto com uma boa amostra de vários outros livros de saúde e bem-estar e — Sandra percebeu por cima — um livro sobre adestramento de filhotes.

— Sente-se. — Ele indicou um divã e se sentou a uma mesa a alguma distância.

Sandra afundou no divã e soltou a respiração que nem percebera que estava prendendo.

— Caramba. É muito confortável.

— E não é? — Ele estava abrindo a embalagem de uma fita cassete e olhava para ela. — Tem vinte anos e foi remendado mais vezes do que posso contar, mas não achei outro nem de longe tão aconchegante.

Ela assentiu.

— Para que é a fita?

— Para gravar nossa sessão. Importa-se?

Se ela se importava? Não sabia muito bem.

— Por quê?

— Em geral meus clientes gostam de levar a fita para casa e ouvir na privacidade, para praticar as técnicas de relaxamento progressivo que ensino a eles. Depende inteiramente de você.

— Então eu fico com a fita?

— Sim. É para você. Valor agregado, pode-se dizer.

— Ah. Está bem. — Ela assentiu. Fazia sentido. E se ela levasse isso mesmo a sério — e ia levar — precisaria usar todas as ferramentas à disposição. — Ótimo.

Ele colocou a fita no aparelho, apertou um botão e uma luz vermelha se acendeu.

— Agora, se estiver pronta para começar, recoste e feche os olhos.

Ela obedeceu.

— Ouça minha voz. Deixe que eu seja seu guia ao entrar num novo mundo de existência feliz, sem preocupações...

Ele tinha uma voz boa para isso. Não era grave demais, nem aguda demais. Melodiosa. Tranqüilizadora.

Familiar.

Ela tentou acompanhar enquanto ele levava sua imaginação por uma escada de mármore, entrando depois num salão de mármore cheio de portas, mas Sandra ficou tão distraída tentando descobrir de onde conhecia a voz dele que não conseguiu se concentrar no exercício.

— Quando você olhar as portas, perceberá que em cada uma delas há uma palavra. Palavras como *amor*, *ódio*, *raiva*, *medo*... o que você encontrar. Depende inteiramente de você.

Ela descobriu. Era um dos clientes dela. Não era freqüente, como Steve, mas havia conversado algumas vezes. Sempre que ela lhe perguntava o que ele queria, ele dizia: "Surpreenda-me. Depende inteiramente de você."

— Passe pela porta que diz *Relaxe* — continuou ele, sem saber da revelação que Sandra acabara de ter. — Veja o que há do outro lado. Veja o que a faz se sentir mais à vontade.

O que quer que fosse, Sandra tinha certeza absoluta de que não iria ficar deitada numa sala escurecida deixando-se levar aos recessos sombrios de sua psique por um homem que só havia algumas semanas disse a ela "Me espanque de novo, eu fui um menino muito mau".

— O que você vê, Sandra?

— Eu... — Ela não sabia o que dizer. Queria ir embora. Era uma perda de tempo. Não havia como relaxar e levar isso a sério.

Mas, por outro lado, ela não podia dizer ao coitado que sabia quem ele era e que ele gostava que suas bolas fossem chupadas após um orgasmo.

Então ela fez o que costumava fazer com ele.

Ia fingir até que ele terminasse.

— Vejo uma campina verde...

Capítulo 7

— A primeira atitude que precisa tomar é cortar seus cartões de crédito e dá-los a mim.

Lorna olhou para Phil Carson — baixinho, careca, cinqüentão — como se ele tivesse acabado de sugerir que ela colocasse um gatinho num liquidificador e apertasse ON.

— O que, *agora?*

Ele riu. Era gentil, mas não parecia entender plenamente como aquilo era difícil para ela.

— Não, não.

— Ah. — Alívio. — Que bom.

— Primeiro tem de ler para mim os números e o nome dos bancos... — Ele pegou uma tesoura na gaveta e a passou para ela pela mesa. —... *depois* vai cortá-los e me dar.

Ela o olhou, esperando por um sinal de que ele estivesse brincando, mas a carinha redonda do homem era impassível, os lábios finos numa linha reta.

Ele havia pego uma caneta e pousado sobre um bloco com capa de couro preto em sua mesa.

— A esta altura, vou telefonar para seus credores e negociar uma taxa de juros mais baixa e um plano de pagamento — continuou ele, adoçando um pouco a história. — Vou lhe poupar algumas centenas, talvez milhares de dólares, no longo prazo.

— Mas... — Ela sabia que ele estava falando a verdade e que ela não devia verbalizar nenhuma objeção. Ainda assim, precisou perguntar. — O que vai acontecer se eu tiver uma emergência? Vou poder usar os cartões de crédito?

Ele baixou a cabeça e olhou para a lista de credores e dívidas que ela imprimira.

— Emergência?... Não vejo nada aqui que se pareça com uma *emergência* de verdade.

Bom, é claro que ele não ia entender que uma pequena terapia de varejo podia curá-la de seus problemas emocionais que, sem a terapia, seriam profundos. Olhe para ele! Está usando um terno obviamente malfeito — ela podia ver as costuras. E os sapatos dele! Meu Deus, os sapatos dele — deviam ser do Payless ou talvez da loja de 1,99. Eram de um caramelo brilhante muito artificial. O tipo de cor que o pai sempre dizia que "levava centenas de naugas para fazer". (Por algum motivo, as piadas com couro sintético Naugahyde eram boas na casa dos Rafferty.)

— Não estou *planejando* uma emergência — disse Lorna —, mas se houver alguma coisa assim, sei lá... — O que ele consideraria uma emergência razoável? — ...eu ficar presa fora da cidade. Ou precisar pagar contas médicas. Ou se der defeito no carro — supondo-se que ela podia manter o carro por mais um mês —, qualquer problema assim. — Ela se perguntou se devia manter pelo menos *um* cartão, em segredo. Só por segurança. Mas qual deles escolheria? O Visa com taxa de juros de 9,8 por cento e limite de 4.200 dólares, ou o American Express com 16 por cento de taxa de juros porém um limite de 10 mil?

Parecia *A escolha de Sofia*.

Phil Carson olhou para ela do outro lado da mesa. Era um homem baixo, mas tinha uma poltrona ajustável que o elevava, então parecia uma criança numa cadeirinha alta, olhando meio de cima para ela.

— Lorna, já vi isso antes. Você está acostumada a viver de certa maneira e fica insegura em mudar o estilo de vida.

Ele tinha razão. Ele a havia sacado.

— Sem dúvida é verdade. Não há outra maneira de resolver isso?

Ele sacudiu a cabeça.

— Não a essa altura. — Ele pegou uma das folhas de papel. — Está pagando taxas de juros perto de trinta por cento. Seus pagamentos mínimos levam a razão dívida/renda à estratosfera. Não sou psicólogo, e por favor não me interprete mal, mas viver desse jeito deve ser difícil para você.

Por algum motivo a última frase, ou talvez o modo como foi dita, a fez se sentir repentinamente arrasada. Lágrimas quentes ameaçaram se transformar num constrangimento completo. Ela passou a mão nos olhos, baixou a cabeça por um momento para se recompor e disse:

— Tem razão. Não posso continuar assim. Tenho de fazer o que for preciso para me livrar dessas dívidas de uma vez por todas.

Phil sorriu.

— Estou aqui para ajudar. E tenho algumas idéias e sugestões para eliminar a dívida mais rápido.

— Você tem? – Isso parecia auspicioso. – Como o quê?

— Já vendeu algum objeto no eBay?

Ela nunca havia *acessado* o eBay. Sempre pensou que os leilões on-line eram para adultos que deviam ter mais o que fazer e que compravam ursinhos Beanie Babies, lancheiras *Who's the Boss?* e figuras Hummel.

Mas talvez ela estivesse errada.

A idéia de vender produtos em vez de arrumar outro emprego certamente tinha apelo para Lorna.

— Como o quê? O que as pessoas vendem ou compram por lá?

— *Qualquer coisa*. Peças de coleção, utensílios de cozinha, bugigangas, roupas, até sapatos...

Sapatos!

Ah, não, não. Ela não podia. Já era bem ruim que tivesse gente aparecendo à noite para talvez *trocar* sapatos com ela. Não ia vender nenhum deles para estranhos sem rosto por dinheiro. O dinheiro que só seria atirado no poço fundo e escuro das dívidas.

Ela ia fazer sacrifícios. Trabalhar num turno maior. Cuidar de crianças nas horas vagas, se necessário. Aparar gramados, como fez durante o ensino médio.

Mas não ia se livrar de seus sapatos.

De jeito nenhum.

— Quer saber, não acho que essa seja minha praia – disse ela, interrompendo-o.

Ele parou.

— Tudo bem. Não tem problema. Foi só uma sugestão.

— Eu agradeço, não me leve a mal.

— Você vai ter alguma idéia – disse ele. – Cada um tem um nível de conforto com isso. E eu sei que no início pode ser difícil enfrentar.

— Estou enfrentando — disse Lorna, talvez um pouco defensiva. — De frente. Esta sou eu enfrentando.

Ele olhou para ela.

— Isso é bom.

Ela se sentia uma imbecil.

— É só que... — As palavras se dissolveram. Ela estava falando demais, sem realmente *dizer* algo. Fazia isso quando ficava nervosa. Era melhor calar a boca já. — Eu tive algumas idéias para aumentar minha renda — mentiu Lorna.

Pelo menos ela havia tido uma boa idéia para conseguir sapatos, agora que não podia comprá-los. Mas algo lhe dizia que Phil Carson não ficaria impressionado com seus planos ou com o fato de que ela já havia cuidado disso antes de pensar na questão mais grave de sua renda.

— Ótimo. Agora. — Ele pigarreou e estendeu a mão. — Se puder me passar todos os seus cartões de crédito, podemos começar...

— Vou colocar uma pequena barra de metal na cartilagem de sua orelha, bem aqui. — O Dr. Kelvin Lee apertou um ponto na orelha de Sandra.

— Vai doer? — perguntou Sandra. Uma pergunta boba, considerando o fato de que naquele exato momento ela estava deitada na mesa do acupunturista com quase quarenta agulhas enfiadas no corpo.

Mas Kelvin Lee teve a delicadeza de *não* assinalar isso.

— Pode doer por um momento quando eu a inserir. Somente pouco mais do que uma alfinetada.

— E quanto tempo vai ficar aí? – perguntou ela, imaginando se os 15 minutos para as agulhas já haviam passado.

— Um mês.

— Um *mês*?

— A terapia auricular é diferente da acupuntura – explicou ele com paciência. – Funciona enquanto você mantiver a barrinha no lugar.

Pelo modo como foi dito, *mantiver a barrinha no lugar*, ela se imaginou como uma daquelas mulheres tribais que colocavam tubos cada vez maiores nas orelhas até que um dia os lóbulos ficam mais caídos do que os peitos murchos.

— Não tenho certeza disso...

— Posso lhe garantir que não será doloroso.

Ela engoliu em seco. Se a ajudasse a sair do maldito apartamento de vez em quando, ela não devia se importar mesmo que *fosse* doloroso.

— Tudo bem. – Ela fechou os olhos com força. – Pode colocar. – Sandra esperou um momento enquanto ele apalpava o lóbulo da orelha, procurando o local. Ela abriu os olhos. – Está tudo bem, pode fazer.

— Já fiz. – Ele sorriu, exibindo o tipo de confiança tranqüila que a fez se perguntar como podia ter duvidado dele.

Ela levou a mão à orelha e, sem dúvida, sentiu uma minúscula barra de metal, parecida com o pino de um brinco, atravessando o lóbulo da orelha.

— É isso?

— É – Ele assentiu.

Ela ficou imóvel por um momento, tentando ver se sentia alguma diferença. Mas não sentiu.

— Quando vou perceber a diferença?

— Não posso dizer com certeza. É diferente para cada um. É mais provável que perceba o que *não* está sentindo em termos de pânico e estresse, do que algo novo.

Três horas depois, Sandra, apesar da dose saudável de ceticismo, começou a pensar que talvez ele tivesse razão.

Era difícil situar exatamente qual era a mudança. Não é que de repente ela estivesse preparada para entrar num vagão lotado do metrô, mas a idéia de sair e, digamos, fazer compras no mercadinho não era tão apavorante como teria sido no dia anterior.

Na manhã seguinte, a melhora ainda estava ali. De certa forma, Sandra sentia que podia enfrentar o mundo, mas sabia que havia uma falsa confiança nisso. Se saísse e pulasse num ônibus, provavelmente correria para fora dele no ponto seguinte.

Então o ônibus foi dispensado. Mas o mercadinho da esquina parecia viável. Ela foi comprar ingredientes para uma salada e barras de sorvete Skinny Cow. E embora não fosse exatamente uma festa, ela achou que não estava tão em pânico como sempre acontecia.

Ela voltou ao apartamento um tanto maravilhada, perguntando-se se aquela vareta na orelha *realmente* teria o poder de ajudá-la a se livrar da agorafobia.

Havia uma boa maneira de descobrir.

Amanhã era terça-feira. O dia da reunião das Sapatólatras Anônimas. Ela podia ir uma vez só, disse a si mesma. Se funcionasse, ótimo. Se não, ela poderia pelo menos dizer que tentou e continuar sua terapia com a Dra. Ratner.

Ela ia fazer isso.

Só uma vez.

Só uma vez.

Ela repetiu o cântico para si mesma enquanto ia ao telefone e pegava o fone para fazer a chamada.

As pessoas deviam chegar em 15 minutos e Lorna tinha sérios pensamentos estranhos passando pela cabeça. E se elas não fossem quem disseram ser? E se nem fossem mulheres? E se aparecesse um maluco que quisesse estrangulá-la com as calcinhas dela, pegar seus pertences e deixá-la apodrecer no apartamento até que o cheiro chamasse a atenção dos vizinhos (algo que levaria algum tempo, uma vez que o fedor do lixo do lado de fora às vezes chegava ali em cima, quando os lixeiros faziam uma de suas muitas greves).

Era bem possível. E aquele cara que ligou? Foi tão esquisito. Ele ficou insistindo que "precisava sair" e que podia *comprar* sapatos femininos tamanho 38 e participar da troca. Como se fossem figurinhas de beisebol ou da Hello Kitty ou coisa assim, e elas todas se reunissem no pátio da escola para trocar. Na verdade, foi bem difícil conseguir que ele aceitasse um "não" como resposta. Talvez ele fosse algum maníaco imaginando que assim podia conhecer mulheres; por outro lado, no entanto, talvez ele fosse um psicótico que tinha ligado de novo, feito uma imitação convincente de voz de mulher e conseguido o endereço dela para poder criar problemas esta noite.

Ela foi cautelosa e colocou o número do celular no anúncio para não poder ser rastreada – apesar da sugestão de Phil Carson de que seu celular não era uma despesa que ela precisasse ter – mas quando Helene, Florence e Sandra ligaram, Lorna prontamente lhes disse o endereço depois de um papo curto.

Talvez uma delas... Como Florence. Será que alguém *realmente* se chamava Florence, ou Lorna caíra num ardil muito bobo, perpetrado por um fã perturbado de *A Família Sol, Lá, Si, Dó*?

Com um nó de ansiedade no estômago, Lorna foi à porta e se certificou de que estava trancada. Ela podia ver pelo olho mágico e se assegurar de que a pessoa parecia... normal.

Depois ela esperou.

A primeira batida na porta veio às três para as sete. Lorna correu para a porta e olhou. Era uma mulher muito alta e magra, com cabelos pretos crestados, que lembrava Cruela Cruel. Segurava três sacolas de compras grandes e estava de cenho franzido.

Lorna abriu a porta.

— Oi — disse ela, ciente de súbito de que não tinha preparado uma frase de abertura. — Bem-vinda às Sapatólatras Anônimas. Eu sou a Lorna.

— Florence Meyers — disse a mulher, irrompendo porta adentro e esbarrando a sacola em Lorna ao passar. — Antes de mais nada, temos que mudar o nome.

— Mudar o nome? — repetiu Lorna.

— Claro que sim. Parece um programa de reabilitação de drogas ou álcool. Não queremos isso.

Na verdade, era exatamente assim que Lorna se sentia.

— Não queremos?

— Ã-ã. O que as outras acham disso?

— Ainda não sei.

— Não conversou com elas?

— Sobre isso, não.

Florence pareceu exasperada por um momento, depois deu de ombros.

— Onde devo colocar isto? — ela ergueu as sacolas.

— O que tem aí?

Florence olhou como se Lorna tivesse lhe perguntado o número que vinha depois do três.

— Sapatos, é claro.

Era um monte de sapatos.

— Em todas elas?

Florence começou a abrir as sacolas, erguendo os sapatos e espalhando-os pelo chão. Alguns estavam gastos, um fato que sem dúvida foi agravado por terem sido atirados juntos numa sacola, mas a maioria era... Bom, eram feios. E de um estilo irreconhecível.

— Está vendo estes? — Florence levantou um par de sandálias de verniz do tipo que Lorna teria *adorado* quando criança. Eram da cor que Lorna pensava naquela época como *rosa biológico*. — Jimmy Choo. Edição limitada.

— Jimmy Choo? — repetiu Lorna, toda cética.

Florence assentiu. Convencida.

— Quase nunca é feito sem salto.

— Bom, eles fazem... — Não tinha sentido discutir. Lorna pegou um dos sapatos e o examinou. A etiqueta *parecia* verdadeira, mas estava colada de um jeito bastante estranho. — Onde os comprou?

— Em Nova York. — Florence pegou o sapato de volta. — Na esquina da 48 com a Quinta Avenida.

— Desculpe, não conheço Nova York muito bem. Que loja era?

— Não era uma loja — disse Florence, como se Lorna tivesse acabado de dizer algo incrivelmente idiota. — Era um cara que tinha um monte de sapatos e bolsas de última moda para vender. Vendi um monte deles on-line. Ganhei uma fortuna. Mas estes... — Ela olhou com admiração para os sapatos. — Eles são especiais. Alguém podia me dar *dois* pares por estes aqui.

— Então está me dizendo que comprou de um camelô.

Florence deu de ombros.

— Sei que devem ter sido roubados, mas isso não diminui o valor deles.

Estava na ponta da língua de Lorna assinalar que o fato de que eram falsificados *diminuía* seu valor, mas ela ficou quieta. Tinha sido criada com educação demais para seu próprio bem.

Felizmente ouviu uma batida na porta e Lorna teve de se levantar para atender. O medo de um homem perigoso foi embora, substituído pelo medo de passar a noite com um bando de malucas em seu apartamento, tentando trocar polainas laranja por Etienne Aigner de couro macio como manteiga.

Lorna nem olhou primeiro; logo abriu a porta e encontrou uma ruiva escultural com um vestido de linho marfim bem-ajustado e mules Emilio Pucci de brocado *extraordinárias*. Tinha uma bolsa Fendi numa das mãos e uma pequena sacola de compras da Nordstrom na outra.

Era óbvio que havia uma caixa de sapatos nela.

Lorna reconhecia esse tipo de coisa a um quilômetro de distância.

A mulher abriu um sorriso branco de estrela de cinema e disse:

— Estou no lugar certo? Você é Lorna?

Lorna ficou tão estonteada com a mulher — e com os *sapatos*! — que demorou a falar.

— Está — disse ela afinal. — Desculpe, você é?...

— Helene Zaharis. — Ela estendeu uma garrafa de vinho, revelando um braço magro e perfeitamente bronzeado. — É um prazer conhecê-la. Não tinha certeza de como seria, mas imaginei que um vinho é sempre adequado.

— Foi mesmo muito gentil de sua parte. — Lorna trocou um aperto de mãos caloroso e recuou para que ela entrasse. — Eu *amo* Emilio Pucci. Não acho que tenha visto esta padronagem antes.

— Nem eu vi aqui. Comprei em Londres. — Helene sorriu e olhou para Florence. — Oi.

— Florence Meyers — disse Florence de modo alegre. — Não acha que devíamos mudar o nome?

— Eu... Como? — Helene parecia confusa.

— Sapatólatras Anônimas. — Florence sacudiu a cabeça. — É tão ruim.

Lorna resistiu ao impulso de revirar os olhos para sua convidada.

— Não me importo de trocar. É só uma espécie de, sei lá. Uma brincadeira.

— É bonitinho – garantiu-lhe Helene. — Gosto dele. E eu *sou mesmo* viciada em sapatos. Ficaria constrangida de lhe contar até que ponto eu vou. — Ela hesitou, depois sorriu.

Ela parecia familiar por algum motivo, mas Lorna não conseguia se lembrar de onde.

— Quanto a mim, posso pegar ou largar — disse Florence, a voz ainda enérgica. — Mas minhas clientes gostam deles.

Lorna olhou o relógio na parede. Tinha todo jeito de que seria uma longa noite. Não viria mais alguém? Sandra?

— O que vão querer beber? – perguntou Lorna. — Temos cerveja, vinho, refrigerantes. Helene, podemos abrir a garrafa que acabou de trazer.

— Que tal um Dubonnet? – perguntou Florence. — Tem algum aqui?

Dubonnet. Meu Deus, Lorna não pensava nisso havia anos. Tipo assim, desde os anos 1970, quando passavam aqueles comerciais "Dubonnet para Dois" o tempo todo.

— Desculpe — disse ela. — Esse eu não tenho. Mas... — O que era mesmo um Dubonnet? Um vinho? Conhaque? — ...quem sabe outra bebida?

— Zin branco e club soda — disse Florence, ainda arrumando um sapato barato depois de outro. — Um Spritzer? Acho que isso seria bom.

Lorna atraiu o olhar de Helene enquanto ia à cozinha e perguntou:

— Alguma coisa?

Helene abriu um sorriso simpático.

— Agora não, obrigada.

Na cozinha, Lorna olhou pela janela e percebeu, embaixo naquela direção, que havia um homem encostado num carro — um carro popular indefinido — olhando para o apartamento dela.

Seus nervos enrijeceram. Seria o cara que tinha ligado sobre as Sapatólatras? Estaria ele tão irritado por ter sido rejeitado que veio aqui persegui-la ou algo assim?

Não, isso era loucura. Era um prédio grande, e muita gente entrava e saía o dia todo. Ela estava se deixando dominar pela imaginação. Ainda assim, tentou distinguir sua descrição, caso precisasse mais tarde; magro, louro, estatura mediana. Podia ser qualquer um.

Ela voltou sua atenção para a geladeira em busca de club soda para fazer o drinque de Florence. Misturou a club soda com Chardonnay, uma vez que não tinha Zinfandel branco, e duvidava de que Florence pudesse perceber a diferença.

Houve uma batida na porta e Helene disse:

— Quer que eu atenda?

— Poderia? — Lorna perguntou, grata. Já sabia que Helene era incrível. Era o tipo de pessoa que entrava num lugar e se sentia em casa, assumindo o que pudesse para facilitar a vida da anfitriã.

Era o tipo de visita de que Lorna gostava.

Florence, por outro lado...

Lorna tomou um gole generoso de vinho antes de recolocá-lo na geladeira. No outro cômodo, pôde ouvir Helene falando com outra mulher.

Que bom. Era sem dúvida uma mulher. Não havia como um homem imitar aquela voz tão bem. Ela olhou pela janela e percebeu que, embora o carro ainda estivesse lá, o homem que estava encostado nele não parecia estar por perto. Então ele devia estar visitando alguém.

Não havia nada com que Lorna se preocupasse.

Pelo menos não desta vez. Haveria muito tempo para se preocupar depois, e Lorna tinha todos os motivos do mundo para fazer isso.

Capítulo 8

Lorna levou o Spritzer a Florence e viu uma mulher baixa e obesa, de cabelo castanho-claro e comprido caindo pelo meio das costas. Usava óculos da vovó sob sobrancelhas grossas e escuras.

Lorna tentou esconder a surpresa, mas a mulher era tão diferente da voz que ela ficou confusa.

— Oi — disse ela, exagerando no sorriso, para compensar. — Sou a Lorna. Você deve ser Sandra.

Sandra tocou a orelha com a mão, que parecia tremer um pouco.

— Sim, Sandra Vanderslice. Espero não estar atrasada. Ou cheguei cedo? — Ela olhou a exibição de sapatos no estilo brechó que Florence acabava de arrumar. — Não trouxe tantos sapatos assim.

— Eu só trouxe um par — disse Helene rapidamente. — Bom, dois, se contar os que estou calçando.

O coração de Lorna acelerou. Helene estava mesmo disposta a trocar aqueles Pucci maravilhosos?

— Quer alguma bebida, Sandra? — perguntou Lorna. Ela decidiu que beberia um vinho. Precisava dele. — Cerveja, vinho, refrigerante?

— Hmmm. — Havia um claro tremor na voz dela. A mulher estava nervosa como um gatinho, e sem motivo algum. — Um refrigerante seria bom. Obrigada.

— Pode ser Coca-Cola?

Sandra assentiu e respirou fundo.

— Helene? - disse Lorna. — Tem certeza de que não quer nada? Um vinho?

— Pensando bem — disse Helene, com um olhar para baixo que passou tão rápido que Lorna quase o perdeu. — Um vinho branco seria ótimo.

— Ah, vou tomar um também — disse Sandra em tom melodioso, depois acrescentou: — Em vez da Coca. Se não tiver problema. — Ela tocou no lóbulo da orelha de novo e depois, pegando o olhar de Lorna, ficou rosada e empurrou os óculos pela ponte do nariz.

— Tudo bem — Lorna serviu as bebidas e levou para elas.

Helene tinha tirado a caixa da sacola e Lorna viu que era um par de saltos altos cor-de-rosa.

— Ah, meu Deus — Lorna ofegou.

Helene olhou sobressaltada.

— Que foi?

— São Prada? — Lorna apontou para os sapatos.

— Ah. Sim. Mas já têm alguns anos. Não sabia bem que tipo de coisa trazer.

Lorna estava no paraíso.

— Eu *adoro*! Queria tanto esses quando saíram, mas torci o tornozelo — uma das muitas histórias constrangedoras com sapatos que ela podia contar se a reunião ficasse paradona demais — e a porcaria do meu seguro não cobria isso, então não pude comprá-los. — Ela olhou mais de perto. Os sapatos estavam em perfeitas condições. Como se nunca tivessem sido usados.

— Eu tenho deles em preto — disse Sandra. — E uns Kate Spade que são bem parecidos, mas o salto não serviu para mim.

Ah, isso era bom.

Lorna havia passado um sufoco para escolher os três pares de sapatos que levaria para troca — ela sabia, como anfitriã, que era de certo modo obrigada a trocar pelo menos um par, já que a história toda fora idéia dela —, mas agora estava pensando que podia voltar atrás e trocar mais.

— Então. — Florence bateu as mãos nas coxas. — Como vamos fazer isso? Como um leilão? — Ela pegou um par de Choo roxo falsificado. — Estes são muito especiais, como eu estava dizendo à Lana aqui. Eu estava pensando que gostaria de dois pares na troca, mas como todo mundo só trouxe um ou dois pares, fico satisfeita com um. Desta vez. — Ela os ergueu. — Alguém se interessa?

Houve um silêncio educado.

Lorna ficou sem jeito.

— Posso olhar? — perguntou ela, embora não tivesse nenhum interesse em olhar os sapatos.

Depois que estavam em sua mão, a falta de qualidade ficou ainda mais evidente, se isso era possível. Uma cola clara tinha secado na beira do solado e a costura no couro era desigual. Mas Lorna não sabia como comentar isso sem parecer insultante demais para a convidada. Felizmente, havia um *42* estampado na sola – outra característica que denunciou os sapatos – e isso lhe deu a saída de que precisava.

– Este é tamanho 42 – disse ela. Depois, subitamente insegura, perguntou: – Eu não disse 38 no meu anúncio? – Ah, meu Deus. Será que ela fez confusão e desperdiçou o tempo de todas?

– Disse – falou Helene logo. – Você disse, sim. Foi o que eu trouxe.

– Eu também – disse Sandra, terminando o vinho. Agora ela parecia um pouco mais à vontade.

É claro que o vinho conseguia fazer isso.

– Ah, qual é, gente – disse Florence. – Com a nutrição tão boa hoje em dia, 42 é o novo 38. – Ela olhou os próprios pés jurássicos, para os quais sem dúvida tinha de encomendar sapatos especiais.

Lorna se levantou e foi à cozinha pegar uma garrafa, dizendo:

– Desculpe se não fui clara, Florence. Se todas nós somos do *velho* tamanho 38, não podemos trocar por um tamanho diferente.

– Tenho um monte de tamanhos aqui – disse Florence, um pouco mal-humorada. Ela começou a vasculhar apressadamente os sapatos. – Este aqui... Vamos ver... 42. Você deixou claro que não servem... 35... ah, 37. – Ela separou um par. – Estes podem caber. Nunca se sabe se a forma é grande.

– Nunca ouvi falar de Bagello – comentou Sandra, olhando a etiqueta nos sapatos.

– É uma marca da SuperMart – disse Helene, sem nenhum tom de crítica.

Florence virou os olhos ríspidos para elas.

– Algum problema com a SuperMart?

– Claro que não. – Helene parecia estar reprimindo um sorriso. – Mas não acredito que um sapato da SuperMart em tamanho 37 caiba em alguma de nós. – Ela esperou um segundo e acrescentou: – Eles tendem a ter forma pequena.

Lorna serviu mais vinho no copo de Helene e se perguntou como uma mulher tão elegante e obviamente culta sabia tudo sobre a moda da SuperMart.

– Bom – disse Florence em triunfo, sacando um par de sandálias de flanela cinza sem salto. – Então Ralph Lauren cabe em você. – Ela os passou a Helene e deu um sorriso presunçoso. – Estes meninos custaram uma grana preta.

Helene virou os sapatos na mão e assentiu.

– São Ralph Lauren mesmo. Até vintage. Eu diria de 1993 ou 1994.

Florence ficou muito satisfeita consigo mesma.

Lorna olhou os sapatos enquanto servia mais vinho no copo de Sandra.

– Então. Quem quer fazer negócio? – perguntou Florence.

Sandra, que já pegara a taça e tomara um gole, disse:

– Sou baixa demais para usar sapatos sem salto.

Lorna olhou os sapatos, desanimada. Estavam muito surrados. Ainda assim, tinha medo de que fosse seu dever de anfitriã fazer uma oferta.

Ela estava prestes a fazer isso quando Helene disse:

– Tudo bem. – Estava claro que ela só estava sendo educada. Sua diversão ainda cintilava plenamente na cara e ela nem olhou os Ralph Lauren novamente. – Troco com você por estes Pucci.

Lorna sentiu uma dor genuína no peito.

– Ah, não, não os Pucci! Espere... Eu tenho... – Ela pensou freneticamente. – Uns Angiolini que podem ficar melhor em você.

Florence olhou de uma mulher para a outra.

Helene limitou-se a olhar para Lorna.

– Ah, não. Não os Angiolini. São mais caros do que estes. – Ela piscou.

Lorna entendeu.

Sandra, por outro lado, tinha uma expressão de confusão estampada no rosto.

Lorna continuou o jogo de Helene.

– Talvez tenha razão... – Lorna tinha *certeza* de que Florence aproveitaria a oportunidade de conseguir sapatos que eram *caros demais*.

Então foi um choque quando Florence balançou a cabeça em negativa.

– Desculpem-me, senhoras. Estas coisinhas lindas valem *dois* pares. Dois pares *de grife* – acrescentou ela, como se todas as outras tivessem levado sapatos comprados no mercadinho da esquina.

Helene soltou um suspiro pesaroso.

– Você tem areia demais para meu caminhãozinho – disse ela. Ela era realmente mestre em manejar pessoas. – Não acho que possa ajudá-la.

– Nem eu – interveio Sandra rapidamente.

– Eu mesma só tenho alguns pares – disse Lorna, esperando que seu nariz não crescesse nem ficasse torto com a mentira. – Pensei que íamos ficar a maior parte do tempo sentadas aqui e, sabe como é, conversar sobre sapatos. – Ela esperava que Sandra e Helene entendessem a deixa, porque não queria chateá-las.

– Está certo – disse Sandra. Seu rosto estava ligeiramente corado, talvez do vinho, e ela havia relaxado bastante. – Sabia que os homens da antiguidade inventaram as primeiras sandálias ao amarrarem um pedaço de madeira ou de couro de animal nos pés com os intestinos de sua presa? – Por um momento houve um silêncio, enquanto todas olhavam para Sandra com surpresa.

– Leio muito – disse ela com um dar de ombros, a cara ficando vermelha como o topo de um termômetro de desenho animado.

Lorna sorriu.

– Conte mais.

– Bom, os sapatos vieram depois disso, para as pessoas de climas mais frios. Eles só pegaram as sandálias e acrescentaram uma cobertura de pele de animal. Muito parecido com o que usamos hoje, se pensar bem no assunto.

– Então, sociologicamente – improvisou Lorna, muito mal –, não somos tão evoluídas como pensávamos.

– Exatamente! – disse Sandra. – Temos muito em comum com nossos ancestrais pré-históricos.

– Fascinante. Então...

– Ei, peraí. – Florence ergueu a mão. – Com licença. Eu tenho de ir. – Ela começou a atirar os sapatos dentro das bolsas de forma desordenada. – Não percebi que ia ser uma espécie de clube do livro ou coisa assim. Essa não é a minha praia.

O impulso de Lorna foi fingir decepção e opor-se, mas ela o reprimiu.

– Lamento que não sirva para você – disse ela a Florence, andando até a porta para evitar que a mulher parasse e tentasse fazer negócio com os Emilio Pucci de Helene.

– É, bem... se quiserem um de meus sapatos, terão que ir ao eBay. Procurem por "Flors Fashions". Vou fazer um desconto na postagem, já que sei que moram na cidade. – Ela irrompeu para fora do apartamento. – Lembrem-se, é Flors Fashions.

Lorna fechou a porta depois de Florence sair e respirou fundo antes de se voltar para as outras duas mulheres e ver como reagiam.

Houve um silêncio tenso, durante o qual Lorna imaginou que todas estavam avaliando umas as outras.

Por fim, Sandra, no quarto copo de vinho, disse:

— Aqueles pobres sapatos.

— Não defenda os sapatos — disse Lorna de pronto, imitando uma das citações mais engraçadas de Tim Gunn em *Project Runway*. De imediato ela se lembrou de que não conhecia aquelas mulheres e que elas deviam achar que ela era louca, então ela tentou explicar o que de repente pareceu uma piada cada vez mais idiota. — É daquele programa...

— *Project Runway!* — disse Sandra. — Ah, meu Deus, eu *adoro* esse programa. E quando Tim Gunn disse isso sobre Wendy...

— Ouro puro — intrometeu-se Helene. — E ela merecia mesmo, aqueles sapatos *eram mesmo* desleixados...

Todas riram, e o alívio pareceu encher a sala como água quente.

Foi neste momento, com algo tão secundário como um programa de televisão, que Lorna concluiu que ia mesmo dar certo. Foi um momento de criação de vínculo. O humor na sala ficou completamente leve e todas riam e conversavam, agora sobre estilistas e candidatos a estilistas do programa, e sobre o momento em que elas perceberam que amavam sapatos, e finalmente sobre Florence.

— Você entrou em pânico quando eu ofereci os Pucci de brocado, não foi? — disse Helene a Lorna. — Eu vi em seus olhos. Lamento muito por isso. — Ela pegou os sapatos e os estendeu a Lorna. — Tome. Fique com eles. Você os merece, depois do que passou ao nos trazer aqui.

Mais uma vez Lorna se viu dizendo o que era o *certo* em vez do que queria dizer.

— Não, é sério. Obrigada, mas não posso *ficar* com eles. Não é esse o sentido da reunião.

— Mas eu não me importo. — Helene olhou para Sandra. — Você se importa?

Sandra sacudiu a cabeça.

— De forma alguma. Estou pronta para dar o meu também. Você deve ter ficado muito surpresa quando Florence entrou aqui e começou a descarregar os sapatos.

Lorna riu.

— Fiquei mesmo um pouco nervosa, com medo de ter transmitido a idéia errada no anúncio.

— Querida, *sempre* haverá gente que não entende — disse Helene, como quem sabia disso pela própria experiência dolorosa. — Eu achei que passou muito bem o recado. Por acaso você trabalha com vendas?

Lorna fez que não com a cabeça.

— Sou garçonete. No Jico, na Wisconsin Avenue.

Helene sorriu.

— É de lá que vem sua habilidade com as pessoas.

— O que você faz? — perguntou Lorna, depois voltou o olhar para Sandra. — As duas, quero dizer.

Helene ficou em silêncio por um momento, então Sandra se propôs a responder.

— Trabalho com telecomunicações.

— Telecomunicações?

Sandra assentiu, mas pareceu pouco à vontade.

— Não é muito interessante, mas paga meu aluguel. — Ela soltou uma risadinha. — E as contas dos sapatos.

Lorna assentiu. Parecia que todas estavam no mesmo barco, basicamente.

— E você? — perguntou ela a Helene.

Ainda a hesitação.

— Antigamente eu era vendedora na Garfinkels. Antes de fecharem.

— É mesmo? Na Garfinkels? — Lorna sempre pensou que era uma loja para gente velha, os amigos dos pais dela e assim por diante. E que andava mal antes de ser fechada, o que havia acontecido talvez uns dez anos atrás.

Helene assentiu.

— Trabalhava com ternos masculinos. Em vendas, não na confecção. — Ela sorriu e mostrou-se indiferente. — Conheci meu marido lá, então acho que deu certo, como devia ser.

— É Demetrius Zaharis, não é? — perguntou Sandra.

Helene ficou sobressaltada.

— Sim. Como você sabia?

Sandra deu de ombros.

— Eu leio muito. Muito.

— Eu a achei mesmo familiar — disse Lorna. — Sua foto aparece na seção "Style" de vez em quando. — Provavelmente em outras seções também, mas Lorna só lia a "Style".

Helene baixou a cabeça por um momento, mas depois disse, com a voz mais despreocupada do que a expressão em seu rosto:

— Essas fotos são sempre tão medonhas que espero que ninguém me reconheça por elas. — Ela riu de leve, mas havia alguma sensação um tanto fria nisso.

Lorna duvidava de que fosse possível tirar uma foto ruim de Helene, mas sabia que Helene estava pouco à vontade com o assunto, então mudou o curso do bate-papo.

— Deixa eu pegar os Angolini, então. E um espelho. E vamos começar a trocar!

A troca só durou alguns minutos, mas a conversa continuou por mais uma hora, e todas as mulheres ficavam cada vez mais à vontade com o tempo — e o vinho.

Quando o papo começou a esfriar, Lorna disse:

— Me contem uma coisa, vocês têm outros sapatos que queiram trocar? Quer dizer, querem voltar aqui? Não sei realmente como organizar isso.

— Tenho um milhão de pares — ofereceu-se Helene. — E, para ser franca, é ótimo ter uma ocasião social que não envolva causas políticas sufocantes e publicidade.

— Que ótimo. — Lorna estava emocionada. Sempre teve medo de que ninguém viesse a suas festas, e montar aquele grupo foi um salto de fé que parecia estar dando certo. Ela se virou para Sandra.

— E você?

O rosto de Sandra corou de leve.

— Eu não saio muito — disse ela, depois deu de ombros. — Mas tenho um monte de sapatos. — Ela respirou rapidamente e assentiu. — Então... Claro. Estou nessa.

— Incrível. Ainda tenho o anúncio na Gregslist, então acho que vou deixar lá por mais um tempinho, para o caso de aparecer mais mulheres como nós.

Helene sorriu.

— Ah, existem muitas. A questão é, quantas estão dispostas a sair de seus armários abarrotados?

A partir daí a conversa ficou mais fácil e no final da noite as mulheres concordaram em se encontrar na semana seguinte e levar mais sapatos do que daquela vez.

Quando Sandra e Helene por fim foram embora, Lorna se sentia otimista com as Sapatólatras Anônimas. A reunião havia ocorrido tão bem. Ela levou os copos de vinho para a cozinha com um novo ânimo no andar — provavelmente graças aos novos Pucci de brocado — e parou para olhar pela janela Sandra e Helene se separarem sob o poste do estacionamento.

Lorna estava prestes a se virar quando percebeu os faróis do carro em que o homem estivera encostado mais cedo se acenderem.

Que coincidência interessante.

Um BMW preto arrancou suavemente da vaga. De Helene, supôs Lorna. Mas, depois de um momento, o carro que ela estava esperando encostou e saiu da vaga.

Lorna observou por um momento, esperando ver o carro de Sandra passar, mas isso não aconteceu. Ela estava começando a se perguntar se o homem havia levado Sandra e ficado esperando no carro o tempo todo quando ouviu uma batida na porta.

Lorna correu para a porta, presa pela corrente, depois a abriu o suficiente para ver que era Sandra.

— Esqueci minha bolsa — disse ela.

— Ah! Espere. — Lorna fechou a porta, soltou a corrente e a abriu novamente. — Eu nem percebi. Entre.

Sandra entrou.

— Me desculpe por voltar a bater aqui tão tarde.

— Não se preocupe. Na verdade, eu tenho uma pergunta. Você percebeu um cara num carro compacto azul-claro quando estava no estacionamento?

Sandra pensou.

— Acho que não. Por quê?

— Bom, na verdade não é nada. — Lorna hesitou. Qualquer coisa que dissesse ia parecer, na melhor das hipóteses, paranóia, e na pior das hipóteses deixaria Sandra nervosa, e para quê? O homem havia ido embora. Ela o viu se afastar. — Pensei ter visto um ex-namorado meu lá fora, mas deve ter sido minha imaginação. — Ela soltou uma risada. — Ele nem era do tipo de assediar.

Sandra a olhou com astúcia.

— Tem certeza?

— Ah, sim. Não foi nada.

— Não se pode brincar com assédio — Sandra ficou muito séria. — Se acredita que há alguma possibilidade desse homem ser perigoso, acho que devíamos chamar a polícia.

Lorna ficou comovida. Não tinha nenhuma amiga íntima desde o ensino médio, e, embora aquilo ainda não se qualificasse exatamente como "íntimo", nem mesmo uma "amizade" verdadeira, ela gostava de Sandra e de Helene e estava feliz por elas voltarem na semana seguinte.

— Sinceramente, não é nada — Lorna garantiu a ela. Depois, para fazer a situação parecer mais leve, acrescentou: — Acho que é só desejo meu.

— Ah. — Sandra assentiu, os olhos compreensivos. — Bom... Desculpe. Mas se você terminou, talvez seja melhor que não seja ele.

— Talvez sim. — Lorna deu um sorriso melancólico.

Sandra pegou a bolsa e disse:

— Então acho que vejo você na semana que vem.

— Mal posso esperar.

Sandra hesitou na porta, depois se virou.

— Queria lhe agradecer por fazer isso. — Ela abriu um sorriso curto. — Eu não tinha certeza se viria aqui mais de uma vez. Como eu disse, eu não saio muito. Isto... Bom, foi muito legal.

Lorna sentiu-se aquecida.

— Fico muito feliz por isso.

Sandra saiu e Lorna voltou ao sofá, pensando nas palavras de Sandra. Mais do que isso, ela pensou no que Sandra aparentou. Como se tivesse sido muito sincera no que disse.

Lorna havia inventado tudo aquilo como um modo de resolver seus problemas, para se sentir melhor. Não previra que sua troca boba de sapatos pudesse significar tanto para outras pessoas.

Capítulo 9

— B art... *Bart!* Pare de lamber isso! — Jocelyn Bowen segurou um de seus pupilos, Colin Oliver, de 12 anos, com uma das mãos e pegou Bart Oliver, de 10, com a outra. A mãe deles estava dando um coquetel, então naturalmente Colin e Bart decidiram escapulir da cama e descer para marcar sua presença.

Colin fez isso soprando bolinhas de papel nos convidados através de um canudo de prata longo e estreito.

Bart fez isso lambendo os folhados de queijo um por um e colocando-os de volta na bandeja.

— Com licença por um momento — a mãe, Deena Oliver, decana das donas-de-casa neotradicionais e novo-ricas de Chevy Chase, veio correndo até os filhos e Joss com uma expressão de dor tentando aparecer em sua cara cheia de Botox. — O que eles estão fazendo aqui? — perguntou ela a Joss pelos dentes trincados.

— Eu os coloquei na cama, mas eles estavam decididos a descer e ver quem estava aqui.

— E você *deixou* que eles viessem?

Joss queria assinalar que ela só era a babá e que, tecnicamente, como eram 20h30, o expediente dela já havia terminado, mas não era uma pessoa que gostava de discussões.

— Tentei impedi-los, mas no minuto em que fui para meu quarto eles dispararam feito mísseis. — Ela afrouxou o aperto em Colin, que se contorcia com mais intensidade. — Por que não diz a sua mãe o motivo para querer descer?

— Eu queria desejar boa noite.

— Já demos boa-noite, Colin — disse Deena, a expressão paralisada mas a irritação clara nos olhos. — Depois do jantar. Eu lhe disse que teria companhia e muito trabalho a fazer.

Uma das garçonetes do serviço de bufê passou por ali naquele momento e parou para oferecer a Deena um copo de vinho de uma bandeja. Ela pegou uma e a garçonete se virou para Joss.

Antes que Joss pudesse dispensar, Deena disse em tom áspero:

— Ela está *trabalhando*, não é uma *convidada*.

A trabalhadora de cara vermelha afastou-se rapidamente.

— *Por favor*, leve estes meninos *para fora daqui* — sibilou Deena a Joss. — Depois desça. Preciso que você vá até a Talbots e compre mais vinho. Estamos ficando sem nenhum.

— Queremos dizer *boa noite* — gemeu Bart.

Deena parou depois de revirar os olhos e afagou com cuidado a cabeça de Colin e Bart, dizendo:

— Boa noite, meninos. Não se esqueçam de que vocês e Jocelyn vão à biblioteca amanhã.

Era novidade para Joss, assim como sair para comprar vinho.

— Desculpe, Sra. Oliver, mas amanhã é meu dia de folga.

— Ah, é? — Deena pareceu surpresa, como se nem tivesse percebido que Joss devia ter algum dia de folga. E, na verdade, dado o modo como a tratava, parecia que ela *nem* sabia que isso existia, uma vez que com freqüência pedia a Joss para ir além de seus deveres contratuais, sem considerar dia ou hora.

— Sim, é — disse Joss, mordendo a língua para não exagerar nas desculpas.

Deena olhou-a com ceticismo.

— Tem planos para amanhã?

Ah. Joss já havia caído naquela armadilha. Ao ficar em seu quarto no dia de folga, ou revelar que não tinha planos sólidos para o dia, ela foi laçada para fazer hora extra (porém sem pagamento extra) mais de uma vez. Era difícil, mas ela tentava não cair nessa armadilha de novo, embora isso significasse que às vezes tinha de ficar sentada, lendo na biblioteca, ou vagando pelo shopping sem destino.

Não que ela não gostasse de cuidar das crianças. Elas não eram bem uns anjinhos, Deus sabia disso, mas cuidar delas ainda era mais fácil do que matar oito horas do dia num shopping.

Bem recentemente ela começou a procurar por grupos que preenchessem seu tempo livre. A pequena cidade no sul da Virginia, Felling, de onde ela viera, tinha um Kiwanis Club, mas era só isso. Aqui em Washington havia grupos para tudo — vôlei, softbol, ciclismo, escritores, marionetes, o que você quisesse. Infelizmente Joss não era superatlética e os grupos de apoio a parentes de doentes terminais eram deprimentes demais. Ainda assim, ela precisava encontrar *algum* jeito de sair da casa quando tivesse a oportunidade ou ia passar o restante da vida atendendo aos caprichos de Deena Oliver.

Esse era o princípio de tudo. Joss não estava sendo paga para trabalhar além do horário e ser uma faz-tudo, então não devia fazer isso.

Ela também não devia lavar a roupa, esfregar o chão, pegar a roupa na lavanderia, fazer compras de supermercado, pintar, cozinha ou aparar o jardim, mas de algum modo, apesar de sua decisão de dizer não, ela sempre terminava se acovardando e concordando.

— Eu tenho planos — Joss obrigou-se a dizer. E ia conseguir planos para todos esses dias, de algum jeito, então teria um lugar para ir. Talvez o clube de caraoquê, embora na única vez em que tenha ido houvesse um cara muito apavorante que passou a noite toda cantando para ela músicas de uma banda antiga chamada Air Supply. — Eu tenho uma... reunião. Desculpe.

Antes que Deena pudesse fazer objeção ou, pior ainda, pedir detalhes, Joss começou a conduzir as crianças para fora da sala.

— Vamos subir, meninos, hora de dormir! — Ela sabia que essas palavras eram música para os ouvidos de Deena. Como era esperado, a anfitriã se virou e voltou para a festa.

Assim que ela e as crianças estavam fora de vista, Joss relaxou um pouco.

— Vocês não deviam descer lá — disse ela aos dois meninos ruivos de pijama que pulavam na escada na frente dela. — Ela disse a vocês que ela ia dar uma festa e não queria ser interrompida.

— E daí? Ela está sempre fazendo algo. — Este foi Colin, o mais velho, que já começava a entender as intenções da mãe dele.

— Alguém na cozinha estava fumando maconha — disse Bart, cruzando os braços.

Joss parou a meio passo.

— *Como é?*

Bart assentiu com uma falsa expressão de impiedade.

— A Sra. Pryor estava fumando maconha. Ela sempre fuma maconha. Ela é tão burra.

Joss pensou por um momento, depois se lembrou de quem era a Sra. Pryor. Uma das vizinhas mais velhas e mais ricas. Uma mulher de cabelo azul e a pele do rosto tão esticada que dava para fazer quicar uma moeda ali.

— Não, não, Bart, meu bem, ela estava fumando um cigarro.

— E qual é a diferença?

— É que... — Como diabos ele sabia o que era maconha mas não cigarro? Era claro que aquela criança havia confundido as informações. Joss precisava dar a ele informação suficiente para ser correta, sem instruir demais. — É tabaco. As pessoas fumam tabaco, mas não é ilegal como a maconha.

— O que quer dizer *ilegal*?

— É... — começou Joss.

— Quer dizer que a polícia vai te botar na cadeia, idiota — disse Colin, imitando perfeitamente o espírito, se não as palavras, da mãe impaciente.

— Se uma coisa é ilegal — disse ela, olhando para Colin a fim de silenciá-lo antes de se virar para Bart —, significa que é contra a lei. E sim, quando as pessoas fazem atos que são contra a lei, a polícia pode prender e colocá-los na cadeia.

— Matar alguém é ilegal?

— Sim. E como.

— E roubar?

— Sim, roubar também é ilegal.

— Então é por isso que meu tio Billy está na cadeia.

— Cala a boca, idiota — intrometeu-se Colin. — Não é por isso.

— Arrã. Eu ouvi a mamãe dizer ao papai que ele estava roubando Coca. — Bart franziu a cara. — Por que alguém ia roubar uma Coca?

Aah, *essa* era uma pequena informação que os Oliver não deviam querer que circulasse.

— Vamos para a cama, meninos — disse Joss antes que eles pudessem repetir isso numa voz alta o bastante para constranger Deena e Kurt. Os dois se orgulhavam de sua posição na sociedade de Washington — posição garantida e reafirmada pela explosiva concessionária de carros alemães de Kurt, a Oliver's Motorcars —, e Joss estremeceu ao pensar o que eles podiam fazer para calar a boca dos filhos se os ouvissem falando da estada na prisão do tio Billy.

Joss levou os meninos para cima e lhes disse que não podiam mais jogar no computador, depois supervisionou o escovar dos dentes e o lavar do rosto, disse-lhes de novo que eles não podiam jogar no computador, colocou-os na cama, cobriu-os, depois ficou do lado de fora da porta e rezou para que eles ficassem na cama e ela pudesse ter uma pausa naquela noite.

Ela sabia que devia ser firme com Deena a respeito de seu horário de trabalho. Não importava, ou pelo menos não deveria importar, que ela estivesse em casa; ela devia ter suas noites livres a partir das 20h, e o dia e a noite de terças e sábados, mas, se estivesse na casa, inevitavelmente estaria a serviço de Deena.

Joss se sentou do lado de fora do quarto dos meninos por dez minutos, observando o relógio do corredor bater em seu suposto tempo livre. Quando enfim se convenceu de que os meninos iam ficar quietos, foi a seu pequeno quarto e pegou o jornal para ler sobre o que outras mulheres de vinte e poucos anos estavam fazendo da vida.

Era uma aposta segura que a maioria delas não era prisioneira nas casas de Chevy Chase.

Lá pelas 22h30, a barriga de Joss começou a roncar e ela percebeu que não tinha comido nada desde o sanduíche de manteiga de amendoim e geléia com os meninos na hora do almoço. A festa ainda bombava no primeiro andar, então ela imaginou que podia entrar de mansinho na cozinha, pelos fundos, e pegar alguns quitutes sem que Deena a visse e pedisse a ela para – quem sabe – aparar a grama ou coisa assim.

— Mas que *vaca* – ouviu Joss ao entrar uma das garçonetes, uma morena de meia-idade que parecia que tinha visto de tudo, dizendo à outra. – Ela é uma daquelas aberrações que gosta de gritar para *os empregados* na frente dos convidados para parecer descolada.

— A gente devia fazer folhados de espinafre, assim ela ia ficar com espinafre preso nos dentes – disse a outra mulher, mais nova e mais loura porém com o mesmo visual básico, concordando. – E o que é aquilo na testa? Você notou? Ela tem tanto colágeno enfiado ali que ficou parecendo uma cro-magnon!

A outra riu.

— Então, em vez de parecer dez anos mais nova, ela parece 2 milhões de anos mais nova!

Elas riram.

— O caso é que – disse a mais nova das duas – ela parecia tão legal ao telefone, quando nos contratou.

— E não são todas assim?

— É, acho que são. Temos de conseguir uma boa reputação de algum jeito. Mesmo que isso signifique ter de lidar com essa merda de vez em quando.

A morena cutucou a loura e se calou quando viu Joss entrando.

— Desculpe interromper – disse Joss. – Só queria pegar algo para comer.

— Ah, claro, querida. – A morena foi até o fogão e começou a colocar um sortimento de lindos folhados e molho num prato. – Percebi que você não comeu antes, quando desceu com as crianças.

Joss sorriu.

— A menos que seja manteiga de amendoim, pizza ou espaguete, eu não tenho a oportunidade de comer.

— A dona da casa te mantém em rédea curta, hein? – perguntou a loura.

— Carrie! – disse a morena, parecendo alarmada com a indiscrição da colega. – Desculpe por isso... Carrie às vezes fala – ela lançou a Carrie outro olhar de alerta – sem pensar. Meu nome é Stella, a propósito.

— Ah, então você é a dona da empresa – disse Joss, lembrando-se da minivan da loja de presentes na frente da casa que tinha as palavras STELLA ENGLISH acima do número do telefone.

— Nós duas somos – disse Carrie, olhando com afeto para Stella. – É uma espécie de negócio de família.

Elas não *aparentavam* ser da mesma família, mas Joss não ia fazer perguntas. A comida estava deliciosa e no momento era só com isso que ela se importava. Ela comeu queijos que nunca vira antes, carnes em fatias tão finas que tinham gosto de bacon, massas fofas que pareciam doces, mas eram saborosas. Nunca serviam esse tipo de comida em Felling. Se não existissem imagens de clip-art dessas comidas para colocar em parede de restaurante, Joss nunca teria comido.

A porta do que Deena chamava de salão se abriu e uma das convidadas entrou, uma mulher baixa com cabelo escuro e brilhante em um vestido verde apertado adornando a figura elegante.

— Olá, senhoras — disse ela com um forte sotaque arrastado do sul, o olhar demorando-se por um momento mais em Joss do que nas outras. — Fizeram um trabalho maravilhoso com a comida. *Fanta*buloso. Adorei essas tortinhas de queijo, como é que vocês a chamam?

— Quiche Lorraine? — sugeriu Stella.

— É *isso* que elas são? Só vi isso em fatias grandes. Bom, estavam fantabulosas, posso lhes garantir. — Ela olhou novamente para Joss, sustentando seu olhar. — E você é mesmo uma coisa também.

Joss ficou sem jeito.

— Quero dizer com os meninos — continuou a mulher. — Aquele Bart pode *mesmo* ser insuportável, eu sei disso. Ele é da turma da minha Katie, e, meu Deus, a Srta. Hudson às vezes tem que colocá-lo de castigo durante a manhã inteira.

Joss não duvidava disso. Bart estava se tornando um verdadeiro inferno. Às vezes Joss conseguia controlá-lo, mas Deena invariavelmente desfazia todo o seu trabalho, ignorando tudo o que ele fazia de errado quando ela estava presente. Se Joss tentasse discipliná-lo desse jeito, Deena fazia objeção, preferindo a todo custo o silêncio aos acessos de raiva.

— Mas onde está a minha educação? — continuou a mulher. — Meu nome é Lois Bradley.

Por várias vezes Joss ouviu Kurt Oliver falar da piscina e da área de lazer de Porter Bradley, então Joss imaginava que Lois devia ser esposa dele.

— Joss Bowen — disse ela. — É um prazer conhecê-la.

Lois colocou a mão nas costas de Joss e a guiou para longe de Carrie e Stella, a um canto escuro da cozinha.

— Há algo que eu possa fazer pela senhora? — perguntou Joss, sem graça. Ela não sabia o que Lois Bradley estava aprontando, mas em Felling as pessoas não tocavam as outras desse jeito.

Tudo era diferente aqui no norte.

— Para falar a verdade, há — disse Lois numa voz rouca. — E acho que há uma coisa que *eu* posso fazer por você.

Por instinto, Joss olhou em volta, procurando por uma saída, ou talvez uma intervenção de emergência de Carrie e Stella. Mas Carrie e Stella estavam atoladas com os pratos, sem prestar atenção em Joss e Lois.

— Não entendo — disse Joss, olhando para Lois, que estava perturbadoramente perto.

— Se vier trabalhar comigo, vou lhe dar um aumento de vinte por cento — sussurrou Lois, olhando em volta, como Joss fizera um instante antes. — E posso lhe *garantir* que minha Katie é muito mais tranqüila do que Bart e Colin Oliver. — Ela praticamente cuspiu o nome dos dois.

Joss ficou desnorteada.

— Meu Deus, Sra. Bradley, isso é lisonjeiro, mas com tudo o que faço aqui não seria possível assumir outro emprego.

— Você não trabalharia mais *aqui*...

As palavras pareciam o cântico de anjos.

— ...só trabalharia para nós. Poderia ter os dois dias que quisesse de folga por semana, embora eu preferisse que tire os fins de semana...

Os *fins de semana*! Joss poderia enfim ter uma vida social!

— ...Além disso, é claro que teria seu próprio carro e sua suíte na casa...

Suíte!

– ...com entrada privativa e banheiro completo. – Ela parou de falar e olhou para Joss, cheia de expectativa. Foi como o silêncio entre *Um!* e *Feliz ano-novo!*

– Muito obrigada pela oferta, Sra. Bradley. – Isso era doloroso. – Mas não posso deixar os Oliver. Tenho contrato por um ano e ele só vence em junho.

Lois a olhou como se Joss tivesse acabado de dizer que preferia esquilo a filé mignon.

– Está dizendo que prefere trabalhar para os Oliver?

Meu Deus, não, Joss queria dizer, mas ela sabia que não devia ser muito franca sobre seus empregadores.

– Bom, eu tenho um contrato – disse Joss evasivamente. – Eu me comprometi até junho.

– E não há jeito de convencê-la a sair?

– Desculpe, não posso. – Não era a primeira vez que Joss desejava jamais ter assinado o documento, mas ele era completo e incluía uma cláusula de exclusividade, o que significava que ela não podia trabalhar para ninguém a 25 quilômetros de Chevy Chase até o ano seguinte.

A expressão de Lois era um misto de decepção e irritação, mas também havia um brilhozinho de admiração em seus olhos.

– Queria ter posto as mãos em você primeiro – disse ela, tristonha. – Por favor, pelo menos *pense* no assunto, está bem?

Era estranho para Joss aquele aparente desejo por ela. Nem Joey McAllister olhava para ela com esse tipo de desejo, e ela saiu com ele por *dois anos*. *Nunca* tinha ouvido a expressão *dor no saco*, nem sabia dos supostos efeitos colaterais do problema, até que Joey lhe pleiteou sexo no banco traseiro de seu Chevy Impala 1985, e nem ele havia olhado para ela com um interesse tão intenso.

Isso era simplesmente triste.

— Eu lamento muito, Sra. Bradley.

Lois Bradley pegou um cartão na pequena bolsa que estava pendurada no ombro e estendeu a Joss.

— Estes são o telefone da minha casa e o e-mail — disse ela. — Se pensar melhor, ou mesmo se quiser conversar sobre as possibilidades, *por favor*, entre em contato comigo. Serei muito discreta.

— Eu não acho que deva realmente... — Joss tentou devolver o cartão, mas Lois fechou os dedos dela nele.

— Shhh. Guarde. Só por garantia.

Em vez de discutir, Joss concluiu que era melhor guardar o cartão e se desfazer dele mais tarde, de modo a não constranger ninguém.

— Agradeço por seu interesse, Sra. Bradley — disse ela, parecendo uma telefonista que tentava vender uma assinatura de revista ou produto similar. — Obrigada.

Lois saiu, tão furtivamente como havia entrado, gesticulando para Joss colocar o cartão no bolso.

Depois que ela se foi e Joss ainda encarava a porta, Carrie veio até ela.

— Ela está tentando roubar você?

Joss se virou para Carrie.

— Como é?

— Aquela mulher. Ela queria roubar você e fazer com que trabalhasse para ela, não é?

— Como você sabe?

— Ah, meu bem — disse Stella, vindo se juntar com três taças da champanhe da Sra. Oliver nas mãos. — Vemos isso o tempo *todo*. Nessas reuniões de gente rica são feitas mais conexões de negócios do que você pode imaginar.

— E o que você disse? — perguntou Carrie.

— Eu disse a ela que tinha um contrato com os Oliver. — Joss suspirou, pegando a taça que Stella lhe oferecia. Ela nunca experimentou champanhe, mas sempre quis fazer isso. — É uma droga, porque ela pareceu tão legal.

— Todas elas parecem legais quando querem você — disse Carrie, e Stella assentiu, concordando. — E todas mudam depois que conseguem. A babá do vizinho é sempre mais bonita.

Ao longe, mas tão alto que parecia estar no cômodo ao lado, Joss ouviu um guincho de risada.

Colin!

Ela sabia — simplesmente *sabia* — que Deena também ouviu e devia estar a caminho do segundo andar para repreender Joss naquele exato momento por deixar os meninos fazerem tanto barulho.

— Tenho que correr — disse Joss, baixando a taça intocada. Mas agora não havia tempo para recuperar as oportunidades alcoólicas perdidas. — Obrigada, senhoras, vocês foram muito gentis.

— Boa sorte, meu bem — disse Stella enquanto Joss corria da cozinha.

— O que vocês estão *fazendo*? — perguntou Joss quando descobriu os meninos diante do computador no quarto dela.

Duas carinhas, iluminadas pela luz esverdeada e fraca do monitor, viraram-se surpresas para ela.

— Nada — disse Colin, agressivo de imediato.

— É, nada — acrescentou Bart, sem ajudar em nada o argumento do irmão.

— Muito bem, meninos, andando. — Joss não esperou por uma resposta, mas se colocou entre eles para chegar ao monitor do computador antes que eles fechassem a janela de Deus-sabe-que-site-andaram-vendo.

— Mas que diabos é Gregslist? — perguntou ela, mais para si mesma do que para os garotos, já que era óbvio que eles não iam lhe dar uma resposta direta.

— Eu estava, eh, só procurando bicicletas baratas e usadas à venda — gaguejou Colin. — Minha mãe acha que você é uma idiota, sabia?

— Você deve ser também — respondeu Joss, olhando mais de perto a lista na tela. — A não ser que a bicicleta barata e velha que queria seja uma loura de olhos azuis e... — ela olhou mais de perto — ...apaixonada por astronomia.

Colin olhou para ela, que estava de queixo caído.

— Hein?

Ela se virou para Bart.

— Foi você ou Colin que escreveu a esta *bicicleta barata* — ela leu — "Gosto de seus peitos. Me encontra no Babes na sexta às 19h?" — Joss se virou para Colin. — Esta parece ser uma bicicleta barata *muito* interessante.

— Não conte pra mamãe — disse Bart num impulso. Ele sempre era o primeiro a ceder nessas situações.

Colin fuzilou o irmão com os olhos para que se calasse, depois disse a Joss:

— É, ela ia ficar muito chateada por você nos deixar usar o computador, então é melhor não contar nada.

— Sabe muito bem que eu não *deixei* vocês usarem este computador — disse Joss. — Vocês deviam estar na cama. E a não ser que eu esteja enganada, sua mãe deve estar subindo aqui, porque vocês estavam fazendo barulho agora mesmo. — Ela parou para tentar escutar o que sinceramente pensava que eram passos na escada, mas não ouviu nada. Ainda assim, ela disse: — Acho que estou ouvindo agora.

Colin parecia ter visto um fantasma.

— Vou dar o fora daqui! — Deixando o irmão para trás, ele disparou para o quarto.

Bart ficou imóvel, parecia paralisado de medo.

— Não vai contar nada a ela, né?

A raiva de Joss relaxou um pouco. O coitado do Bart era mais uma vítima do mau comportamento do irmão. *Sempre* era Bart quem era pego durante a fuga.

— Desta vez, não — disse Joss, com mais delicadeza. — Mas você precisa ir para a cama.

— Vai ler para mim? — Ele olhou a porta num reflexo, claramente esperando que o irmão não estivesse ali para zombar de seu pedido.

— Claro. — Joss sorriu. Essas crianças eram tão carentes; se ela pudesse ajudá-las ao menos *um pouquinho*, valeria a pena tentar. Desde que encontrou uma cobra amarrada a sua cama com barbante de cozinha, Joss tinha certeza absoluta de que era tarde demais para Colin, mas achava que Bart ainda tinha salvação. — Vamos.

Ela o levou para o quarto, onde ele pegou na estante um livro ilustrado chamado *A Day with Wilbur Robinson*. Era um livro infantil, provavelmente infantil demais para ele, mas Joss deduziu que o significado de sua opção não devia ser desprezado.

Então ela leu.

Bart dormiu antes que ela terminasse o livro pela segunda vez, e Joss puxou o lençol para os ombros dele, do jeito que ele gostava, e colocou o livro de lado antes de apagar a luz e sair do quarto com uma sensação de liberdade verdadeira pela primeira vez naquele dia.

Ela voltou ao computador e olhou o e-mail. Havia uma mensagem da mãe, tagarelando sobre o novo projeto do pai dela: um Mustang 1965 que ele estava consertando para eles viajarem pelo país.

Também havia uma de Robbie Blair, o cara que ela namorou desde o último ano do ensino médio. Joss tinha terminado com ele no Natal anterior, mas ele ainda queria voltar. Ela leu o bilhete dele com uma combinação de pavor e melancolia.

Joss, sua mãe me disse que você não estava se divertindo muito aí e eu lamento saber disso talvez você deva voltar para casa logo. eu e meu irmão estamos começando nossa própria empresa como bombeiros hidráulicos então posso sustentar uma esposa rsrsrs. falando cério volta logo gata você sabe que ainda te amo. Robbie

Joss suspirou. Robbie era um cara legal, então o pavor devastador que sentiu com a idéia de voltar a Felling e se tornar a Sra. Blair parecia muito cruel. Mas Robbie não queria nada além de ser encanador em Felling, com uma mulherzinha bacana e alguns filhos, e assistir à tevê com uma cerveja na mão toda noite e o dia inteiro nos fins de semana. Não havia nada de errado com esses planos, mas não era o que Joss queria.

O que Joss queria era viajar pelo mundo, ver aquilo que só conhecia pelos livros antiquados do sistema de educação pública de Felling. Ela queria ter seu próprio negócio e fazer diferença no mundo que ia explorar.

Para ela, ser a Sra. Robbie Blair era tão parecido com a morte que sua barriga doeu por ele chegar a sugerir isso como uma possibilidade. Ela fechou o programa de e-mail e estava prestes a desligar o computador quando percebeu que a janela do Gregslist da pequena aventura dos meninos ainda estava aberta. Parecia ser um site de classificados virtuais, cheio de eventos em Washington.

Isso podia mudar sua sorte.

Ela foi até a barra de pesquisa e digitou "grupos de apoio reuniões domingo" e apareceu uma longa lista de itens.

Isso era *ótimo*!

Mas quando percorreu a lista, viu que a maioria ou era de grupos religiosos ou grupos de viciados em substâncias. Joss nem era religiosa nem usuária de substâncias – que droga, ela nem fora capaz de experimentar o primeiro gole de champanhe nessa noite! – e tinha certeza absoluta de que seria catastrófico se unir a um desses grupos.

Mas havia um clube de esqui que se reunia no Dupont Circle às 15h aos domingos. Só com a viagem de metrô de ida e volta, Joss podia matar algumas horas. E não parecia que o grupo ia esquiar logo. Afinal, era verão e ainda estava quente.

Ela clicou no link e inscreveu seu e-mail para obter mais informações.

Depois digitou a mesma informação para as noites de terça-feira. Havia o sortimento habitual de grupos de apoio – vôlei, badminton, softbol e boliche. Também havia um grupo de apoio a familiares de doentes na igreja episcopal bem naquela rua, mas Joss já experimentara um desses e fora muito mais deprimente do que lidar com Deena Oliver.

Então ela continuou a clicar até que viu o anúncio mais estranho e mais evasivo que aparecera até então.

Sapatólatras Anônimas.

Ela leu o anúncio com interesse. O fato de que calçava tamanho 36 podia ser problemático, mas a probabilidade de que aquele fosse um bando de mulheres que ficavam sentadas, conversando sobre assuntos que não eram deprimentes, era bastante agradável.

E assim, Joss cuidaria para que o tamanho do calçado não fosse um empecilho. Havia lojas de segunda mão em toda parte, onde podia encontrar um bom par de sapatos do tamanho certo sem gastar muito dinheiro. Só precisaria de alguma pesquisa e uma boa caminhada.

Para sua sorte, o tempo consumido nas duas atividades seria longe da casa dos Oliver, então, só por isso, já era perfeito.

Capítulo 10

"Srta. Rafferty, aqui é Holden Bennington, da Montgomery Federal Financiamentos e Empréstimos. De novo. Preciso discutir com a senhorita um assunto confidencial logo que for possível. Se puder me ligar no número 202-555-2056 o quanto antes, eu agradeceria muito."

— Acho que não – disse Lorna com alegria à secretária eletrônica antes de apertar APAGAR. Holden Bennington *sempre* ligava para ela quando seu saldo estava ficando baixo e ele pensava que ela podia ter cheques ou contas que pudessem ser devolvidos. É claro que *parecia* muito gentil que um gerente-assistente de banco perdesse seu tempo para fazer isso, mas Lorna estava convencida de que ele simplesmente procurava um aumento tomando a Grande Devedora como seu projeto preferido.

Ela o encontrou algumas vezes no banco e ele a fulminou. Devia estar chegando aos 30 anos, mas tinha um ar de seriedade que o fazia parecer mais velho. Porém... Seu rosto era quase bonito, e ele parecia ter um corpo decente por baixo daqueles ternos Brooks Brothers, mas quem podia garantir isso?

Lorna podia imaginá-lo daqui a quarenta anos, ainda com a mesma aparência, apontando o dedo para cada cliente que tivesse a infelicidade de ter um saldo um pouquinho menor do que devia na conta.

Como se o banco realmente perdesse 1 centavo que fosse quando uma pessoa tinha um cheque devolvido.

O telefone tocou.

Lorna, que sempre teve um fraco por toques de telefone, atendeu de imediato e se arrependeu disso.

— Srta. Rafferty, fico feliz por pegá-la em casa.

É claro que era Holden Bennington da Montgomery Federal Financiamentos e Empréstimos.

Pegou mesmo.

— Como? — perguntou Lorna, ainda sem saber se ia fingir que era engano, ou se seria uma amiga atendendo ao telefone enquanto ela, Lorna, tinha saído; ou se ia se encher de coragem e atender ela mesma o telefonema.

— Aqui é Holden Bennington, da Montgomery Federal Financiamentos e Empréstimos, em Bethesda.

Em um dos impulsos mais idiotas que teve desde a sétima série, ela decidiu fingir que era uma amiga.

— Ah, desculpe, deve querer falar com Lorna. — Em sua tentativa de fazer uma voz falsa, ela acabou com um sotaque que ficava entre o britânico e o de Nova Jersey.

Houve um longo silêncio.

— Vai mesmo tentar me enganar com um sotaque ruim, não é? — perguntou Holden.

A cara de Lorna ardeu, mas ela insistiu.

— Como? — Quanto menos falasse, melhor. Ela puxou a blusa por cima do bocal do fone como as pessoas faziam na tevê quando queriam disfarçar a voz.

Mas Lorna não disse mais nada, então ficou parada ali feito uma imbecil com a blusa puxada para cima, cobrindo o telefone, esperando que Holden Bennington fizesse o movimento seguinte no jogo de xadrez.

— Srta. Rafferty, sem essa. Ouvi sua mensagem na secretária eletrônica o suficiente para conhecer cada inflexão de sua voz. — Um silêncio curto. — Não está me enganando.

— Ela não está — disse Lorna com a blusa. — Quer deixar um recado?

Outra pausa longa.

— Sim, se puder dizer a *Srta. Rafferty* que o gerente do banco ligou...

Lorna resistiu ao impulso de salientar que ele era gerente-*assistente*.

— ...e dizer a ela para me ligar assim que for possível, eu *talvez* possa poupar muito dinheiro dela nas taxas dos cheques devolvidos.

— É mesmo?

— É. Então pode dizer a sua, eh, *amiga* Srta. Rafferty que se ela não vier aqui e resolver a situação, vou devolver os cheques *e* cobrar dela uma conta de 35 dólares que todos os outros têm de pagar nestas circunstâncias.

Lorna sabia que devia aceitar sua perda considerável e desligar, mas não conseguiu deixar de dizer:

— Não é um assunto confidencial? Não devia deixar um recado com uma pessoa que não é a titular da conta.

— Sob qualquer outra circunstância eu não faria isso — ele lhe garantiu, depois desligou sem se despedir.

Babaca.

Ela fechou os olhos com força, pensando. Ele a pegara. É claro. Ele teria de ser um mongo para não perceber que era ela. Que idiota foi ao fingir um sotaque, como um par velho e grande de Ugg tamanho 46, e esperar que ele não percebesse. Meu Deus, ela *merecia* as taxas por cheque devolvido.

Exceto por ela de fato não ter dinheiro para cobrir isso.

— Vou dar o recado a ela — disse Lorna com sarcasmo para si mesma, parecendo a seus ouvidos Dick van Dyke em Mary Poppins. Ainda bem que ele não estava mais na linha.

Ela desligou o telefone, pensou por uma fração de segundo, depois fez o que sabia que precisava fazer.

Correu ao banco.

Uns sete minutos depois ela parou do lado de fora das portas do Montgomery Federal, recuperando o fôlego por um momento antes de entrar como se estivesse chegando despreocupada para ver o que Holden Bennington queria.

Lorna esperava vê-lo assim que entrasse, então, quando não viu, ficou confusa. Ficou ainda mais surpresa quando alguém lhe deu um tapinha atrás do ombro.

— Srta. Rafferty?

Ela ficou de frente para ele.

— Sr. Bennington.

— Foi rápida.

O rosto dela ficou quente.

— O que foi?

Ele sustentou seu olhar por um segundo antes de dizer:

— Pode vir até minha sala para conversarmos?

Ela o seguiu pelo saguão com cheiro de papel e tinta. Nenhum lugar provocava tanta angústia em Lorna desde que ela andou pelos corredores da Escola Fundamental Cabin John 15 anos antes. Mas sem querer revelar essa angústia, ela disse com alegria:

— Quando peguei meus recados há alguns minutos, ouvi sua ligação, então pensei em dar uma passada aqui, já que estava no bairro.

— A senhorita mora no bairro, não é?

Ela deu de ombros.

— É uma caminhada de... 15 minutos. Mais ou menos.

— Aposto que pode fazer em menos tempo. — Ele parecia estar reprimindo um sorriso.

Agora, se ela não tivesse acabado de falar com ele, talvez perguntasse onde diabos ele queria chegar. Se ela não tivesse acabado de falar com ele e não *soubesse* exatamente onde diabos ele queria chegar, ela podia não ter idéia alguma sobre o que ele estava dizendo. Podia ter simplesmente achado que era uma conversa sem importância.

Ela decidiu assumir uma nova abordagem.

— Não sou muito de correr — disse ela, gesticulando vagamente para os quadris, um pouco curvilíneos demais para pertencer a alguém que se exercitava com freqüência. É claro que a leve falta de fôlego que ainda sentia por ter corrido quatro quadras até o banco também era uma ampla evidência disso.

— Não sei, não, parece que pode chegar a um lugar rápido, se quiser — disse Holden, ainda parecendo reprimir o riso.

Isso aborreceu Lorna.

— Não tenho muito tempo, Sr. Bennington, então, se puder me dizer por que ligou...

— Vamos a minha sala — disse ele de novo. — É assunto particular.

Ela o seguiu a uma sala tão estreita que a porta, ao ser aberta por Holden, ocupou metade do espaço. Lorna lutou para contornar a porta e se sentar na cadeira cromada com estofado em tecido cor de mogno diante da mesa, enquanto Holden, muito mais ágil do que ela, conseguiu se enfiar em sua cadeira num movimento suave.

— Então, de que se trata? — perguntou Lorna.

— Deixe-me puxar sua conta. — Ele começou a digitar no teclado, olhando com atenção a tela do computador.

Lorna esperou em silêncio, como uma adolescente aguardando que o diretor pegasse os registros de um boletim ruim.

— Aqui estamos. O cheque número oito sete um dois bateu em sua conta ontem, com a quantia de 376,95 dólares.

— Bom, tudo bem, mas também depositei um cheque de 450 dólares e qualquer coisa.

— Não é de nosso banco.

Lorna olhou para ele, surpresa.

— E daí?

— Daí que não podemos verificar os fundos no sistema, temos que esperar a compensação do outro banco. — Ele se recostou e olhou para Lorna como se fosse uma tela que ele decidira não comprar. — É claro que esse procedimento não é novo para a senhorita.

— Eu sei que vocês seguram os cheques de outras cidades — disse Lorna de maneira equilibrada. — Mas esse banco fica a meia quadra de distância. É impossível que estacione seu carro mais perto daqui do que daquele banco. Na verdade, você deve *passar* por ele com regularidade a caminho do estacionamento.

— A questão não é essa — disse Holden.

Era melhor fazer o que *Holden Bennington III disse*, porque os olhos de Lorna caíram na placa com o nome na mesa dele e ela concluiu, num instante, que ele jamais entenderia o que era não ter dinheiro.

— Mas *você sabe* que o banco fica bem ali. *Sabe* que pode verificar os fundos, ou o que for, em um segundo. Acho que ouvi falar que hoje em dia os fundos *são mesmo* verificados de pronto porque tudo é feito eletronicamente. — Ela estava se aprimorando. — Na verdade, toda a idéia de segurar um cheque por dias vem de, tipo assim, os tempos do Velho Oeste.

— Mas as regras são essas — disse Holden, parecendo por uma fração de segundo que realmente podia concordar com alguma parte do que Lorna dissera. — A senhorita concordou com elas quando abriu sua conta.

— O que, aliás, foi há 15 anos.

Holden tombou a cabeça, concordando.

— É uma cliente antiga. É por isso que tentamos lhe dar um tratamento especial.

— Sei — disse Lorna, fitando os olhos azuis que não eram nada desagradáveis. Se ela fosse alguns anos mais nova, quer dizer.

E se ele fosse um pouco menos cricri com o dinheiro *dela*.

— Mas não podemos continuar a cobrir sua conta quando a senhorita não faz a sua parte — continuou ele.

— Quando eu não faço a minha parte — repetiu ela, sem acreditar. O cara era o que, sete, oito, talvez nove anos mais novo do que ela, mas a estava acusando de *não fazer a parte dela*, como se ele fosse um professor de ciências repreendendo-a por deixar Kevin Singer fazer todo o trabalho de dissecação do sapo dos dois na sétima série.

— Exatamente. — Holden deu um sorriso falso, mostrando duas lindas filas de dentes brancos e algumas rugas — *quase* covinhas, mas não tão uma gracinha assim — que Lorna nem percebera antes.

De repente, Lorna entendeu que não adiantava brigar. O cara era muito bom no estilo pai reprovador. Não havia jeito de ela conseguir que ele desprezasse as normas do banco só pelo charme dela.

— Tá legal, tá legal, entendi o que está dizendo — reconheceu Lorna. — Entendi. Mas, só desta vez, pode cobrir o cheque? Quer dizer, qual é. — Ela deu o que esperava parecer uma risada bem *laissez-faire*. — O cheque em questão é do Jico. Eles têm uma boa reputação nesta cidade. Você não acha mesmo que o cheque vai voltar.

— Não há como saber. — Ele estava mentindo. Tinha de estar. Lorna suspirou.

— Então pode me dar pelo menos um dia. Só *um dia*? Tenho certeza de que vai compensar até lá.

Holden assentiu de forma evasiva e disse:

— Mas o problema é que há outros três cheques. — Novamente o bater no teclado. Numa sala tão pequena como aquela, esse bater era perturbadoramente alto.

Lorna se encolheu um pouco por dentro. Mais três cheques? Pelo quê? Ela revirou o cérebro. Em geral usava cartão de crédito; ela sabia disso porque se sentia terrivelmente culpada depois de cada compra. Então, como poderia ter passado mais três cheques na semana anterior?

Na Macy's. Este foi um. *Mas* tinha sido para pagar as 40 pratas restantes da conta da Macy's, então com certeza foi... Bom, não foi exatamente *nobre*, mas pelo menos *valeu a pena*.

E... Onde? Ah, sim, no mercadinho. Literalmente 2,10 dólares. Literalmente. Ela comprou um litro de leite e um chiclete.

Mas ela não conseguia se lembrar do outro cheque.

— ...Este de 2,10 dólares vai acabar lhe custando 37,10 – dizia Holden. Depois ele voltou os olhos azuis para ela e disse: — Não entende que é ridículo?

— Se *eu* não entendo que é ridículo? — Será que ele estava *brincando*? — Sim, claro que sim. É claro que *eu* entendo. Uma criança de 3 anos veria que é ridículo. A questão é, por que fazem isso com a gente?

— São apenas os termos...

— Pare de colocar a culpa de tudo em termos idiotas com os quais concordei há mil anos. — Ela se ouviu, adequadamente constrangida, e eliminou parte da histeria de seu tom de voz. — Você sabe muito bem que a papelada contém um milhão de palavras por página numa fonte Times de dez pontos.

Ele outra vez abaixou a cabeça por um rápido instante, um gesto que ela logo passou a entender como o reconhecimento dele de que o banco estava ferrando totalmente os clientes.

— Não posso mudar as regras.

— E eu não posso mudar a realidade – disse ela, agitando um braço na direção do computador dele. — Pode ver minha situação. Não quero pagar um monte de taxas por saldo negativo e não quero que devolva meus cheques, então, o que posso fazer? Você me ligou só para me envergonhar?

Holden Bennington III pareceu genuinamente surpreso com esta acusação, depois magoado.

— Estou tentando *ajudá-la*.

— Eu agradeço por isso – disse ela com sinceridade, embora tenha parecido totalmente sarcástica, inclusive aos próprios ouvidos. — Não, é sério. Agradeço mesmo.

— Pode fazer a simples promessa que de agora em diante vai cuidar para ter fundos em sua conta *antes* de preencher cheques? — perguntou ele. De repente ele parecia um aluno do primeiro ano encenando o papai preocupado numa peça da escola.

Mas, de qualquer modo, isso a tocou. Ele se importava. Ele *estava* mesmo tentando ajudá-la. E ela foi uma cretina rabugenta com ele.

— Sim — disse ela. — Eu prometo. — Estava na ponta da língua contar a ele sobre Phil Carson, mas assim ela iria longe demais. Não precisava expor seus problemas como bonecas numa apresentação de escola, em especial porque não tinha tempo para provar que podia cumprir o programa. Não, era melhor só deixar passar essa e agradecer a ele por segurar as taxas de devolução de cheques dessa vez.

— Que bom — disse ele e deu mais umas batidas no teclado. — Consegui suspender duas taxas de seus cheques sem fundos — acrescentou com triunfo.

O triunfo dele, pelo menos para Lorna, era prematuro.

— Duas? Isso quer dizer que ainda vai me cobrar?

— Receio que sim.

— *Setenta* pratas?

Ele assentiu.

— Não posso reverter tudo.

Ela queria gemer um *por que não?*, mas não importava que fosse porque ele literalmente não podia ou não queria; era óbvio que ele não ia mudar de idéia.

E era óbvio que sentiu que ela não merecia ser livrada de todas as cobranças.

Precisava ser cortês. Menos do que isso, teria sido infantil.

— Muito obrigada por sua assistência — disse ela, levantando-se e estendendo a mão para ele.

Ele olhou a mão por um momento, depois a apertou, sem jeito.

— Não há de quê, Srta. Rafferty. Fico feliz por enfim poder ajudar.

Se você quisesse ajudar, poderia transferir 1 ou 2 milhões para minha conta e parar de me cobrar 70 dólares por mês pelo privilégio de ter uma conta sem especial aqui, pensou ela. Mas o que ela *disse* foi:

— Bom, trabalhando em dois ou três turnos como eu faço, é difícil acompanhar todas essas questões. De vez em quando eu até topo com um cheque de pagamento de que esqueci de depositar. — Era uma mentira idiota. Ele podia olhar e ver que a única ação que ela fazia com a regularidade de um relógio era depositar seu cheque do Jico sexta sim, sexta não.

— Sei.

Ela sabia que ele sabia.

— Mas agora vou tentar lidar muito melhor com isso.

Ela lutou para andar pela passagem estreita que havia entre a mesa dele, a cadeira dela e a porta agora aberta.

— Obrigada novamente, Sr. Bennington — disse ela, baixando a voz na metade do nome dele porque eles estavam no hall principal do banco e ela não queria que ninguém mais deduzisse que tinha problemas bancários, em vez de, digamos, tanto dinheiro que teria precisado uma nova conta a fim ter um limite de crédito com o qual a Receita Federal não fosse implicar.

Ele assentiu, todo rígido.

— Srta. Rafferty, espero vê-la novamente em breve. Ou melhor, acho que espero *não* vê-la novamente em breve. — A piada tinha a desvantagem dupla de ser ao mesmo tempo horrível e óbvia.

Lorna podia ter estrangulado o homem por isso. Mas, vamos encarar a realidade, ela não estava em condições de estrangular *ninguém* por apontar seus problemas com as dívidas.

Quanto mais cedo assumisse a responsabilidade por elas, mais cedo ia poder deixá-las para trás.

O mundo segundo Phil Carson.

Vários comerciais de sabão em pó falavam em remover manchas de sangue, chocolate e vinho, mas nunca falavam de vômito.

Joss tirou a blusa vomitada com cuidado pela cabeça e a embolou para que toda a parte suja ficasse por dentro. Depois vestiu uma camiseta, pegou a lixeira e correu para o quarto de Bart, onde ele estava deitado na cama com uma virose gástrica.

— Como está indo, amiguinho? — perguntou ela com delicadeza, colocando a blusa dentro da lixeira e sentando-se na lateral da cama. — Está melhor?

— Não — gemeu ele, infeliz. — Mas posso tomar uma Coca?

Agora ele parecia tão pequeno. Tão inocente e vulnerável. Lembrava a Joss o que ela procurara nesse trabalho: ela adorava crianças. Não era tão louca por seus capetinhas e certamente tinha suas dúvidas sobre se era ou não tarde demais para Colin, mas Bart conseguia tocar as cordas de seu coração.

— Claro — disse Joss, pegando o espesso xarope de coca que a mãe dela costumava verter em gelo e dar a ela quando ela estava enjoada. — Vou descer um pouquinho para colocar uma roupa na máquina e depois subo para cá.

— E traz um Count Chocula — acrescentou Bart.

Não era o cereal insosso com gosto de papelão que Deena em geral tentava convencer Joss a dar às crianças, mas Deena não estava aqui e Joss estava disposta a fazer tudo para que o coitadinho se sentisse melhor.

— Tudo bem, mas só um pouco.

Ela tirou a blusa da lixeira e a levou para a lavanderia, pronta para colocá-la na máquina.

Então ficou surpresa ao ver dois grandes cestos de roupa suja diante da máquina de lavar, com uma folha de papel no alto que tinha o nome de Joss em marcador preto enorme.

Temendo o que sabia que viria, Joss pegou o papel.

Joss: Separe as brancas e as coloridas e lave todas só em água fria.

Nenhum *por favor*, observou Joss. Não que isso a fizesse se sentir muito melhor com a ordem. Por um momento, ela pensou na possibilidade de se virar e sair do cômodo como se não tivesse entrado ali e visto o bilhete, mas, pelo que sabia, Deena Oliver tinha câmeras instaladas e acompanhava todos os seus movimentos.

Era melhor ela fazer o que lhe era solicitado quando estava de serviço e sair da casa sempre que não estivesse.

Com um longo suspiro, pegou os cestos e jogou o conteúdo no chão, formando pilhas para as roupas coloridas e brancas. Ou as que *deviam* ser brancas, emendou ela mentalmente ao se deparar com uma cueca do Sr. Oliver que trazia a prova infeliz de que Bart não era o único na casa com problemas de estômago.

Babá era uma descrição de cargo. *Empregada* era outra totalmente diferente. Joss *não* assinara um contrato de empregada. Então por que estava ali, num porão de Maryland, limpando as manchas biológicas de outra pessoa por 2,50 dólares a hora?

Nessas horas, a oferta de Robbie Blair parecia cada vez mais atraente.

Mas nessas horas até um convento parecia cada vez mais atraente.

Naquela mesma noite, quando Joss estava curtindo um momento de silêncio entre o final do enjôo de Bart e a volta de Colin da aula de artes marciais, Deena Oliver a chamou no que ela dizia ser "a sala de visitas", mas que, na casa de Joss, teria sido chamado de "sala de estar elegante com mobiliário que não se pode usar".

— Joss — disse Deena sem preâmbulos. — Há algo que queira me contar?

Ah, havia um monte de assuntos sobre os quais ela queria conversar com Deena, mas Joss duvidava seriamente de que Deena estivesse se referindo às mesmas questão.

— Não sei o que quer dizer — disse Joss.

— Não? — Deena arqueou uma sobrancelha e esperou, em silêncio.

Joss foi tomada por uma culpa que não tinha obrigação de sentir. Era a mesma sensação que tinha quando passava por aqueles sensores de segurança na biblioteca — na esperança de não ser "flagrada", embora não tivesse feito nada para ser "flagrada".

— Acho que não — disse ela, a voz quase num tom de pergunta.

— E se eu dissesse as palavras *roupas íntimas*?

Se a expressão de Deena, ou a cara de couro bronzeado sob uma nuvem frágil de cabelo clareado, não fosse tão ameaçadora, Joss poderia até rir.

— Desculpe, Sra. Oliver — disse ela, o estômago se apertando. — Ainda não sei do que está falando. — A não ser que Deena de algum modo tivesse a capacidade paranormal de sentir o nojo de Joss mais cedo, quando achou a cueca do Sr. Oliver, mas quem *não* sentiria nojo daquilo?

Deena a olhou com frieza por um momento, depois inclinou-se para frente e sacou das costas um chumaço de tecido com estampa de tigre. Ela o atirou a Joss e, embora tivesse a velocidade de um lenço de papel, Joss pulou.

— Isso — disse Deena. — É disso que estou falando. Pode explicar?

Explicar? Joss nem queria pegar e descobrir o que exatamente era *aquilo*.

— O que é isso? — perguntou ela.

Deena se levantou e começou o tipo de andar teatral que Betty Davis teria usado em um daqueles filmes em que era uma vaca medonha.

— Sabe muito bem que é um fio dental de homem.

Joss estava confusa.

— Eu nem sabia que os homens *usavam* fio dental!

Por uma fração de momento, Deena pareceu surpresa. Depois, perplexa. E depois a raiva voltou e se acomodou em seu rosto.

— Encontrei debaixo da minha cama, Joss. Debaixo da *minha* cama.

— Eu... Eu não posso explicar... — gaguejou Joss. — Nem sei bem o que está me perguntando.

— Não estou lhe perguntando nada. Estou lhe *dizendo* que isso tem de parar agora. E se eu tiver a mais leve desconfiança de que você anda trazendo homens para minha casa de novo e levando-os para a *minha* cama, não só vou demiti-la no ato como também vou processá-la por cada centavo que lhe paguei, entendeu?

Joss ficou apavorada. Sentiu o sangue despencar para os pés, deixando uma trilha gelada em seu peito e na barriga.

— Sra. Oliver, eu *juro* que nunca vi essa... essa coisa e que não trouxe *ninguém* aqui.

Lá estava de novo, aquela expressão que mostrava que Deena estava menos à vontade com a negação de Joss do que teria ficado com uma confissão.

— Será que fui clara? — perguntou ela.

— Sim, mas...

— *Será* que eu fui *clara*? — Foi como se ela tivesse reunido toda sua energia na voz e estivesse explodindo com a fúria de um vilão da Disney.

Joss não era boba. Era melhor concordar e sair do que discutir.

— Sim, senhora.

Deena assentiu, satisfeita.

— É só.

Joss saiu, desejando que Deena não tivesse falado na parte de processá-la para reaver o dinheiro, porque agora a demissão não parecia tão ruim.

— Estes são Max Azria? — Graças a Deus existiam essas reuniões nas terças à noite. Era a única maneira de Lorna obter satisfação material ultimamente.

É claro que havia satisfação em abater suas dívidas, mas seria possível calçar uma dívida que diminuía aos pouquinhos e mudar totalmente de estado de espírito? De jeito nenhum.

Lorna precisava de sapatos assim.

Helene assentiu e passou os Max Azria a Lorna.

— Sabe de uma coisa, eles são lindos, mas nunca ficaram muito bem em mim. Experimente.

Lorna calçou um sapato e lhe caiu como uma luva.

— Ai, meu Deus. O que é isso, sapato de *massagem*? — Ela deu alguns passos. — A sensação é incrível. — Ocorreu a ela que isso podia ser uma grosseria, uma vez que Helene acabara de dizer que não eram confortáveis para ela. — Em mim — esclareceu ela.

— Pode ser o formato estranho dos meus pés.

— É mais provável que sejam os meus. — Helene sorriu.— Agora me passe esses Miu Miu. — Ela pegou a caixa. — A propósito, cadê a Sandra?

— Ela ligou há mais ou menos uma hora e disse que não poderia vir esta noite — disse Lorna. — Foi meio estranho. No início ela falou que tinha um compromisso, mas no fim da conversa disse que estava doente. Não tenho certeza do que é. Espero que não seja nada que eu tenha feito.

— Claro que não foi. — Helene estendeu a mão pela mesa de centro e se serviu de mais vinho. — Ela só deve estar atarefada.

Lorna assentiu, embora não tivesse certeza.

— Vem mais alguém? — perguntou Helene.

Uma vez que passava das 20h, Lorna duvidava disso, mas uma pessoa tinha ligado.

— Tem uma Paula qualquer coisa — disse ela, tentando se lembrar do sobrenome. Era incomum. Como uma data comemorativa. Não era Paula Natal. — Namorado — lembrou-se ela depois de um momento. — Paula Namorado. — Como o Dia dos Namorados.

— Que engraçado, no começo pensei que haveria um monte de gente nessas reuniões, mas acho que muitas mulheres guardam seu vício em sapatos no armário. — Ela riu. — Suponho.

— E existem as mulheres cujo vício transborda do armário e entra pelos cômodos. Literalmente.

Houve uma batida na porta, tão forte que sacudiu os quadros na parede.

Helene e Lorna se olharam.

— Esperando um namorado? – disse Helene, mal abrindo um sorriso.

Lorna riu e foi hesitante até a porta ver pelo olho mágico. O objeto idiota que nunca servira para nada e que nunca pareceu ser tão importante quanto agora. Só o que ela pôde ver foi uma figura alta e rechonchuda no corredor, em silhueta na luz fraca do teto.

— Acho que é ela – sussurrou Lorna.

— Não vai abrir? – respondeu Helene num cochicho audível, depois soltou uma risada.

Lorna se uniu a ela.

— Estou ficando paranóica – disse ela, depois respirou fundo e abriu a porta.

A pessoa diante dela era alta, tinha pelo menos 1,90 metro de altura. A peruca não teria sido mais óbvia se fosse feita de algodão-doce. A maquiagem parecia pronunciada, assim como o pomo-de-Adão masculino. O vestido, por outro lado, era soberbo – parecia Chanel vintage, embora, naquele tamanho, não pudesse ser. Mas os brincos e as pérolas Chanel eram verdadeiros e serviam para ilustrar a palavra *ironia* melhor do que qualquer coisa que Lorna vira na vida.

Por um momento de pânico ela se perguntou o que fazer. Não tinha nenhuma política antitravestis, mas os pés do cara claramente tinham duas vezes o tamanho dos dela. O que quer que tenha trazido naquela bolsa Chanel de seda não era tamanho 38.

— Oi — disse Lorna, numa voz muito mais forte do que a incerteza que sentia. — Paula Namorado?

O sujeito — sem essa, não havia dúvida disso! — arregalou os olhos, fitou Lorna num silêncio aturdido, depois olhou atrás dela, para onde Helene estava sentada no sofá. Era como se estivesse avaliando o grupo e elas não estivessem à altura.

O silêncio ficava desagradável.

— Paula? — repetiu Lorna. Os olhos dele não eram de um cervo nos faróis de um carro. Eram os olhos de um cara atrás do volante que de repente viu um cervo nos faróis de um carro. — Paula Namorado?

Os olhos do homem ficaram mais arregalados e ele assentiu rapidamente.

Mais um ou dois segundos a situação ia ficar insanamente bizarra, e Lorna olhou insegura para Helene, que tinha sacado o celular como uma arma. Estava aberto e ela havia posicionado o polegar no botão de chamada.

O que era bom, uma vez que Lorna tinha medo de ter que sinalizar a Helene para ligar para a emergência.

Antes que chegasse a esse ponto, Paula Namorado virou-se e correu, os sapatos batendo como um trovão pelo corredor até a escada.

Lorna observou num silêncio pasmo até que ouviu a porta da escada bater.

Ela se virou para Helene.

— Acho que ela não gosta de nosso estilo — disse ela.

As duas explodiram numa gargalhada.

Helene e Lorna passaram uma longa noite conversando e rindo, e secaram duas garrafas de vinho e um bule inteiro de café. Foi só a 1h da manhã que Helene finalmente saiu.

A julgar pelo próprio estado de embriaguez, Lorna imaginava que ela mesma devia ter consumido a maior parte do vinho, já que pelo menos na última hora Helene só bebera água.

Então, quando Lorna foi à cozinha e percebeu um carro saindo do estacionamento atrás do BMW de Helene, não achou nada demais a princípio.

Depois, quando lhe ocorreu que podia ser o mesmo carro que estacionara ali na semana passada, ela pensou que sua imaginação estava fértil demais.

Mas o pensamento a perturbou durante horas, impedindo-a até de dormir. Por fim, logo depois das 2h da manhã, quando sua consciência lhe disse que era melhor bancar a idiota e alertar Helene de uma ameaça que não existia do que ignorar o que podia ser um risco *verdadeiro*, ela ligou para Helene para dizer que achava que ela estava sendo seguida.

Capítulo 11

Helene acordou assustada com a música tema de *A feiticeira*.

Era o celular, o toque que ela escolheu para chamadas sociais. Era engraçado. As chamadas políticas faziam tocar a abertura agourenta da "Quinta sinfonia" de Beethoven.

Ela logo abriu o telefone para interromper o barulho, depois olhou para Jim, que tinha o sono profundo ao lado dela. Seus roncos podiam sacudir as janelas. Felizmente em geral ele dormia em seu próprio quarto. Naquela noite fora uma visita conjugal, o preço que ela pagava por seu conforto material, mesmo que ela e Jim não estivessem mais juntos.

Quando ele perguntou, enquanto ela se despia, se ela havia parado de tomar a pílula, Helene disse que era claro que tinha. Era uma mentira. Mas pelo menos Helene se lembrara de retirar as pílulas da gaveta e escondê-las na tampa de uma caixa de sapatos em seu armário. Na verdade, ficou surpresa por Jim não ter procurado antes de perguntar. Dois dias inteiros se passaram entre sua detenção e a lembrança que tinha instigado toda a história. Ela então se afastou de mansinho dele, sentindo um misto de distanciamento emocional e um formigamento prolongado pelas habilidades sexuais de Jim. Pelo menos era uma recompensa por cumprir seu dever.

– Alô?

– Helene? – Era uma mulher. Com apenas uma palavra era difícil saber quem falava, mas a voz parecia familiar.

É claro que familiar nem sempre era bom.

– Quem é? – disse Helene num sussurro urgente, andando descalça e em silêncio pelo quarto para não acordar Jim.

Só Deus sabe o que ele concluiria de seus telefonemas no meio da noite.

Na verdade, *ela* também não sabia o que pensar sobre isso.

– Quem fala? – perguntou ela antes que a interlocutora tivesse a oportunidade de responder à primeira pergunta.

– É Lorna Rafferty – disse a mulher rapidamente e o mistério da voz se desfez. – Me desculpe por ligar tão tarde – continuou ela.

Os ombros de Helene arriaram de alívio. Mas do que ela teve medo? Quem Helene tinha medo de que telefonasse? A mãe e o pai? A Ormond's? Talvez...

Gerald Parks?

Bingo!

Ela tentou não ficar obcecada com ele, porém até pensar no nome desse homem lhe provocava um tremor de náusea no corpo.

– Lorna – disse ela, aliviada mas inquieta pela idéia de Gerald Parks. – Está tudo bem?

— Espero que sim. Quer dizer, acho que sim. Meu Deus, você vai pensar que sou a maior idiota do mundo por telefonar. — Ela parecia agitada, atrapalhando-se com as palavras. — Eu devia ter esperado até amanhã de manhã. Ou até a semana que vem...

— O que foi, Lorna?

— Tudo bem. — Lorna soltou um suspiro que sibilou pelo telefone. — Eu só preciso contar isso, embora pense que não deve significar nada.

Helene agora estava ficando ansiosa.

— Lorna, o que é?

— Acho que talvez... Acho que talvez alguém tenha seguido você. Você tem segurança ou coisa assim?

— Não. Por quê?

— Bom, pensei que talvez, com seu marido tão famoso e sendo um político e tudo, ele tenha lhe dado alguém do Serviço Secreto...

— Peraí, por que você acha que alguém esteja me seguindo? — Helene sabia que parecia áspera e não queria isso, mas teve a mesma sensação desagradável e o choque não foi menor por ouvir de uma pessoa que acabara de conhecer.

— Na semana passada, quando você esteve aqui, havia um cara encostado num carro velho e amassado no estacionamento, olhando para meu apartamento. Foi por isso que fiquei tão nervosa sobre quem estava vindo.

Helene se lembrava disso. Lorna olhara pela janela umas vinte vezes. Helene imaginava que ela estivesse esperando um namorado ou tinha um encontro depois da reunião.

— Mas então — continuou Lorna. — Eu fiquei de olho, para saber se ele estava lá ou não... Não sei por quê... E percebi que, quando você saiu com o carro, ele também foi embora. No começo achei que fosse Sandra...

— E não era?

— Não, ela esqueceu a bolsa e voltou ao meu apartamento logo depois de você ir embora.

O medo se instalou na boca do estômago de Helene.

— É só isso? — Helene tinha a sensação de que não era. E estava certa.

— Bom, aconteceu hoje à noite também — disse Lorna. — O mesmo carro e tudo. É claro que pode ser uma grande coincidência. Na verdade, talvez outra pessoa no prédio tenha algum tipo de reunião de terça-feira e eu estou exagerando. Ou talvez não seja o mesmo carro.

Helene duvidava disso.

— Como era o sujeito?

— Louro. Comum. Bem comum, na verdade. Peso mediano, altura mediana, constituição física mediana.

Gerald Parks.

— Deu para ver se ele tinha uma câmera?

— Não tinha. — Nesse ponto, Lorna foi firme. — Ele só ficou parado lá na traseira do carro de braços cruzados. Não precisa se preocupar com fotos, acho que não. — Ela hesitou, depois acrescentou: — Você não estava fazendo nada de incriminador.

Não dessa vez.

— Obrigada por me avisar — disse ela, pensando que *tinha* de ser coincidência. Gerald Parks não era tímido; se a estivesse seguindo, talvez logo a confrontaria. Afinal, ele ainda queria o dinheiro.

Sua própria paranóia devia ser contagiante, e Lorna a pegara. Helene ficaria atenta, certamente, mas não queria que a nova amizade fosse ensombrecida por um mal-estar qualquer.

— Às vezes uns fotógrafos da cidade não têm o que contar, então me seguem para procurar por alguma notícia. — E às vezes eles encontram. – É irritante, mas não é motivo de preocupação.

Lorna soltou a respiração do outro lado da linha.

– Que alívio. Olha, me desculpe mesmo por ter incomodado você. Deve pensar que sou uma boba.

Helene riu.

– É claro que não! Acho que é uma amiga que ficou preocupada e eu agradeço muito por isso.

Depois de desligarem, Helene se deitou na cama por um longo tempo, olhando o brilho das luzes da rua no teto. Estava em seu próprio quarto, seu santuário. O único lugar em que chegava perto de se sentir ela mesma.

Mas a presença de Jim ali mudava inteiramente a sensação.

Mais um mau sinal sobre seu casamento.

Ela saiu da cama e andou com passos surdos pelo chão de madeira frio até a janela da frente. Queria destrancá-la e deixar entrar o ar da noite de verão, talvez sentir o cheiro de jasmim que ela sabia que florescia lá fora porque ela mesma o plantara.

Mas não podia abrir a janela, ou o alarme ia disparar.

Em vez disso, ela se recostou no peitoril estreito e olhou para fora, para o céu roxo-escuro, as estrelas esparsas no alto e o brilho fraco da cidade estendendo-se abaixo.

Em ocasiões assim ela ansiava pelo céu imenso de sua infância, tão cheio de estrelas à noite que parecia açúcar derramado numa toalha de mesa escura. Ela quase podia sentir o cheiro verde e profundo de West Virginia, e se sentiu levemente tentada a entrar no carro e dirigir para o norte por uma hora para vê-lo.

É claro que não podia. Helene não tinha nada para fazer lá e, se ela fosse – e se as pessoas erradas descobrissem isso –, suscitaria perguntas que ela não queria responder.

Então ela voltou para a cama, abriu a mesinha-de-cabeceira para pegar o frasco de comprimidos para dormir que o médico lhe havia receitado durante a última corrida política de Jim, e tomou dois.

Assim, pelo menos por algumas horas, ela podia bloquear o presente, o futuro *e* o passado.

A mulher na caixa tinha cabelo louro-escuro longo e cintilante, com luzes sutis que lhe davam dimensão e deixavam seus olhos azuis brilhantes como vidro colorido. A cor se chamava Deep.

O que Sandra acabara de conseguir era um verde acinzentado escuro, cheio de pontas e encrespado.

Mas seus olhos azuis *pareciam* mesmo brilhantes. Sempre ficavam assim depois de uma boa chorada. E até agora Sandra chorou por todo *Jeopardy!*, *No Limite* e Lei & Ordem. Ia passar pelo noticiário da noite e, se todo o vidro de maionese – bom, de Miracle Whip – que tinha aplicado e selado com um saco plástico do supermercado não desse certo, ela provavelmente ia chorar por todo o Tonight Show.

Ligar para o número incluído nas instruções não foi de utilidade alguma.

— Infelizmente, terá de esperar um mês até que possa fazer alguma coisa – disse-lhe a mulher depois de Sandra ter esperado na linha, ouvindo uma música instrumental de Henry Mancini depois de outra, por uma meia hora. Sem dúvida havia centenas de outras clientes de cabelo cinza ligando antes dela, porque ela seguira as instruções *à risca*.

— Um *mês*? Por que eu tenho de esperar um *mês*?

— Porque abriu a cutícula usando o produto e, pelas condições que descreveu de seu cabelo, se aplicar outro produto, o catalisador vai queimar o cabelo.

Sandra se imaginou com metade do cabelo curto e crespo e metade quebrando lentamente.

Ela podia muito bem entender por que eles não recomendavam isso.

— E se eu colocar uma daquelas cores cinza de cobertura, como talvez o castanho-escuro ou outra assim? Não vai cobrir?

— Não, porque com seu cabelo com luzes, parte dele vai pegar a cor mais do que o restante e a senhora vai acabar com um padrão de calicô.

Sandra pesou mentalmente a imagem em comparação com o verde que tinha agora e não teve certeza imediata do que seria pior.

— E se eu for a um salão? — perguntou ela, embora toda a razão de comprar a caixa e fazer ela mesma em casa era de que não precisava ir a um salão. — Será que eles conseguem corrigir?

— Eles podem dizer que sim, querida, mas é bem capaz de os produtos deles queimarem seu cabelo como qualquer produto que vá comprar por conta própria. Eu não arriscaria. Se quiser esperar um mês para que a cutícula fique plana novamente e as condições de seu cabelo melhorem, poderá ir a um salão para corrigir a cor.

— É só isso? É só o que pode sugerir?

— Desculpe, senhora.

— Comprei seu produto de boa-fé. Como pode se safar assim, depois de deixar o cabelo das pessoas verde e dizer a elas que têm de conviver com isso?

— As instruções dizem para não usar em cabelo com luzes.

— Onde? Onde é que diz isso? — Sandra tinha lido as instruções palavra por palavra.

— Verifique o pequeno impresso no fundo.

Sandra ficou exasperada.

— Ninguém consegue ler isso!

— Infelizmente os advogados conseguem — disse a mulher, parecendo solidária por um instante. Isso era arrasador. Enfim estava começando a sair de novo, e aí acontece uma dessas.

— Bom, obrigada de qualquer modo. Eu acho.

— Certamente, senhora. E como gesto de boa vontade, ficaremos felizes em lhe mandar um cupom para uma nova caixa, se me der seu endereço.

Será que estavam brincando? Um cupom para uma nova caixa? Sandra achou que ia precisar disso na eventualidade improvável de conseguir que o cabelo voltasse ao normal, e se viu com o impulso de se enfurecer de novo.

Ela desligou revoltada e navegou pela internet em busca de remédios caseiros. Um dos mais populares era aplicar um forte xampu anticaspa e deixá-lo no cabelo por uma hora para suspender a cor. Mas isso exigiria não apenas ir até a loja, mas ir à loja com um cabelo que parecia tirado do esgoto e colocado na cabeça dela.

A maionese pareceu a melhor opção da noite. Uma história sobre o vinagre suspender a cor e o ovo servir de condicionador. Felizmente a Miracle Whip Light tinha as mesmas propriedades mágicas para consertar cabelos. Ela usou a última colherada cuidadosamente medida de sua maionese em um sanduíche de peito de peru no almoço.

Era tão idiota. Podia ter ido a um salão; era a porcaria de sua fobia que a estorvava de novo. Depois de uma semana realmente boa — cujo ponto de partida foi a reunião com as sapatólatras — ela de repente, do nada, teve uma crise de pânico naquela tarde enquanto se preparava para ir à casa de Lorna.

Foi estranho, porque até então ela pensou que a terapia auricular estivesse indo bem. O pânico que sentiu foi um forte retrocesso. Em vez de ir para a casa de Lorna, ela ficou em seu apartamento retorcendo as mãos, tentando tomar fôlego e pedindo a Deus para ser outra pessoa.

Foi aí que entrou a idéia de tingir o cabelo. Havia comprado alguns meses antes, quando estava num estado de espírito semelhante, mas o estado de espírito tinha passado — felizmente, como percebeu agora — e ela nunca usou a cor. Mas nesta noite, enquanto assistia a um game show e admirava o cabelo da apresentadora, ela se lembrou das duas caixas de Deep em seu armário de roupa de cama (que tinha comprado antes, num estado de espírito ruim) e decidiu mudar o visual, e portanto a vida, para melhor.

Nunca lhe ocorreu examinar os frascos por dentro para ter certeza de que os dois diziam "Palomino" e não "Louro Cinza-Escuro" e, mesmo que tivesse visto, ela não teria percebido que louro cinza-escuro pegaria antes em seu cabelo com luzes e transformaria a cor em aspargo podre.

Era perfeitamente adequado para ela cobrir com o molho para salada.

A questão era a seguinte: o que ia fazer agora? Deixar de cabelo verde uma pessoa que não queria sair de casa em um dia *bom* parecia incomumente cruel. Mas foi Sandra quem sempre procurou por sinais, e ela precisava se perguntar se aquele era um.

Talvez precisasse fazer exatamente o que não queria — talvez precisasse sair e só... afundar no constrangimento.

Na psicologia, chama-se *inundação*.

Ela pensou nisso por um momento. Era quinta à noite, pouco depois das 23 horas. As ruas estariam apinhadas — sempre estavam na região de Adams Morgan –, mas não tão apinhadas como ficariam sexta à noite. Não que isso importasse, porque se ela dissesse a si mesma para esperar e fazer isso *amanhã*, então *amanhã* sempre seria o dia seguinte.

Ela ia fazer.

Era impossível dizer exatamente do que estava possuída, ou aonde teria coragem de ir – sem chapéu – e ser vista, mas vinte minutos depois ela ficou feliz por ter saído.

– *Sandra?*

Por um momento, parecia que a saída seria um pesadelo tornado realidade.

Ela se virou e viu um cara bonito com um corpo magro, cabelo castanho perfeito, olhos marrom chocolate e pele tão macia que gritava *esfoliação!*

– Sandra Vanderslice? – Seu nome era formado por lábios lindos de astro de cinema.

A voz, porém, era quase aguda demais. Pouco masculina. Não que isso tivesse algum significado. Ele só era um homem de voz aguda.

Que estranho ele saber o nome dela.

Como sabia?

– Desculpe... – Ela levou a mão à cabeça por reflexo, lembrando-se do verde, e sentiu um vermelho contrastante encher seu rosto.

Havia sido uma péssima idéia.

– Sou eu – disse o homem, erguendo as sobrancelhas e olhando para ela, cheio de expectativa.

Nada. Ela estava num branco completo e podia sentir isso escrito em sua testa.

– Eu...

Ele revirou os olhos.
— Mike Lemmington? — Pausa. — Do ensino médio?
O queixo de Sandra caiu. Mike Lemmington! Como era possível? Mike Lemmington era uma pessoa da escola com quem ela podia ficar e se sentir, se não de fato *esguia*, pelo menos comparativamente menos gorda.
— Mike! — Seu constrangimento desapareceu diante da transformação incrível dele. — Está falando sério? Ah, meu Deus, o quê...? — Ela sacudiu a cabeça. — Preciso perguntar, o que você fez?
Ele sorriu, revelando dentes perfeitamente brancos e homogêneos.
— Só perdi um pouco de peso.
— Mike. — Se alguém podia evitar a besteirada sobre peso, deviam ser esses dois. — Você perdeu muito peso. *Como?*
Ele deu de ombros.
— Vigilantes do Peso.
— É mesmo? — Ela pensou na própria filiação ao Vigilantes do Peso e se perguntou se um pouco mais de atenção a isso podia resultar em uma mudança tão incrível como a dele.
— Toda quinta à tarde. — Ele sorriu. — Mas olhe só *você*! Olhe *seu cabelo*!
Sandra não conseguia imaginar como se esquecera disso por alguns momentos, mas o constrangimento estava de volta.
— Ah, é...
— É *verde*! — Ele estendeu a mão e o afofou.
— Sim, porque...
— É tão ousado — continuou ele, olhando para ela com o que parecia admiração. — Querida, pensei que nunca fosse sair da concha.
Ela franziu o cenho. Será que estava numa concha havia tanto tempo assim?

A quem ela estava enganando? Ela nasceu numa concha. Era praticamente a *Vênus* de Boticcelli sem o corpo curvilíneo ou o rosto angelical da Renascença.

— É tão bom que você se expresse dessa forma. E seus olhos ficam tão azuis assim!

— É mesmo? — Ela precisava disso. Precisava disso de verdade.

— Totalmente.

Sandra decidiu ir em frente e ser a garota que tinha tingido o cabelo de verde por confiança em vez do tipo de insegura que é atraída a caixas de tintura loura em um mau dia.

— Obrigada, Mike. E aí — ela continuou no papel do tipo de mulher que tingia o cabelo de verde de propósito para fazer uma espécie de declaração ousada e confiante. — O que está fazendo neste lado da cidade? De visita? Ou mora por aqui?

— Comprei um apartamento perto do Dupont Circle — disse ele, dando aquele sorriso glorioso de novo. Será que ele trabalhou nisso também ou os dentes mudaram tanto com a diminuição do peso do corpo? — Mas eu venho muito aqui ao Stetson's. Meu camarada administra o bar ali.

— Ah. Ouvi maravilhas sobre o lugar. — Ela nunca tinha ido lá. Tinha fama de bar gay, embora ela não tivesse muita certeza de que fosse verdade. De qualquer modo, devia ser legal.

Mike franziu os lábios e olhou para ela.

— Estou indo para lá agora... Por que não vem comigo?

O coração de Sandra deu um salto. Esse cara lindo estava mesmo convidando ela a ir tomar uns drinques com ele? Talvez esse cabelo verde fosse a coisa mais sortuda que lhe aconteceu nesse ano.

Mas *era mesmo* verde. E estava na cabeça dela. E por mais que *quisesse* ficar à vontade com isso, ela não estava.

— Meu Deus, Mike, não quero me intrometer na sua noite.

— Tá brincando? Eu adoraria Além disso, tem algumas pessoas interessantes lá. Você podia conhecer alguém. A não ser...

— Ele pareceu ter tropeçado em algum objeto — ...você está saindo com alguém?... Nem acredito que ainda não tenha perguntado.

— Está tudo bem — garantiu-lhe ela. — E não estou. Então... Claro, sim, parece que vamos sair.

— Ótimo! Você vai *adorar* o Stetson's. E estou louco para te apresentar a minha amiga Debbie. Acho que vocês vão se entender muito bem.

Amiga Debbie. Tudo bem. Se fosse namorada dele, ele não teria convidado Sandra para sair.

— Mal posso esperar para saber de tudo o que você andou aprontando nos últimos... — ela calculou — 13 anos. Meu Deus, faz tanto tempo assim?

— Parece uma vida inteira para mim — disse Mike de modo alegre, passando o braço nas costas de Sandra. — Vou te contar, minha mãe teria adorado se a gente namorasse um tempo atrás. Ela odeia meu estilo de vida agora, é claro.

Sandra queria ser uma magrela meio Twiggy, assim poderia colocar o braço dele em torno dela e puxá-lo para perto, como o herói sempre faz no final de um filme romântico, mas não ia se preocupar com esse tipo de detalhe agora.

— Solteirão? — perguntou ela, na esperança de que a resposta dele a ajudasse a avaliar a atual situação amorosa de Mike.

— Isso mesmo. — Ele riu, depois parou e olhou novamente para Sandra. — É tão bom ver você. Pensei tanto em você nos últimos anos.

— Pensou? — Ela queria dizer o mesmo, mas a verdade era que tentou ao máximo bloquear por completo o ensino médio de sua cabeça. — É gentil de sua parte dizer isso.

— É a verdade. — Eles recomeçaram a andar. — De agora em diante, nós nos veremos muito, eu sei disso.

Sandra ficou radiante. Essa era, oficialmente, uma *ótima* noite. Ela ia se lembrar disso da próxima vez em que a vida parecesse andar mal. Nunca se sabe o que está esperando por você.

Pensando nisso, talvez nunca se soubesse de fato o que esteve no seu passado. Ela sem dúvida nunca viu esse pedaço de homem em Mike Lemmington.

Ela nunca nem percebera o potencial.

Talvez fosse assim com sua vida também. Às vezes simplesmente não via o potencial em um dia ruim.

Três hora antes, ela estava desesperada, certa de que era uma gorda neurótica que jamais seria magra nem feliz. Ora, ela teve medo de nunca mais sair do apartamento, tornando-se uma daquelas reportagens esquisitas que de vez em quando aparecem no *Post* sobre alguém que foi encontrada duas semanas depois de morta, quando os vizinhos finalmente perceberam que o cheiro *não era* o horroroso restaurante Hunan no fim da rua. Agora aqui estava ela, de braços dados com um homem tão lindo que atraía a atenção dos outros — de homens e mulheres — enquanto andavam pela rua juntos. Era um encontro para ela, embora tivesse de admitir que podia muito bem ser um bar gay, com um cara bonito. Um homem que a conhecia do passado e a aceitava mesmo assim.

A vida sem dúvida estava melhorando.

— Preciso de outra barrinha de pânico — disse Sandra ao Dr. Lee.
— Desta vez na orelha esquerda.

— Srta. Vanderslice, não funciona desse jeito. Só existe um lugar para essa ansiedade e estamos usando. Posso lhe garantir que uma é suficiente.

— Acho que *estou* percebendo uma diferença — concordou ela, ansiosa. — É por isso que quero outra. Porque ainda não cheguei *lá*, entendeu? Mas talvez outra barrinha me dê o empurrãozinho que falta. — *Me faça ser normal de novo*, pensou ela, mas não podia verbalizar uma frase tão ridícula.

O Dr. Lee a olhou em dúvida e ela se lembrou do cabelo verde. Precisava explicar? Não. Ele devia ver casos mais estranhos do que isso todo dia.

— Srta. Vanderslice, podemos fazer outra terapia de acupuntura, já que está aqui, mas sua terapia auricular está perfeita.

Ela assentiu.

— Tudo bem, entendi. Só fiquei tão animada com o jeito como está funcionando que quis mais. Ele assentiu e sorriu de modo gentil.

— Vai continuar a melhorar.

Ele iniciou os procedimentos para realizar outra sessão de acupuntura, e ela saiu de lá sentindo-se o máximo. Mal podia esperar para contar à Dra. Ratner. Fazia muito, muito tempo que não tinha nada de bom para contar sobre seu progresso.

E enfim, agora, Sandra tinha.

Capítulo 12

Felizmente Joss estava sozinha quando achou a ponta rasgada de uma embalagem de camisinha no chão, debaixo da porta do armário da cozinha.

Ora, o que *Joss* estava fazendo ali embaixo fazia sentido – Deena Oliver, como sempre, deixou os pratos na pia com instruções detalhadas e esmeradas sobre como lavar cada peça à mão, e assim, quando ela deixasse cair uma colherinha de prata para mostarda, Joss *tinha de* pegá-la – mas era difícil imaginar por que qualquer tipo de evidência contraceptiva estaria ali.

A idéia de que tinha alguma relação com as faxineiras do Merry Maids, que vinham duas vezes por semana, era absurda, então Joss desprezou essa idéia assim que lhe ocorreu. E os meninos revelaram que Kurt Oliver tinha feito vasectomia. O que só lhe deixava uma conclusão, uma vez que ela sabia que não era dela mesma: Deena Oliver estava tendo um caso.

E quando ela se distraía e deixava a prova disso debaixo da cama – ou de seu veículo safári, se o fio dental indicasse um tema – sua primeira defesa era um tremendo ataque: culpar a babá. Bem na cara dela.

Só para o caso de ficar contra a parede.

Só Deus sabe se Kurt Oliver a havia encontrado, e, se encontrou, o homem um tanto intimidador e esquivo da casa pensava que Joss estava trepando com um homem quando a família não estava em casa.

Ele podia ter pensado que era de Joss também.

O potencial era humilhante.

Mas, como tantos outros aspectos humilhantes de seu emprego, não permitia uma saída fácil do contrato. Ser demitida viria acompanhado de um processo, Deena havia deixado isso bem claro, então Joss só podia imaginar que uma quebra de contrato pela desagradável Deena de qualquer modo terminaria dando no mesmo.

Ela estava presa.

E tudo que Deena Oliver fazia a deixava ainda mais ciente desse fato desagradável.

"Não quero você conversando com minhas amigas. É um incômodo para elas terem de perder tempo sendo educadas batendo papo com uma empregada", repreendeu ela um dia depois que as mães na festa de aniversário ostensiva superelaborada de Colin perguntaram a Joss onde era o banheiro.

"Poderia pegar a roupa de Kurt na lavanderia? Não consigo encontrar o recibo, mas não se preocupe, eles sempre sabem quais são as roupas dele." Isso queria dizer que *nem sempre* eles sabiam quais eram as roupas de Kurt, nem quem ele era, e assim, depois de seis telefonemas para Deena, eles finalmente acharam o terno Armani marrom... Só que não era um terno Armani marrom, mas um paletó Prada cinza.

"A Merry Maids teve de cancelar hoje por causa do tempo ou outra desculpa absurda. Quando terminar de fazer o jantar, poderia por favor limpar os banheiros? Com essa virose que anda por aí eles estão uma bagunça."

E depois houve a interrupção mais ultrajante:

"Já terminou aí?", perguntou Deena do lado de fora do banheiro em um dia em que Joss estava trocando um absorvente. "Os meninos estão esperando por você."

Era um inferno na Terra. Então Joss voltava, repetidas vezes, à busca de Outra Coisa para Fazer em Seu Tempo Livre, e, pelas ofertas que encontrou para as terças-feiras, as Sapatólatras Anônimas pareciam ser a melhor aposta.

O que significava que ela precisava sair e dar uma olhada de verdade num sapato de grife.

Joss andou devagar pela Something Old, uma loja de roupas usadas e vintage em Georgetown. A ida de ônibus tinha tomado quase uma hora, então ela ia aproveitar o tempo. Afinal, tinha o dia todo para ficar à toa até as 19h30, quando ia a Bethesda para a reunião das Sapatólatras Anônimas. Ela imaginou que, se saísse lá pelas 22h, poderia pegar o ônibus de volta à Connecticut Avenue em Chevy Chase e fazer o restante do caminho a pé até a casa dos Oliver.

Certamente nessa hora Deena estaria dormindo e não seria provável que lhe pedisse nenhum trabalho extra. A não ser, é claro, que ela fosse sonâmbula. O que, dado o volume de suas solicitações, não parecia desproposital.

— Posso ajudá-la?

Joss virou-se e viu uma mulher magra de cabelo liso e comprido e o tipo de blusa e saia floridas e de babados que Joss costumava chamar de "roupa de cigano" quando brincava de se produzir ou quando se arrumava para sair no Halloween.

— Obrigada — disse Joss. — Só estava dando uma olhada, mas esperava encontrar uns sapatos. Por exemplo, de grife? Tamanho 38?

— De grife? — A mulher olhou de modo inexpressivo para os pés de Joss. — Não sei que *tipo* de sapatos temos, mas todos estão por aqui.

Joss acompanhou a mulher e sentiu um cheiro fraco de maconha em seu rastro.

Ela parou diante de uma parede de prateleiras com sapatos arrumados feito livros.

— É isso o que temos.

— Obrigada — disse Joss, localizando uma etiqueta de preço que dizia 75 dólares no que parecia um par de rebotalhos velhos herdados da vovó.

— Por nada — respondeu a mulher fraquinho e voltou para o lugar de onde viera.

Assim que ela se foi, Joss começou a cavar pelos sapatos em busca de algo mais barato — primeiro tinha de encontrar o preço certo, *depois* veria como era — mas não havia um só par por menos de 50 dólares. Ela reconheceu os nomes em alguns deles, de sua pesquisa na internet: Chanel, Gucci, Lindor. Por fim se contentou com um par de Salvatore Ferragamo meio arranhado — um nome que apareceu repetidas vezes em sua pesquisa — e pagou os 50 dólares mais os impostos.

Era uma iniciação cara para esse clube, mas Joss não tinha tempo para procurar mais. Ela imaginou que seria fácil encontrar sapatos de grife baratos. Seu erro foi ir a uma butique na parte mais cara de Washington. Da próxima vez iria mais longe, talvez a West Virginia, para encontrar um verdadeiro bazar de caridade.

Ela estava entrando no ônibus quando seu celular tocou.

— Onde diabos você está? — disse Deena a ela, tão alto que a mulher ao lado de Joss se virou e a olhou.

— Estou em um ônibus em Georgetown — disse Joss com a voz baixa, tentando contrabalançar o volume de Deena.

Não deu certo.

— *Como é?*

— Estou em Georgetown — disse Joss, um pouco mais alto.

— *Georgetown!* E o seu *trabalho?*

As pessoas em volta de Joss não estavam olhando, mas ela sentiu que todas podiam ouvir Deena, o que era extremamente constrangedor.

— Os meninos estão na escola — disse ela.

— Isso significa que tirou o dia de folga?

Joss ficou confusa. O que Deena queria que ela fizesse? Ficar sentada na sala de aula? E, se fosse isso, dos dois? Ao mesmo tempo?

— Não, vou pegar o Bart daqui a uma hora e meia, então...

— Volte para cá *imediatamente.*

A cara de Joss ardeu. O ônibus parou num ponto em frente a umas lojinhas movimentadas na Wisconsin Avenue e Joss saiu, humilhada demais para continuar a conversa diante de todos.

— Não entendo – disse Joss, estremecendo por dentro porque sabia que levaria uma bronca. - Os meninos não está aí, então...

— Então a roupa suja deles está! Está empilhada até quase o teto no quarto de Colin.

Mentira. Joss tinha lavado a roupa dos meninos no dia anterior, e, desde a noite passada, cada um deles só teve um dia de roupas no cesto do banheiro.

— Ele deve ter tirado as roupas das gavetas e colocado no chão em vez de guardar. — E ele deve ter feito isso de propósito.

Houve um silêncio, depois Deena disse:

— Está patinando em gelo fino, sabia disso?

Por quê?, Joss queria gritar. Mas sabia que não faria sentido. A lógica não funcionava com Deena Oliver.

— Desculpe, Sra. Oliver. Estarei aí logo.

— Você tem 15 minutos.

Isso era impossível, mesmo no táxi que Joss acabara de chamar. Mas ela disse: "Estarei aí."

O motorista parou ao meio-fio e Joss estava abrindo a porta quando o telefone tocou novamente. Ela ficou tentada a não atender, mas podia ser qualquer um.

Podia ser uma emergência.

Mas não era.

— Pare na Safeway — ladrou Deena antes que Joss dissesse uma palavra sequer. — Compre leite e aqueles pratos semiprontos de que gosto. Assim sua pequena excursão não será uma grande perda de tempo.

Enquanto se acomodava no banco traseiro de tecido rasgado do táxi e olhava o taxímetro, ocorreu a Joss que aquela hora que passou fora da casa dos Oliver, no cômputo geral, custaria a ela mais ou menos 75 dólares.

Era um investimento bem grande num grupo em que ela não estava realmente interessada. Joss só podia esperar que valesse a pena.

Viciadaemsapatos927.

Tinha certa sonoridade. Lorna digitou uma senha nova em folha no eBay para entrar com o novo nome de usuária, esperou por um e-mail de confirmação, clicou no link e recebeu a mensagem, O QUE GOSTARIA DE ENCONTRAR?

Podia ser tão fácil assim?

Ela digitou as palavras *Marc Jacobs.*

Bingo, 450 itens em calçados femininos! Ela olhou a página em busca de tamanho 38 e de imediato viu *Botas de couro NYC Marc Jacobs.* Ela clicou no link e leu a descrição.

> *Novinhas, na caixa. Botas de couro sensuais com ponta arredondada, detalhes laterais em cadarço, fechamento com zíper lateral e salto robusto. Forro e palmilha de couro. Tamanho 38. Salto 10, cano de 45 centímetros.*

Ah, meu Deus.

O lance inicial tinha sido de 8,99 dólares, e por um momento Lorna sentiu que mal podia respirar — 8,99 dólares por botas *autênticas* Marc Jacobs? Tinham de ser falsificadas, ou... Ah, lá estava. Os lances aumentaram de maneira considerável. Agora o par estava a 99,35 dólares. Mas ainda era uma economia de, sei lá, umas 500 pratas.

Valia. E como valia. Meu bom Deus, se ela precisasse, podia vendê-las de novo, talvez até com lucro. Ela com certeza podia vender outro pertence que tivesse, se estivesse absolutamente necessitada disso.

Era um shopping de pechinchas. Ela digitou ansiosa 101,99 dólares como lance máximo e ficou radiante ao ver a tela mudar e dizer, AGORA SEU LANCE É O MAIS ALTO.

Se a situação não se alterasse, em um dia, duas horas e 45 minutos, as botas seriam dela. A um preço *incrível*. Era praticamente um roubo, mas era legalizado.

Phil Carson ficaria orgulhoso dela.

Bom, tá legal, Phil Carson não ficaria de fato *orgulhoso* dela. Ele provavelmente ia pensar que era outra extravagância, mas ele não entendia. Era mais barato do que uma sessão de terapia.

Lorna ia sustentar isso até o dia de sua morte.

O eBay era incrível. Se ela tivesse descoberto anos antes, talvez não estivesse em toda essa confusão financeira.

Pelo restante da tarde Lorna se viu sendo atraída de volta ao computador, clicando no botão ATUALIZAR repetidas vezes para ver se seu lance ainda era o mais alto. Toda vez que fazia isso, lá estava: *Lance mais alto: Viciadaemsapatos927 (0)*. E o relógio continuava batendo.

Ela estava louca para contar às outras sapatólatras à noite.

Mas pouco depois das 17 horas – com 23 horas e 18 minutos restantes do leilão – a mensagem na página atualizada mudou para SEU LANCE FOI SUPERADO.

Por um momento horrível Lorna ficou sentada ali, sentindo-se a madrasta da Branca de Neve ouvindo: "Sua Alteza está bem, mas francamente apareceu alguém melhor."

Quem deu um lance maior do que o dela?

Lorna passou os olhos na página – estava rapidamente tornando-se uma especialista no eBay – e viu que o novo lance mais alto era de Botacaramelo (0). O zero entre parênteses, pelo que Lorna aprendera, era para os novos usuários que ainda não tinham feedback dos outros usuários.

Então ela foi vencida por uma novata! Pouco importava que ela própria fosse novata, a visão de Botacaramelo (0) a tirou do sério. Em especial porque o lance que a superou foi de 104,49.

Meros 2,50 dólares a mais que ela.

Sem pensar muito, ela aumentou seu lance. Para 104,56 dólares. Um número estranho e bonito. Se sua adversária anônima tivesse oferecido 104,50 – como a maioria das pessoas fazia –, ela a derrotaria em seis centavos. Rá! Toma essa, Botacaramelo! E tome seu *(o)* também!

Mas em vez da mensagem azul AGORA SEU LANCE É O MAIS ALTO que ela esperava, Lorna recebeu um marrom sujo SEU LANCE FOI SUPERADO.

Botacaramelo!

Uma competitividade que Lorna nem sabia que tinha se apoderou dela e ela colocou seu lance máximo em 153,37, ainda sentindo que os números estranhos iam funcionar.

E funcionaram. Ela de imediato recebeu a mensagem SEU LANCE É O MAIS ALTO e, assentindo satisfeita, deixou o computador – ligado – para se arrumar para as convidadas.

Como antes, Helene foi a primeira a chegar, vestida de modo impecável com um terninho de linho verde-oliva que a deixava positivamente vibrante. Calçava sandálias de couro com tiras, de um verde tão escuro que era quase preto.

— Prada – disse Helene, em resposta à pergunta que Lorna não fizera.

— Maravilhosas.
— Novas. — Helene sorriu. — Você as verá para troca daqui a algumas semanas.

Lorna riu.

— Eu espero mesmo que sim.

Obedecendo ao tema verde, Sandra foi a seguinte, com um cabelo verde surpreendente. Não era néon nem nada — já bastava que fosse verde. E absolutamente crespo.

— Eu sei — disse ela, antes que Helene ou Lorna pudessem comentar. Mas elas não fariam isso. — Tive um pequeno infortúnio com uma tintura de cabelo.

— Denise, a minha cabeleireira, pode consertar isso rapidinho — ofereceu-se Helene de imediato. — Ela é da Bogies, na extremidade norte de Georgetown, e posso lhe dar o telefone dela...

— Obrigada — disse Sandra. — Mas — ela gesticulou para a cabeça — pelo jeito é assim que ficarei por um mês, se não quiser ficar careca. E, pode acreditar, eu pesei as opções. Verde por um mês contra levar dois anos para o cabelo crescer... A não ser que possa me apontar alguma alternativa que eu não esteja vendo, vou ficar com o verde.

— Acho que existe o risco de seu cabelo cair se você utilizar química demais — disse Helene, assentindo. — Mas quando estiver pronta, cuide para que Denise dê um jeito. Ela faz milagres.

E olhando o lindo cabelo castanho de Helene, com um corte tão perfeito que sempre caía em camadas agradáveis não importava para que lado virasse, quem não aproveitaria a oportunidade de ir à mesma cabeleireira?

Se Lorna não tivesse comprometido mais de 150 dólares em um par de botas — ela estava começando a ter um pouco de remorso de compradora com essa e esperava que Botacaramelo batesse seu lance enquanto ela não estava on-line – ela mesma marcaria uma hora.

Depois de uns 15 minutos, houve uma batida na porta. Todas olharam para Lorna.

– Esqueci de dizer que temos uma nova integrante – disse ela. – Jocelyn.

– Espero que ela fique mais tempo do que a sapatólatra da semana passada – disse Helene, depois contou a Sandra sobre a mulher/homem que deu uma olhada na sala e fugiu sem dizer nada. – Nós atraímos uma gente esquisita – concluiu ela. – Quer dizer, ao que parece *nós somos* esquisitas, mas atraímos esquisitas ainda mais assustadoras.

Felizmente não parecia ser o caso daquela semana, pensou Lorna ao abrir a porta a uma jovem morena com a boa aparência recém-escovada da Vizinha Americana Ideal.

– Oi – disse a garota, e seu visual ficou ainda mais encantador com um sorriso ligeiramente torto. – Sou Joss Bowen. – Ela ergueu uma sacola de compras. – Estou aqui para a reunião das sapatólatras... – Ela seguiu o olhar de Lorna para a bolsa e logo acrescentou: – Não se preocupe, não são feitos de vime. Foi a única sacola que consegui encontrar.

As duas riram, e Lorna, lembrando-se das boas maneiras um pouco tarde demais, recuou para permitir sua entrada, fazendo as apresentações e explicando o problema do cabelo de Sandra para que a própria não tivesse de repetir a história.

Apesar de ser dez anos mais nova do que as outras, Joss se adaptou e elas passaram a noite falando de sua vida, seus amores e empregos. Joss trabalhava como babá para a família Oliver. Lorna certa vez comprou um carro na Oliver Ford, antes de eles ficarem empolados e começarem a vender só automóveis alemães, e ficou tão revoltada com o vendedor nervosinho e a total falta de suporte quando teve problemas mecânicos que o nome *Oliver* a fazia estremecer. Ela não ficou surpresa ao saber que os próprios Oliver eram tão abomináveis quanto sua equipe de vendas.

— Por que não pede demissão? — perguntou Lorna, embora tivesse de admitir que essa era a solução dela para qualquer problema de trabalho. Era por isso que trabalhava no Jico em vez de, digamos, num escritório em que podia usar o diploma em inglês que obtivera na Universidade de Maryland. — Aposto que há umas cem pessoas neste bairro procurando por uma boa babá.

— Tenho um contrato — disse Joss, o peso de sua assinatura no contrato claro nos olhos dela.

— Rompa! — Tá legal, então talvez Lorna não fosse a melhor conselheira em questões trabalhistas. Era melhor, só um pouco, do que como conselheira em assuntos financeiros, mas ainda era inadequada.

Felizmente prevaleceram opiniões mais lúcidas, na forma de Sandra e de Helene.

— Quanto tempo mais tem de contrato? — perguntou Sandra.

— Nove meses. Quatro dias. — Joss sorriu. — E umas três horas e meia.

— Já mostrou o contrato a um advogado? — perguntou Helene. — Talvez para ver se há uma brecha que você possa usar? Estou pensando na questão de fazer a limpeza e compras no mercado, e trabalhar horas extras não estão em sua descrição de cargo, então sua solução pode estar bem aí.

Joss pareceu esperançosa por um momento, depois sacudiu a cabeça.

— Não posso romper o contrato. Se eu romper, quem vai querer me contratar? Os Oliver acabariam comigo, eles cuidariam para que ninguém mais nem me entrevistasse.

— Então você deve *pelo menos* se certificar de sair em todas as oportunidades que tiver para ela não poder segurar você e obrigá-la a fazer o que ela manda — insistiu Lorna.

— Concordo — disse Sandra.

— Talvez a gente possa fazer compras... — Lorna se interrompeu no meio da frase. Fazer compras não estava em seu futuro imediato. Mas que atividade social ela poderia propor que não custasse dinheiro? Bridge? Power walking?

Caiu na real.

—... ou qualquer coisa — concluiu ela, numa voz um pouco mais fraca do que a usada no começo.

No final da noite, Lorna tinha conseguido um par de sandálias Hollywood Marilyn douradas e um preto Jil Sander aberto nos dedos e estava definitivamente se sentindo culpada por ter dado um lance tão alto pelas botas no eBay. Ela ligou o computador, esperando ver que Botacaramelo tinha arrematado e conseguido um *(1)* por já ter comprado e pago pelas botas.

Não aconteceu. Assim que seus dedos relutantes entraram com a senha, ela viu as botas listadas sob ITENS QUE COMPREI. A 153,03 dólares. Mais a taxa de embarque, na qual ela não havia pensado. Isso significava 15 dólares no total.

Merda.

Merda merda merda.

Ela clicou na foto de novo. Elas *eram mesmo* lindas. Muito lindas. E combinariam com qualquer roupa. Assim que o inverno chegasse, Lorna ficaria feliz por tê-las.

Sentindo-se animada, ela analisou as informações de leilão para encontrar um endereço para mandar o pagamento. Estava pronta para preencher um cheque nominal quando percebeu que o vendedor só aceitava débito automático ou ordem de pagamento.

Na manhã seguinte, ela foi ao banco para pegar uma ordem de pagamento. Felizmente Holden Bennington o Pretensioso Terceiro não estava à vista, e quando ela chegou ao guichê pensou que estava livre.

Mas quando o caixa clicou em sua conta, apareceu um *êpa* estranho em seu rosto e ele disse que precisava falar com o gerente.

Lorna mal conseguiu pronunciar uma objeção antes de ele ir. Por um momento de desespero ela pensou em correr, e quando o caixa voltou com Holden ela preferiu que tivesse feito mesmo isso.

— Srta. Rafferty.
— Sr. Bennington.
— Podemos ir a minha sala?

A tentação de recusar era dominadora, mas o que ela podia fazer? *Tinha* de pagar pelas botas.

— Um atendimento tão personalizado — comentou ela e o seguiu de volta ao que tão rápido estava se tornando uma caminhada familiar pelo banco.

— Cento e sessenta e oito dólares e três centavos — disse ele, gesticulando para ela se sentar na cadeira que os dois sem dúvida sabiam que estava se tornando *dela*.

— É isso mesmo.
— Seu saldo atual é de 220,49 dólares...

Ela abriu bem os braços num gesto de desdém.

— Um viva para mim.
— Só que precisa de aprovação para... — Ele clicou no computador e Lorna resistiu ao impulso de sugerir que ele simples-

mente colocasse a conta dela na lista de *favoritos* dele. – ...204,16 dólares – Ele olhou para ela. – Um dos quais foi 1 dólar pré-datado no posto de gasolina para o que provavelmente valia mais de 1 dólar de gasolina. Então acho que isso nos coloca no vermelho de novo.

Lorna engoliu em seco. Ela *não* gostava de viver assim. E podia ficar irritada com Holden, mas que sentido teria? Ela precisava que o cara encarregado de sua conta bancária estivesse a seu lado, não contra ela.

– Olha – disse ela. – Estou trabalhando nisso. E não vou mentir, tem sido um sufoco. Tenho certeza de que pode ver. – Ela gesticulou para a tela do computador. – Mas preciso mesmo dessa ordem de pagamento hoje.

– Não posso lhe dar um dinheiro que a senhorita não tem.

– Bom, você *podia*. – Ela sorriu. – Não é o que os bancos fazem?

Para surpresa dela, ele sorriu também.

E para uma surpresa maior ainda dela, ela achou que ele ficava uma graça quando sorria.

Ele digitou no computador, parecendo que realmente tentava resolver o problema dela, mas depois disse:

– Desculpe, mas não há nada que eu possa fazer.

Ela se perguntou qual seria a punição por ser uma caloteira do eBay. Provavelmente seria banida. Assim que descobriu esse maravilhoso pedaço do paraíso, no qual é possível comprar sapatos de grife a preços de lojas de desconto, ela teria de desistir para sempre.

Depois ela se lembrou do dinheiro da gorjeta na bolsa.

– Ah! Espere! – Ela vasculhou a bolsa enquanto Holden esperava em silêncio do outro lado da mesa. Depois Lorna encontrou o que procurava: um maço desordenado de notas que ela ainda nem havia contado. – Preciso fazer um depósito.

Ela contou 204 dólares, sendo 60 em notas de 1, e os entregou a Holden.

– Posso pegar a ordem de pagamento agora, não é? – perguntou ela.

Ele pareceu aflito.

– Sim. Mas estou inclinado a lhe aconselhar o contrário.

Ele suspirou, olhou no fundo dos olhos dela – ela não havia percebido o azul esverdeado incomum nos olhos dele – e assentiu.

– Sei que isto vai acabar voltando para minhas mãos – disse ele. – Mas, legalmente, não posso recusar.

Ela abriu um sorriso rápido.

– Ânimo, Bennington. Vai ficar tudo bem. É sério.

Capítulo 13

"*I can't help myself... I love you and nobody else...*" – Sandra não era de pular da cama de manhã, mas hoje estava de excelente humor, cantando a música que de repente não conseguia tirar da cabeça. Mike ligou enquanto ela estava na casa de Lorna, na noite anterior, e deixou um recado perguntando se ela queria ir a um caraoquê na Cosmos à noite.

Ela jamais, nunquinha na vida ia ficar na frente das pessoas e *respirar*, quem dirá cantar, mas ficaria feliz por sair e tomar alguns martínis com Mike. Que diabos, ficaria feliz por sair e fazer simplesmente *qualquer coisa* com Mike.

Como tinha conseguido passar todos esses anos sem pensar nele nem por um minuto? E, mais importante, que sorte ela teve por ele ter aparecido em sua vida justamente quando ela mais precisava.

"*...no mater how I try, my love I cannot hide...*" Ela ligou o computador e dançou pela sala para pegar o telefone e ligar para

Mike. Caiu na secretária e ela deixou um recado. Depois ligou para a cabeleireira de Helene. O primeiro horário que conseguiu foi dali a um mês. Ela brincou com a idéia de pedir a outra pessoa, mas o cabelo verde parecia trazer sorte. Se ela estivesse com a cor madeira de sempre, talvez Mike jamais a tivesse visto naquela noite.

E, além disso, ele gostou.

Então... Tudo bem. Ela ia ficar com o verde por mais tempo. E por que não? Ela não se olhava muito no espelho mesmo, então não precisava se ver.

Sandra se sentou ao computador e começou a clicar. Tinha sua rotina. E-mail, Zappos, Poundy.com, Washingtonpost.com, eBay e em geral pelo menos duas ou três pesquisas no Google sobre o que pode ter atraído sua curiosidade na noite anterior.

Ultimamente ela tem procurado muito por Mike Lemmington no Google. Ele teve algumas realizações acadêmicas na faculdade que ainda estavam listadas no site. E uma pequena biografia estava postada no site de sua empresa de publicidade junto com uma foto minúscula. Ela olhava muito aquela foto. Se não tivesse medo de ele acabar vendo a foto em algum lugar, ela a teria impresso.

Sandra completou a rotina, depois fez o que sempre poupava para o final das quartas-feiras — foi ao banheiro, fez xixi, tirou cada peça de roupa, inclusive os acessórios de cabelo, e subiu na balança. Tinha de fazer isso uma vez por semana, e escolheu as quartas porque isso lhe dava tempo razoável para se recuperar de um possível fim de semana engordante. (As noites solitárias de sexta e sábado em geral resultavam no consumo de calorias vazias.)

Ela respirou fundo e subiu na balança. Odiava ver o número. Em especial porque não vinha caindo muito nos últimos tempos, se é que caía. Duas semanas antes, ela na verdade ganhou 230 gramas e na última semana não conseguiu suportar a idéia de passar por aquilo de novo.

Mas esta semana foi diferente. Ela estava feliz. Animada. *Otimista*. Meu Deus, quando foi a última vez em que pôde dizer isso? Então ela subiu na balança e esperou que os números parassem.

Ela perdera dois quilos.

Dois! Ela saiu da balança, zerou e subiu de novo. O mesmo resultado. Menos dois quilos.

Ela nem acreditou. Sabia que não andava pensando muito em comida, mas isso? Era uma surpresa.

Sandra vestiu as roupas e olhou a balança mais uma vez, quase confiante o bastante para subir totalmente vestida.

Mas aí era ir longe demais. Ela deslizou a balança para baixo da pia e prometeu a si mesma manter o bom resultado e só usar a balança na semana seguinte.

Com tudo em ordem e pronta para a noite, Sandra foi para o trabalho. Ligou para o número da central e fez logon, depois esperou pela primeira ligação enquanto via um programa de entrevistas matinal, em que duas mulheres estavam disputando a tapas um cara magro e alto com uma penugem cor de pêssego no queixo.

Logo veio a primeira ligação.

— Penelope — disse ele, a voz espessa e arrastada. — Pen... el... o... *pí*. Você me deixa doido, gata.

— Oi, meu amor — sussurrou ela. — Quem é você?

— Pode me chamar de Três Pernas... — Ele riu da própria piada por um longo tempo. Valia pelo menos uns 50. — Sacou? Três pernas... — Ele riu de novo.

Excelente. Com sorte, este seria um caso de broxice alcoólica e levaria um bom tempo para satisfazer. Ela podia usar o dinheiro para comprar uns sapatos para Mike. Ele era lamentavelmente subinstruído e subabastecido nesse quesito.

Ela riu para ele.

— Você é engraçado!

— Ah, cara, tenho umas mil dessas.

Ele começou uma ladainha de piadas obscenas, uma depois da outra, enquanto os dólares de sua conta telefônica subiam para 10, 20... Por fim ele parou e disse:

— Tu é que devia falar *comigo*. Me deixa na bala, gata. Quero sentir. Fala comigo, Pen-el-o-*pi*...

Sandra se recostou no sofá, pôs os pés na mesa de centro e disse:

— Estou de botas de couro preto até as coxas...

Era um dia bom. Um dia *muito* bom. Ela não sabia o que havia nessa quarta-feira em particular para que tantos homens ficassem excitados, mas quando bateu as 3h Sandra tinha ficado no ar por umas boas seis horas. Mais do que o bastante para ir à Ormond's e comprar um par de Hogan de camurça clara que achou que ficaria perfeito em Mike. Não tão informal que parecesse barato, e no entanto não era formal. O Hogan era a opção perfeita e elegante.

Quando entrou na loja de departamentos é claro que era Luis quem estava trabalhando ali. Sandra nunca o perdoou pelo jeito gélido e condescendente com que a tratou quando o viu pela primeira vez. Como se ele a tivesse olhado e de imediato decidido que ela devia estar procurando pelo bazar de caridade na mesma rua.

A interação dos dois e a compra resultante de Sandra aparentemente a deixaram mais memorável para ele, porque ao vê-la ele ergueu as sobrancelhas e se dirigiu a ela pelo nome.

— Srta. Vanderslice. Faz muito tempo que não a vejo! Mas é sempre um prazer — ele se apressou a acrescentar.

Nem sempre, pelo que ela se lembrava.

— Estou procurando um par de Hogan para meu namorado — disse ela. Sandra só usou o termo *namorado* porque era mais curto do que dizer *um cara com quem estou saindo e com quem espero ter um relacionamento sério*, mas ela gostou do som, de qualquer forma.

Namorado. Nunca teve namorado, então parte dela ainda estava na mentalidade da quinta série, experimentando "palavras de adultos" para ver como ficavam.

— Hogan — disse ele, e uma luz se acendeu em seus olhos. — Boa pedida. Eu mesmo gosto deles. Diga, que tamanho seu namorado calça? — Algo no modo como ele fez a pergunta a fez pensar que ele estava cético quanto ao namoro, mas podia ser só imaginação dela.

— Ele calça 40. — Com a desculpa de ir ao banheiro, ela olhou o armário de Mike quando eles passavam na casa dele a caminho do Stetson's uma noite.

Luis estalou os dedos e apontou para ela.

— Sabe de uma coisa, acabamos de receber uns Zender muito bons. Acho que pode gostar mais deles do que dos Hogan. Sente-se, vou trazer alguns para escolher.

— Obrigada. — Ela se sentou e ficou sobressaltada quando ele perguntou:

— Gostaria de uma xícara de café?

Ela sacudiu a cabeça.

— Não, obrigada.

— Chá? Alguma bebida?

Verdade seja dita, ela de fato se ressentia da abordagem abertamente solícita de Luis com ela agora, mas não ia confrontá-lo por isso. Ela então tentou agir como se fosse superior a tudo.

— Nada, obrigada.

Ele correu e minutos depois estava de volta com cinco caixas. Baixou as caixas e retirou as tampas, dizendo a Sandra:

— Os Zender custam uns 100 dólares a mais do que os Hogan, mas estilo não tem preço, não é?

Sandra sorriu de modo educado.

Ele ergueu os sapatos como um profissional, mostrando-os de forma a valorizá-los.

— A cor desses Bruno Magli, tenho certeza de que vai concordar, é simplesmente magnífica. — Ele baixou um par de sapatos de um vinho profundo e intenso.

Sandra tinha de admitir que eram lindos. Porém formais demais.

— Meu amigo... Meu namorado, isto é, anda muito no trabalho, e acho que estes são formais demais. Gosto dos Hogan porque são sapatos confortáveis para caminhar.

— Sem dúvida alguma. — Luis afastou as caixas para que os Hogan ficassem mais perto de Sandra. Também teve o cuidado de colocar o par mais caro na frente. — O que ele faz? Seu namorado, quero dizer.

— Trabalha com imóveis.

Luis assentiu sem nenhum interesse.

— Estes são perfeitos para qualquer homem de bom gosto. — Ele empurrou o par mais caro para ela.

Decidida, ela pegou o par mais barato. Na verdade, gostava mesmo mais dele.

— Luis! — Uma senhora que Sandra nunca vira na vida saiu da sala dos fundos. — Javier no telefone. De novo.

— Diga a ele que ligo depois — rebateu Luis. Em seguida, talvez percebendo o tom de voz, explicou: — Temos uma política de não deixar os clientes sem atendimento.

Sandra achou aquilo estranho.

— Acho que posso me cuidar sozinha se precisar dar um telefonema.

— Não, não. — Ele soltou um suspiro exasperado. — É uma política nova. — Depois acrescentou, num tom confidencial: — Por causa do que aconteceu com a mulher do senador.

— Desculpe, por causa do quê? — Ela nem imaginava o que podia ter acontecido com a mulher de um senador que tenha impedido Luis de atender a um telefonema. Será que teve algum acidente estranho enquanto ninguém estava aqui para ajudá-la? Talvez tenha sido atacada por um par de escarpins de crocodilo.

— Eu não devia comentar isso — disse Luis, na voz de quem já comentara o assunto, qualquer que fosse, repetidas vezes. E de quem não tinha a intenção de parar de falar nisso. — Mas tenho certeza de que posso confiar em *você*.

A vida de Sandra já era tão desagradavelmente cheia de segredos masculinos que as palavras "Tenho certeza de que *posso confiar em você*" logo a deixaram ciente que ele estava prestes a contar algo que ela não ia querer ouvir.

— Não me agrada que você se meta em problemas — começou ela. — Sinceramente, você não...

— Ela foi pega *roubando*! — Ele juntou os lábios e assentiu, vendo a reação de Sandra.

— Quem? — Sandra ficou confusa. Será que perdeu alguma parte? Com certeza Luis não havia dito o nome da mulher do senador...

— A mulher do senador — disse Luis num sussurro teatral. Seu júbilo era evidente. — Helene Zaharis.

A festa foi uma tortura.

É claro que a maioria das festas de arrecadação de fundos era assim, mas essa aconteceu na casa da controversa família Mornini — diziam os boatos que estava envolvida em crime organizado, embora Helene duvidasse disso —, o que devia ter apimentado de modo considerável as coisas.

Talvez ela só estivesse cansada demais para apreciar a noite. Certamente ela e Jim iriam embora logo. Já eram... Helene procurou um relógio e encontrou um no consolo da lareira. Oito e quinze? Mas *só* isso?

Meu bom Senhor, Helene tinha certeza de que já passava das 23h. Ela tentou afastar parte da exaustão e foi ao bar pedir o quarto Red Bull da noite. A cafeína sem dúvida a colocaria a todo vapor algumas horas depois, justo quando estaria se deitando para dormir.

— Mais um — disse ela ao barman, sorrindo e sacudindo a cabeça. — Talvez uma dose dupla. Ele lhe abriu um sorriso charmoso, pegou uma latinha e serviu o conteúdo num copo baixo de cristal.

— Meu Deus, você parece tão entediada quanto eu!

Helene se virou e viu Chiara Mornini, a linda, delicada e *jovem* esposa italiana do patriarca — e septuagenário — Anthony.

Elas não se conheciam, mas a foto de Chiara aparecia com regularidade na seção "Style" do *Washington Post* e na revista *Washingtonian*.

— Chiara Mornini — disse Chiara, estendendo a mão bem-cuidada.

— Helene Zaharis — disse Helene, e pensou ter percebido um tremor na expressão de Chiara. Só esperava que não fosse reprovação pela política de Jim. — Me desculpe se pareço entediada, só estou muito cansada. — Em geral sua cara em eventos sociais era melhor do que isso.

— Ah, meu bem, isto é mesmo *um tédio* — disse Chiara com uma risada. — Só fazemos o que temos que fazer, para os homens. — Ela soltou um riso eletrizante.

— Paga as contas — brincou Helene, depois deu um passo e perdeu o equilíbrio. Um erro. Isso era indiscreto demais. Ela precisava tomar um café antes de se meter em constrangimentos e, por Deus, a Jim também.

Mas Chiara não pareceu se importar em nada. Na verdade, o tropeção de Helene só serviu para chamar a atenção de Chiara para seus pés.

— Meu Deus, estes são Stuart Weitzman?

Helene olhou para ela com certa surpresa.

— Sim. Tem um bom olho.

— Ah, eu *adoro*! Quase falei com Anthony para comprar para mim aquelas sapatilhas Cinderela incrustadas de diamantes, mas ele achou que 2 milhões eram demais por um par de sapatos. — Ela suspirou. — Ele gasta isso numa gravata, mas não em sapatos. Não consigo convencê-lo de que são a mesma coisa, mesmo tendo Alison Krauss os usado no Oscar, pelo amor de Deus.

Até Helene teria dificuldade de entender isso, mas estava pasma com a atitude de Chiara.

— Também não consigo imaginar meu marido fazendo isso.

— Eles não entendem mesmo, não é?

Ah, havia tanto que Jim não entendia.

— Não — disse Helene simplesmente.

— Então... Você é dada a sapatos? — perguntou Chiara.

Helene riu.

— Pode-se dizer que sou viciada.

Chiara sorriu.

— Eu sabia! Eu sabia que tínhamos algo em comum assim que nos conhecemos. Aposto que será em mais de um aspecto. A propósito — Chiara parou por um momento, depois cochichou —, vamos lá em cima comigo um minutinho. Tenho uma coisa que quero mostrar a você.

Helene olhou insegura na direção de Jim.

— Ah, sim, é claro que ele vai ficar chateado. Anthony também. Esqueça esses dois. — Chiara pegou Helene pelo braço numa camaradagem imediata. — Se eles quiserem que a gente fique circulando aqui, é melhor que da próxima vez convidem uns rapazes bem novinhos pra gente ficar olhando.

Helene gostou dessa mulher.

Elas subiram ao segundo andar, passaram por um corredor dourado mais decorado do que qualquer ambiente que Helene tivesse visto fora de uma igreja, e Chiara a levou por um cômodo vermelho com uma enorme cama redonda e lençóis de cetim vermelho, e entraram no que parecia ser um grande quarto vazio revestido de portas.

— O que é isso? — perguntou Helene, pensando que a cama parecia ótima e no quanto ela gostaria de tirar uma soneca.

— Isso? Isso é meu closet. — Chiara pegou uma das portas e a abriu.

Luzes se acenderam no pequeno espaço, revelando prateleiras do chão ao teto, cheias de caixas.

Caixas de sapatos.

Cada uma delas tinha uma etiqueta com uma espécie de número de catalogação. Chiara foi direito à C-P-4 e pegou o mais lindo par de sandálias de salto agulha que Helene vira na vida.

— Olhe para elas, querida. Não dá para acreditar.

— São lindas — Helene foi moderada, virando o sapato na mão para examiná-lo como se fosse uma obra de arte.

O arco era uma cascata graciosa empoleirada num salto tão maravilhosamente modelado que podia ser feito de cristal. O couro era macio e flexível como lençóis de algodão egípcio.

Helene procurou a etiqueta, ou até o selo de tamanho, mas não havia nenhum.

— Onde conseguiu estes? — perguntou ela.

Chiara sorriu e ergueu uma sobrancelha.

— Meu sobrinho, Phillipe Carfagni.

— Sobrinho? — Chiara não podia ter mais de 26 ou 27 anos. Quantos anos o sobrinho dela teria?

Chiara deu de ombros.

— Ele tem a minha idade, mas meu pai foi casado antes, entendeu? Minha irmã, do primeiro casamento dele, já é de meia-idade.

O que explicava muito da preferência de Chiara pelo marido. O pai de Chiara devia ter a idade de Anthony.

— Mas, enfim, meu sobrinho faz estes sapatos, sapatos maravilhosos. Anda... Experimente.

— De que tamanho são?

— Ah, claro. Seus pés são grandes demais para eles. — Chiara estalou a língua nos dentes. — Que pena, porque eles parecem mãozinhas acariciando os pés.

Helene riu da imagem.

— Onde ele os vende?

Chiara sacudiu a cabeça.

— Não vende. Ainda não. Eu mesma acabo de saber do talento dele, e Anthony... — Chiara se interrompeu e deixou escapar um breve palavrão em italiano. — Anthony não apóia o esforço dos jovens. E é claro que o investimento seria grande... — Ela gesticulou para os sapatos. — ...Como você pode ver. Mas Anthony... Acho que ele tem ciúme. Phillipe é muito jovem e muito bonito.

De repente Helene não queria ter nada além de um par de sapatos de Phillipe em seu tamanho. Ela nem se importava com o conforto; eles eram lindos o bastante para valer toda uma legião de dores.

Sempre foi assim para ela, desde que era criança. Se alguém lhe dizia que não podia ter algo, ela era impelida a provar que a pessoa estava errada. Ela conseguiria, o que quer que fosse.

E foi assim que ela chegou onde estava hoje — provando ao pai, um homem que lhe disse que ela "jamais conseguiria nada", que podia ter o bem material que quisesse.

Não fazia diferença que o pai estivesse morto, que ele tenha partido bem depois de ela sair de casa.

Ela ainda tinha de provar alguma coisa a ele.

E agora tinha algo a provar a Jim também.

Ela o abordou com a idéia de investir no design de Phillipe enquanto voltavam para casa.

A resposta dele, uma gargalhada, foi o primeiro sinal de que ele não ficaria impressionado com sua sugestão.

— Quem diria que você ia inventar um modo de ganhar dinheiro com sapatos. — Ele olhou para ela do banco do motorista, as luzes de rua lampejando por seu rosto com tanta rapidez que ela não conseguiu ver sua expressão. — Admiro isso, é sério.

— Devia mesmo. Tenho certeza de que você prefere que eu *ganhe* dinheiro com sapatos, em vez de *gastar* neles.

— Ou roubá-los — acrescentou ele.

Isso machucou. Ele nunca a deixaria esquecer. Os dois sabiam disso.

— Não acho isso justo — disse-lhe ela.

— É só a verdade, meu amor. — Ele estendeu o braço e pôs a mão na coxa de Helene. — Sabe que sou um homem franco.

Ela pensou no pêlo pubiano entre os dentes de Pam algumas semanas antes e concluiu que não queria ter essa conversa com Jim. Podia conseguir convencê-lo a apoiar seus planos, mas de repente estava pensando que talvez não *quisesse* que ele colhesse as recompensas desse plano.

Ela ia fazer isso sozinha.

— Esse lugar tem um cheiro esquisito! — disse Colie Oliver, alto o suficiente para chamar atenção de várias clientes no brechó da Legião da Boa Vontade.

— Colin! — sussurrou Joss de modo áspero. — Isso não é gentil.

Ele pôs as mãos na boca e de algum jeito conseguiu olhar Joss com desprezo e respeito ao mesmo tempo. — Minha mãe disse que é melhor ser sincero do que ser gentil.

E isso era um resumo de Deena Oliver. Optando pela "sinceridade" infecunda em vez da consideração básica pelos outros, depois usando para si mesma palavras de estímulo.

Mais uma vez, Joss realmente queria ter conhecido os Oliver antes de assinar o contrato para morar com eles por um ano.

— Também é importante ser gentil — disse Joss, optando pela diplomacia em vez de dizer à criança que a mãe dele estava errada. — E é especialmente importante ser educado.

Colin deu de ombros.

— Está fedendo aqui.

— É. — Bart concordou, tapando as narinas.

— Então vamos ser rápidos. — Joss pegou cada um dos meninos pela mão e os arrastou pela loja até a parede mais distante, onde podia ver prateleiras e caixas de sapatos.

Os meninos protestaram durante todo o caminho, fazendo tanto estardalhaço que as pessoas deviam ter pensado que ela os havia seqüestrado. Ela ficou muito tentada a fazer um acordo com eles, prometer um presente ótimo se eles se comportassem, mas não suportava a idéia de recompensá-los por bom comportamento.

Joss simplesmente não podia contribuir para criar esse tipo de gente no mundo. Deena já provocaria muitos danos sozinha; Joss tinha de ser fiel às suas convicções.

Ela chegou aos sapatos e, sim, eles *tinham mesmo* um cheiro um tanto desagradável. Pior, os sapatos estavam revirados nas prateleiras sem ordem de tamanho ou de gênero.

Isso ia ficar feio.

Felizmente havia uma seção de brinquedos a uns seis metros de distância dos sapatos, então ela arrastou os meninos que protestavam para lá e deixou que eles escolhessem uma armadilha mortal de germes em forma de brinquedo cada enquanto ela vasculhava os sapatos.

Colin pegou um rádio em ondas curtas com uma antena quebrada e Bart pegou um comedouro do Piu-Piu com alpiste velho e laranja ainda grudado por dentro.

Ótimo. Tudo o que Joss queria era que eles ficassem ocupados por alguns minutos.

Ela pegou a lista no bolso. Antes de sair, imprimiu o nome de alguns dos melhores designers de sapatos. Para surpresa dela, não era difícil encontrar sapatos de grife. Mas encontrá-los em tamanho 38 e em condições decentes era um tremendo desafio. A maioria dos solados estava gasta, às vezes quase completamente, os saltos quebrados, o couro arranhado, os fechos tortos.

Depois de 25 minutos de intensa busca, Joss conseguiu encontrar um escarpin Gucci perfeito. O tamanho era certo, mas só havia um pé do sapato.

— Com licença — disse ela a uma funcionária que passava, uma mulher com ar cansado e um cabelo cor de mogno nas pontas e preto na raiz. — Sabe onde está o outro pé deste par?

— Onde todos os sapatos estão — disse ela, gesticulando de modo fraco para a parede de sapatos.

— Eu sei, mas só achei um pé e me perguntei se a senhora saberia onde posso encontrar o outro. — Joss franziu o cenho. — Vocês não colocam um pé somente para vender, não é?

— Não, não fazemos isso. A não ser que haja um problema médico ou situação parecida.

Joss se indagou o que ela queria dizer, mas não tinha tempo para perguntar.

— Então o outro deve estar em algum lugar por ali?

— *Deve.* — Ela deu de ombros e empurrou o cabelo roxo para trás. — A não ser que alguém tenha roubado.

Joss pensou em perguntar se entrara ali recentemente alguma perneta de gosto requintado, mas os olhos da funcionária se arregalaram quando viram algo atrás de Joss.

— É seu filho? — perguntou ela. — Acho que tem alguma coisa errada.

— O quê? — Joss se virou e viu Bart, de olhos esbugalhados e mortalmente pálido, agarrando o pescoço. — Ah, meu Deus! — Ela correu para ele. — Bart! Qual é o problema?

Ele não respondeu. Não produziu nenhum som. Só continuou em pânico e assumia um tom azulado apavorante.

Foi quando Joss viu o comedouro de pássaros, sem a cabeça do Piu-Piu, caído no chão.

— Está sufocando? — Ela ofegou e, sem esperar por uma resposta, virou-o e fez a manobra de Heimlich nele.

Nada aconteceu.

Não deu certo.

— Colin! — gritou ela, desviando a atenção do outro menino, que entortava a antena. — Pegue o celular na minha bolsa. Ligue para os bombeiros.

— Por quê?

— Peloamordedeus, Colin, *faça isso agora*! — Ela fechou as mãos com mais força e as pressionou abaixo do diafragma de Bart mais uma vez.

Nada ainda.

Joss sentiu um terror frio inundar o corpo. Colin parecia estar se movendo em câmera lenta, e a funcionária que apontara que Bart estava com problemas ainda estava parada ali, olhando.

— Chame a porra de uma ambulância! — gritou Joss para ela, lutando contra o pânico e a raiva.

Desta vez Bart soltou uma tosse grave e quase inumana, e o Piu-Piu de plástico voou de sua boca e bateu numa pilastra de cimento a uns 3 metros de distância.

Bart tossiu e arfou para respirar.

— Você está bem agora? — Ela se ajoelhou na frente dele. — Consegue respirar? Tem algum objeto preso na sua garganta? — Ela sabia que a tosse era um bom sinal. Se ele estava tossindo, estava tomando ar.

Por fim a tosse diminuiu e aos poucos a cor voltou ao rosto de Bart.

— Consegue respirar? — perguntou Joss a ele de novo.

Ele assentiu, arfando e abrindo a boca como um peixe.

— Tudo bem. — Ela o puxou em seus braços. — Está tudo bem. Calma. — Segurá-lo junto a seu coração que batia acelerado não devia acalmá-lo muito.

— Eu fiquei com medo — disse ele, numa voz tão baixinha e vulnerável que o coração de Joss pareceu se romper.

— Agora está tudo bem. Preciso ter certeza de que não há mais nada preso na sua garganta, está bem? — disse-lhe ela. — Então fique bem aqui. Respire bem fundo. Vou ali pegar o brinquedo, está bem?

Ele assentiu e ela pegou a base do comedouro, procurando a parte de cima, parando a cada dois segundos e meio para olhar para Bart e se assegurar de que ele ainda estava de pé, respirando, e rosado.

Ela sabia a direção que a peça de plástico tomara e sabia que tinha batido na pilastra, então procurou em volta até que finalmente a avistou no chão, atrás de uma cadeira de palha gasta que fedia a fumaça de cigarro.

Joss ficou agachada e estendeu a mão embaixo da cadeira para pegar a cabeça do Piu-Piu, mas sentiu outro objeto primeiro, uma coisa dura e peluda de poeira. Ela a puxou.

O outro escarpin Gucci.

Não havia tempo para examiná-lo agora, então ela estendeu a mão de novo, tentando ignorar os montes de poeira, e finalmente sentiu a cabecinha de plástico duro.

Estava coberta de pó, mas ela conseguiu encaixá-la com perfeição na outra parte. Não havia nenhuma lasca de plástico viajando para os pulmões ou os intestinos de Bart.

Ela se encostou na pilastra por um minuto, aliviada porém exausta da experiência.

— Com licença, senhora.

Joss olhou e viu a funcionária parada diante dela.

— Sim? — Ela esperava que a mulher não fizesse nenhum escândalo com o heroísmo de Joss ou coisa assim. Em Felling, o noticiário cobriria esse tipo de história e a última vontade de Joss no mundo era ser o centro das atenções.

Ela não precisava ter se preocupado.

A mulher gesticulou para o Piu-Piu de plástico que ainda estava em sua mão.

— Terá que pagar por isso, sabe como é.

Capítulo 14

— A questão é – disse Lorna a Phil Carson, que estava sentado junto ao balcão do bar em seu turno de trabalho no Jico – estou pagando minhas contas, mas não me parece ter sobrado *qualquer* centavo para minha diversão.

— Talvez deva ir a meu escritório e conversar comigo no horário de expediente...

— Ah, sem essa, Phil. – Ela não tinha paciência para esse absurdo. – Pode ver o que eu faço. – Lorna gesticulou para o salão. – Estou fazendo turnos dobrados e às vezes triplos por aqui. E você está sentado bem aí. Não vai perder nada conversando comigo por um minuto.

— Não é isso...

— O que está bebendo? – Ela olhou o copo. Tinha dom para isso. – RitaTini com um toque de Cointreau?

Ele olhou o copo, que estava pela metade.

— Como você sabia?

Na verdade, era o que bebiam todos os homens em cargos gerenciais de nível médio.

— Eu presto atenção, Phil — disse ela. — Sou boa no meu trabalho. E estou trabalhando o máximo que posso. Então pode me dar um conselhozinho sem me obrigar a ir a seu escritório?

— Acho que posso.

— Ótimo. — Ela olhou para o barman. — Boomer! — E apontou para Phil. — Outro para ele aqui. Por minha conta.

— Não precisa fazer isso. — Phil deu a impressão de que ia corar. — Na verdade, você *não devia* fazer isso. Não pode pagar.

— Pago a preço de custo e depois você me deixa uma gorjeta. — Ela piscou. — Vou sair no lucro, acredite em mim.

— Então faça isso mais algumas centenas de vezes e seus problemas estarão resolvidos. — Phil abriu um sorriso torto.

— Engraçado. — Lorna se sentou na banqueta ao lado dele. — Preciso saber se pode negociar uma taxa de juros mais baixa com qualquer uma de minhas empresas de cartão de crédito.

— Elas já estão baixas!

— A Discover só foi a 9,9 — disse ela. — A taxa inicial deles é muito mais baixa do que isso!

— Sim, mas é inicial. Eles seduzem as pessoas e depois... Você conhece o restante da história.

Lorna ficou desanimada. Sim, ela conhecia o restante. Sabia como era, sabia muito bem.

— Mas não posso nem comprar sapatos!

Phil deu uma risada.

— Ora essa, está exagerando. Tem o suficiente para cobrir as despesas básicas. E deve se sentir muito bem com o progresso que está fazendo.

— Eu me sinto bem com o progresso – disse ela. – Só não me sinto bem com a falta de dinheiro.

— Este emprego tem benefícios? – perguntou. – Plano de saúde, esse tipo de coisa?

— Não, eu mesma tenho que pagar.

— Qual é seu salário por hora?

Ela disse e ele arfou.

— Mas é por isso que ganho gorjetas. Às vezes elas chegam a somar 15, 20 pratas por hora.

— Toda hora, toda noite?

— Não – admitiu ela. – Varia muito.

— Srta. Rafferty...

— Lorna.

— ...Talvez seja melhor pensar num emprego mais... confiável. Que tenha benefícios, um plano de saúde e um salário que lhe permita algum planejamento. Tem formação universitária, não é?

Ela deu de ombros.

— Um bacharelado em inglês. – Que parecia ser um *ótimo* diploma até que ela saiu para o mundo e tentou encontrar um emprego que envolvesse isso.

O segundo drinque de Phil chegou e ele secou o primeiro mais rapidamente.

— Pode conseguir um emprego muito melhor.

Boomer parou e olhou para Phil como quem alerta, mas Lorna fez sinal para ele se afastar, murmurando as palavras *tudo bem*.

— Mas nem consigo pagar pela minha comida! – disse ela. – Deve haver alguma atitude que possa tomar.

— Ainda está gastando, não é? – perguntou ele, olhando-a com uma lucidez que não exibira antes.

Ela sentiu o rosto ficar quente.

— Como assim?

Ele assentiu com sagacidade.

— Repassamos seu orçamento com muito cuidado. Mesmo com a renda variável, a média final deve ter lhe dado o suficiente para pagar as parcelas de sua dívida, seu aluguel, as contas e a comida. — Ele sacudiu a cabeça. — Você ainda está gastando. Eu já vi isso antes.

Ela tentou engolir a culpa que estava presa na garganta.

— Eu não vou ao shopping há *semanas*.

— Então, o que é, compras on-line? Com seu cartão de débito? — Ele sabia que a havia pego. — Pelo que eu sei, foi o único que você não destruiu.

O que era isso, ela era uma das únicas clientes dele? Como ele podia se lembrar dos detalhes da reunião com tanta clareza?

— Não, só tive umas despesas inesperadas. Meu carro — acrescentou ela, para ter credibilidade. E era verdade, ela *fez mesmo* um pagamento considerável das prestações atrasadas. — E também as contas de serviço público. — Tudo bem, não havia sido na semana anterior, mas ela não ia admitir que esteve no eBay. Um cara como Phil Carson jamais concordaria que havia uma virtude em comprar pechinchas em vez de fazer uma sessão de terapia.

— Bom. — Ele tomou um gole da bebida que ela lhe pagara. — Obviamente você precisa de mais renda. O orçamento que montamos devia funcionar, mas se não funciona você tem alguns vazamentos em seus gastos, e a única maneira de detê-los em que consigo pensar é você entrar com mais dinheiro. — Ele deu de ombros. — Desculpe. Queria facilitar tudo para você, mas é o único jeito.

— Obrigada, Phil. — Pareceu sincero quando ela disse isso, mas ela não sentia o mesmo.

É claro que ele estava certo. Ela estava gastando além de seu orçamento. E se ele disse ser incapaz de negociar uma taxa mais baixa, ela precisava acreditar nele, porque que motivo ele teria para mentir para ela?

Ela passou o restante da noite trabalhando no piloto automático, sorrindo e descrevendo o especial da noite, enquanto tentava pensar em como ou *onde* podia encaixar *outro* emprego em seu horário.

Lorna fez um intervalo de 15 minutos no meio da noite para colocar os pés para cima e ver os classificados do *City Paper*.

Nada.

A não ser que ela dirigisse um ônibus ou um caminhão, ensinasse inglês a estrangeiros ou criasse mais horas do nada e começasse num emprego de secretária que pagava menos do que a média como garçonete, Lorna não estava com sorte.

Ela folheou preguiçosamente o restante do jornal, sentindo-se desesperada e mais dolorida e cansada do que podia se lembrar. Estava ficando velha, concluiu, infeliz.

E pior, seus lindos Jimmy Choo a estavam matando. Logo ia ter de usar no trabalho sapatos ortopédicos grandes e brancos de enfermeira só para poupar as costas.

Lá pelas 23h, Lorna ficou surpresa ao ver Sandra entrar pela porta com um homem muito atraente. Sandra mencionara que estava saindo com um velho amigo do colégio, mas esse cara parecia ter saltado das páginas da *GQ*.

Sandra pareceu bastante surpresa por ver Lorna e, depois de uma reunião estranha, ela recuou um passo e apresentou o amigo.

— Este é Mike Lemmington, meu amigo do ensino médio. Eu lhe falei sobre ele.

— Sim! — Caramba, Sandra tirou o primeiro prêmio. O cara era um *gato*. Talvez gato demais. E meio... bem-cuidado demais. Mas, tanto faz. Depois ela ia pedir a Tod para dar uma olhada nele e usar seu radar gay.

— É um prazer conhecer você — disse Mike, pegando a mão de Lorna num aperto suave. — Meu Deus, *adorei* seus sapatos!

— Oh! — Ela olhou os novos Choo e sorriu. — Olha, você é cliente. Talvez o fato de ter feito esse comentário os tornem dedutíveis dos impostos.

— E por que não? — Ele riu e Sandra também. Talvez alto demais. Ela parecia nervosa.

— Mas, então, vamos encontrar uns amigos do Mike aqui — disse Sandra. — Depois vamos para o Stetson's. Eu adoraria se pudesse vir conosco. Vai sair do trabalho logo?

— Só daqui a umas duas horas. — Era o lamento constante. Lorna adorava fazer social no trabalho, mas, ao mesmo tempo, quando as amigas apareciam e estavam indo a outro bar, ela se sentia como a criança que devia ir dormir às 19h no verão enquanto todos os amigos estavam lá fora andando de bicicleta no crepúsculo ainda claro.

— Que chato — disse Mike. — Vamos encontrar minha amiga Debbie. Estou *tentando* fazer com que essa garota a conheça há *séculos*. — Ele puxou Sandra pelo braço e ela riu. — Hoje à noite você vai.

— Nós vamos — concordou Sandra, e olhou para Lorna como quem diz *Não sei, não, mas gosto disso*.

— Mike!

Todos se viraram e viram, andando ao encontro deles no bar, uma mulher alta e estonteante com um vestido Diane von Furstenberg e sandálias de salto alto que Lorna não identificou.

— Margo. — O lindo Mike avançou e a abraçou.

Lorna percebeu que Sandra enrijeceu com o gesto. Não a culpava. A mulher era de matar.

— Pessoal... — Mike levou a amiga a Lorna e Sandra. — ...esta é Margo St. Gerard.

— É um prazer conhecê-la — disse Lorna, estendendo a mão.

Sandra só disse:

— Oi, e aí. — E viu Mike olhando com um pouco de carinho demais para a loura escultural.

E, na verdade, ela devia ter 1,80 de altura. Mas não passava de 55 quilos, então era tão elegante e de peito achatado quanto uma supermodelo. O que lhe faltava eram curvas femininas, que ela compensava com a estrutura facial do rosto.

Ela era tão incrível que chegava a ser desconcertante.

Lorna ficou preocupada que Sandra estivesse odiando isso.

— Fico feliz por conhecê-la — disse Margo, numa voz suave e modulada. Parecia apresentadora de telejornal.

Passou-se um momento esquisito.

— E então... Sandra me contou tudo sobre você — disse Lorna a Mike, esperando reorientar a atenção dele à mulher com quem ele tinha vindo. — É ótimo finalmente te conhecer.

— Você é uma das sapatólatras, não é?

Ela riu.

— Ah, sim.

— Foi ela quem começou tudo — disse Sandra.

Mike riu.

— Que idéia fabulosa! Se eu fosse tamanho 38 feminino me juntaria a vocês.

— Já tivemos um candidato homem — disse ela, tentando não ser excludente enquanto esperava com sinceridade que o cara não estivesse interessado em se unir ao grupo. — Mas não tinha a palmilha certa. — Ela olhou para os pés inegavelmente largos dele.

— Ah, o semitravesti? — perguntou ele.

Estava nítido que Sandra lhe contara muito.

— É melhor ficar sem essas figuras — concluiu ele com um sussurro. — Se não têm orgulho do que são, só podem resultar em mais tensão. Você não precisa lidar com a merda alheia.

— Concordo plenamente.

Todos ficaram parados ali conversando por mais alguns minutos. Mike era lindo mesmo e era óbvio que Sandra estava apaixonada por ele, então Lorna deixou de lado a irritação que sentiu quando ele passou aos acontecimentos políticos recentes com os quais por acaso ela não concordava.

— Não sei não, Mike — disse ela, tentando parecer leve. — Se todos pensássemos da mesma forma sobre tudo, o mundo seria um tédio. A diferença faz a democracia.

— Não temos de ir? — perguntou Sandra, pouco à vontade.

Lorna olhou o relógio do bar. *Ela* sem dúvida tinha de ir. Tinha de se levantar e trabalhar de novo dali a oito horas.

— Então, Lorna — disse Mike, felizmente sem guardar rancor por ela ter discordado dele. — Vamos ao Stetson's, quer ir com a gente? Eu adoraria continuar nosso debate lá.

Como se ela tivesse energia para *debater*.

— Ah, sim! — exclamou Sandra. — Por favor!

Lorna realmente queria poder sair, mas estava exausta. Afinal, estava de pé no restaurante desde as 11h. Precisava de um intervalo. Havia teorias por aí de que Deus criou o mundo em sete horas, e não em sete dias, então, se isso era verdade e se ele descansou na sétima hora e queria que todos seguissem o exemplo, Lorna tinha passado umas cinco horas e meia do relaxamento endossado pela Igreja.

— Eu lamento muito — disse ela, mais para Sandra. — Adoraria ir, mas estou cansada demais até para dirigir para casa. Não há como eu ir ao Centro, ficar acordada por mais algumas horas e depois ir para casa de carro.

— *Poderia* ficar na minha casa — disse Sandra. — Mas entendo que esteja cansada.

— Fica para a próxima — prometeu Lorna.

Ela estava prestes a se desculpar quando Tod passou por ali. Ela tentou detê-lo — pensou que ele ia gostar de conhecer Sandra e Mike, mas parecia que ele tinha dado uma olhada neles e disparado, o nariz empinado no ar.

Lorna fez uma anotação mental para mais tarde caçoar por ele ter sido um fedelho mimado, mas não pensou muito nisso até que Sandra, Margo e Mike tinham ido embora e Tod se aproximou dela no estacionamento.

— Você *conhece* aquele babaca? — perguntou ele.

Lorna olhou em volta, pensando que ele talvez pudesse estar falando com outra pessoa por ali ou falando *sobre* outra pessoa por ali.

— Quem?

— Mike Lemmington. O Sr. *Viver, Amar, Rir e Transar.* — Tod bufou com nojo. — Não sabia que ele saía com gente diferente toda noite.

— Ah. — Então Lorna se lembrou da euforia de Tod com um encontro outra noite. — *Ah.* Ele é o... Ah, Tod, eu sinto muito. Deve ter sido horrível vê-lo ali.

Tod assentiu com os lábios cerrados.
— Especialmente com *ela*.
— Sandra?
— Ah, é esse o nome dela? Eu a vi no Stetson's. Ela me deixa doente.

Sandra tinha mesmo mencionado o Stetson's, embora Lorna não pudesse imaginar que ela inspirasse esse tipo de repulsa em alguém tão legal como o Tod. Mas o ciúme trazia à tona sentimentos estranhos.

Tinha de ser conseqüência do grande cansaço porque, com todo esse malabarismo mental, só depois ocorreu a Lorna que o que Tod estava dizendo era que o cara que Sandra estava namorando era gay. Ou pelo menos bi.

— Tem certeza de que é ele? — perguntou-lhe ela.

Ele a fuzilou com os olhos.

— Cara, sei não, Lorna. Preciso repassar o catálogo mental de homens com quem transei naquela noite. — Ele pôs um dedo no queixo e imitou *O Pensador*. — É. É, é ele. O filho-da-puta. — Ele mordeu o lábio e sacudiu a cabeça antes de acrescentar: — Ele não é lindo?

— É um gato. Sem dúvida alguma.

— Os gatos sempre são assim. *Sempre*. Odeio isso.

— Eu também.

Tod olhou para ela com preocupação.

— Olhe para você. Está sendo tão legal com a minha vida amorosa fracassada e eu nem perguntei o que aconteceu com aquele cara que você estava namorando.

— George? George Manning? — Ela sacudiu a cabeça. — Acabou há um mês e meio. — Meu Deus, Lorna tinha uma pilha e tanto de relações amorosas fracassadas e esquecíveis. Pensar nisso de repente a deixou profundamente triste.

Deve ter transparecido em seu rosto, porque Tod mostrou preocupação.

— Meu Deus, eu sou um egoísta. — Tod estava de volta ao pico de autoflagelação e portanto provava seu argumento. — Eu nem sabia disso.

— Não importa. Na verdade, não havia grande esperança ali. — A verdade era que ela não tinha grande esperança, nem esperança de tamanho médio, havia um bom tempo. Ela saiu com George Manning por uns dois meses e há pouco precisou de um momento para se lembrar do sobrenome dele. — Mas voltando ao Mike.

Tod escarneceu.

— Tem certeza absoluta de que ele é gay?

— Meu bem, eu conheci muitos homens que afirmavam que eram heterossexuais enquanto fechavam as calças depois de uma diversão. Mike não é um deles. Ele é completamente homo. — Ele suspirou. — E é danado de bom nisso também.

— Então, o que ele está fazendo com a Sandra? — perguntou Lorna. — E mais importante, será que eu devo contar a ela?

— Ela sabe — disse Tod, assentindo com perspicácia. — Acredite em mim, ela sabe.

— O que você achou do Mike? — perguntou Sandra com ansiedade na reunião seguinte. Ela estava *morrendo* de vontade de saber o que Lorna, que parecia ter um gosto excelente para tudo, pensava do namorado.

— Ele é um doce — disse Lorna rapidamente. Ela parecia não ter mais nada a dizer.

— E não é lindo?

— Muito. Sim — Lorna olhou para Joss e Helene. — É mesmo. Normalmente Sandra podia ter estranhado as afirmativas curtas de Lorna, mas não nessa noite. Estava de ótimo humor.

— Tenho de dizer uma coisa, queria que as meninas do colégio me vissem agora!

— Todas nós queríamos — murmurou Helene.

Joss pareceu insegura.

— Meu Deus, eu não — disse Lorna. — Minhas ex-colegas são todas médicas, advogadas ou executivas de empresas listadas na *Forbes*, ou estão casadas com médicos, advogados ou executivos de empresas listadas na *Forbes*. — Ela sacudiu a cabeça e revelou um segredo que mal reconhecia para si mesma. — Às vezes eu me pergunto se eu sempre fui inferior a elas ou se isso aconteceu em algum momento depois da formatura.

— Inferior? — repetiu Helene, surpresa. — Você? Como pode dizer uma besteira dessas?

Lorna deu um sorriso triste.

— Bom, talvez eu não tenha escolhido bem as palavras, mas houve um tempo em que eu costumava passar de carro por todas aquelas casinhas rurais da River Road em Potomac, pensando que ia conseguir mais do que aquilo. Agora estão vendendo aqueles lugares por 1, 2 milhões, e mal consigo pagar meu aluguel. — Seu rosto ficou quente, mas agora que tinha desabafado, ela não sabia como voltar atrás.

Mas não precisava fazer isso, porque Sandra logo se intrometeu:

— Meu Deus, sei o que quer dizer. Todo mundo que estudou comigo no ensino médio, até aquelas cretinas más de quem eu esperava me vingar depois, acabaram casadas com homens bonitos e moram em casas dignas da revista *Architectural Digest*. — Ela sacudiu a cabeça. — Para ser sincera, não é que eu estivesse planejando ser uma delas, nunca, mas eu tinha certeza absoluta de que pelo menos algumas seriam como *eu*. Sabe como é, solteiras e... – Ela franziu o cenho. – Na luta. Não tanto financeiramente, mas... – Ela deu de ombros. – ...pessoalmente.

– Mas você parece ter tudo – disse Joss, que parecia confusa por Sandra não ter.

Lorna olhou para ela, surpresa. Tinha todo o respeito do mundo por Sandra, mas ainda assim ficou surpresa com o completo choque de Joss por Sandra querer mais.

– Ah, meu Deus, essa é a melhor coisa que você poderia me dizer – disse Sandra. – Porque não é verdade. Bom, não *era* verdade, mas agora está melhor. Olha só, fui ver um acupunturista há algumas semanas e ele colocou essa barrinha de metal na minha orelha. – Ela tocou a orelha que Lorna a vira remexendo antes. Não que isso fosse chocante; ela só tinha duas orelhas.

– Ai! – disse Joss. – Colocaram, tipo assim, uma *agulha* aí?

– É, dá para sentir. É como o pino de um brinco, só que menor e num lugar diferente. – Ela disse com desdém. – Olha, sou tão cética quanto qualquer um, mas antes de ele colocar eu ficava nervosa por sair de casa e agora estou *muito* melhor.

– Você era agorafóbica? – perguntou Helene.

– E das grandes. – Sandra assentiu. – E tentei de tudo... Prozac, terapia, Xanax, hipnoterapia. Com sinceridade, eu duvidava de que qualquer método pudesse ajudar, quanto mais a acupuntura, mas acho que ajudou. Não é o que eu esperava também, sabe? Entrei nessa com o maior ceticismo.

– O que é uma agorafóbica? – perguntou Joss. – Desculpe, não quero parecer burra, mas...

– Está tudo bem – disse Sandra rapidamente. – Eu ficava nervosa por sair de meu apartamento. Ficava nervosa numa multidão. Até na rua ou no mercadinho.

Joss assentiu, mas estava claro, por sua expressão, que ela nunca ouvira falar numa fobia dessas.

— E esse cara colocou uma agulha na sua orelha e você agora está bem melhor? — perguntou Lorna, cética. — É mesmo?

Sandra deu de ombros.

— Estou aqui, não estou? Há seis meses eu não poderia ter feito isso. — Seu rosto ficou rosa novamente. — Espero que isso não faça vocês pensarem que sou uma completa mané ou coisa assim.

— Ah, não! — todas objetaram a um só tempo, e Lorna disse:

— É que eu sempre pensei que, de todas as pessoas que eu conhecia, eu era a única que tinha um ponto fraco. É ótimo saber que não sou.

— Tudo bem, qual é o seu? — desafiou Sandra, olhando para Helene e Joss em busca de apoio. Embora Helene desviasse os olhos e Joss parecesse tão inocente, era impossível acreditar que ela tivesse algum segredo a admitir.

— Tá legal. — Lorna endireitou as costas. — Tive um namorado aos 16 anos, mas ferrei tudo e desde então não consegui achar ninguém para colocar no lugar dele.

Helene respirou fundo.

— É mesmo?

Lorna assentiu.

— Chris Erickson. Sei que é fácil glorificar o primeiro amor, mas mesmo agora, quando penso objetivamente nisso, acho que ele era mesmo O Cara. Ou pelo menos alguém com quem eu podia passar a minha vida.

Sandra ficou lacrimosa.

— O que aconteceu com ele?

Lorna engoliu um bolo antigo e inadequado na garganta.

— Ah, eu estraguei tudo de uma forma idiota e volúvel de adolescente e nós terminamos, e agora ele é casado, tem um bebê e tudo no mundo dele é maravilhoso. – Ela soltou uma risada curta. – Tenho certeza de que ele está melhor sem mim.

– Aposto que ele ainda pensa em você – disse Joss, fitando-a com os olhos azuis grandes e sinceros. – É sério. Meu namorado do ensino médio, Robbie, ainda quer que eu me case com ele.

– E...? – perguntou Sandra, erguendo as sobrancelhas para que os óculos escorregassem pelo nariz, deixando-a mais parecida com a diretora de escola do que ela já parecia. – Não está pensando em voltar, está?

– Não – admitiu Joss. – Seria uma concessão.

Helene, que estivera observando a conversa num silêncio pensativo, disse:

– Acham que é possível conhecer sua alma gêmea no ensino médio e depois ser idiota demais para saber disso e estragar a vida para sempre?

Todos os olhos se viraram para ela.

Lorna queria perguntar *Você fez isso?*, mas a resposta parecia tão óbvia que a pergunta seria insultante.

– Acho que no final das contas tudo é como deveria ser – disse ela, parecendo sincera. – Mesmo que nem sempre seja mais agradável e fácil.

– Concordo – disse Sandra depressa e, ao contrário de Lorna, não tinha nenhum vestígio de incerteza nos olhos. – Se alguém é o certo, um dia vai voltar para você. – Ela assentiu, tão segura de que suas palavras eram a verdade que quase se podia sentir sua certeza como outra entidade na sala.

E embora Lorna no fundo se perguntasse se Chris tinha sido O Cara Que Sumiu, era tão evidente o engano com Sandra e Mike que ela precisava acreditar que no final o Destino cuidaria de tudo.

Capítulo 15

Helene com certeza estava sendo seguida.
Ela saiu à tarde, até algumas de suas organizações de caridade, e percebeu o carro azul indefinido seguindo o dela entre a segunda e a terceira paradas.

Se Lorna não a tivesse contado que achava que Helene estava sendo seguida, talvez nem tivesse percebido. Não que o cara fosse tão esperto. Ele sempre estava a uns três carros de distância do dela. Mas ainda assim a deixou inquieta.

Ela não sabia o que ele procurava. *Podia* ser Gerald Parks. Mas podia ser Pat Sajak. Ela não conseguiu vê-lo de perto.

Não importava; ela podia ver o carro dele, e andava vendo demais nos últimos dias.

Com um olho na rua e uma das mãos no volante, ela pegou o celular e ligou para a polícia. Não queria ligar para a emergência porque, ali no trânsito e na segurança do carro trancado, não parecia ser uma emergência.

– Telefonista 4.601, esta ligação está sendo gravada.

Helene olhou pelo retrovisor. O carro ainda estava ali.

– Olá – disse ela, meio sem jeito. – Estou ligando por que... Bom, não é necessariamente uma *emergência*, mas... De qualquer modo, estou na 270 indo para o norte e há um carro me seguindo.

– O motorista confrontou a senhora de alguma forma?

– Não. Mas ele sem dúvida vem me seguindo há algum tempo.

– Pode ver o motorista, senhora? É alguém que conheça?

– Acho que sim. Mas não tenho certeza. Não consigo ver muito bem.

Helene estava começando a se sentir mesmo uma boba, embora isso não diminuísse em nada sua ansiedade.

A resposta da telefonista deixou claro que era exatamente o que ela estava pensando também.

– Senhora, desculpe, mas não podemos mandar uma viatura para parar alguém por estar na mesma rua que a senhora. Se alguém a ameaçar fisicamente ou machucá-la, ligue para a emergência.

Uma resposta gentil e genérica. Mas Helene não podia culpá-la, então agradeceu e desligou, esperando que os telefonistas da polícia não rastreassem seu número e anotassem que era uma louca que não devia ser levada a sério se ligasse de novo.

Ela parou em uma saída, com o carro azul a três carros dela, e voltou para a Route 355, que se abria em leque a partir do norte de Maryland e passava por Georgetown, em Washington. Ela a certa altura pensou tê-lo perdido, mas logo depois percebeu o carro azul de novo, agora bem atrás dela. Helene olhou o motorista, fazendo anotações mentais para um relato à polícia, enquanto ao mesmo tempo tentava ficar de olho na rua sinuosa à frente. Estava evidente que era Gerald Parks. Ele usava óculos escuros grandes Jackie O. e os dedos agarravam-se ao volante como salsichas finas e compridas.

Ela dirigiu mais rápido pelos contornos cheios de curvas da Falls Road, esperando ser parada pela polícia para poder apontar Gerald e conseguir que o detivessem. Mas ela sabia que ele provavelmente só continuaria dirigindo e ela ia parecer uma doida e uma motorista imprudente.

Quando chegou a Potomac Village, ela ultrapassou um sinal amarelo para atravessar a River Road, onde era comum entrar.

Pelo retrovisor, viu que o carro azul tinha parado no sinal. Ela entrou no estacionamento do shopping e seguiu para os fundos das lojas a fim de pegar a River Road e ir para casa. Depois de um ou dois quilômetros dirigindo sem ser seguida, ela começou a relaxar um pouco, mas seu coração martelava na caixa torácica.

Ao cruzar o limite de Washington, respirou fundo, sentindo-se enfim livre, quando ele apareceu novamente. Ele entrou à direita, na Little River Turnpike — um caminho totalmente diferente! — e terminou bem atrás dela *de novo*.

Embora esse sujeito fosse incompetente quando se tratava de andar disfarçado, era um mestre na perseguição de sua presa e pela primeira vez Helene sentiu uma raiva verdadeira se misturando com o medo. Parte dela queria parar o carro e confrontá-lo, mas ela sabia que seria uma idiotice extrema.

Ao entrar na Van Ness Street, a rua de sua casa, ela se perguntou se ia passar direto pela entrada para ele não descobrir onde ela morava, mas no fim não teve importância, porque ele entrou à direita antes do quarteirão dela e desapareceu no trânsito.

Ela parou o carro na vaga e ficou sentada, trancada dentro dele por uns 15 minutos, tentando acalmar a respiração.

Depois fez o que o desespero a levava a fazer. Ligou para Jim.

— Acho que tem alguém me seguindo — disse-lhe ela quando ele atendeu ao telefone.

— *Como é?*

Ela lhe contou o que Lorna lhe dissera sobre estar sendo seguida algumas vezes na saída do estacionamento e sobre o fato de que ele estivera atrás dela hoje por 45 minutos. Mas ela deixou de lado a parte sobre ligar para a polícia. Não tinha sentido deixar Jim irritado, citando a polícia.

— Quero segurança particular — concluiu ela.

— Isso é loucura — disse Jim de imediato.

A mágoa raspou a boca do estômago de Helene.

— Acha que é loucura eu querer me proteger de malucos numa cidade que vê mais raptos estranhos e assassinatos políticos do que qualquer outra?

— É loucura que você se preocupe com isso. Você disse que o homem não a seguiu até nossa casa, não foi?

— É verdade.

— Esta é uma cidade populosa. Não pode culpar alguém por estar na mesma rua que você.

— Mesmo que ele estivesse nas mesmas *dez* ruas, bem atrás de mim, por quarenta quilômetros?

— É uma coincidência. Está sendo muito egocêntrica, achando que tudo gira em torno de si.

Isso era incrivelmente insultante.

— Se alguém está seguindo *a mim*, então tem de girar em torno de mim, não acha?

— Ninguém está te seguindo, Helene. Não se iluda.

— Me iludir? — ela repetiu estupidamente. — Como?
— Bom, primeiro, nem pense em ligar para a polícia. Ainda bem que ela não contou a ele sobre isso.
— E por que não?
— Porque a história vai circular, e você vai desperdiçar um monte de recursos da cidade enquanto eles saem às ruas por nada. Os repórteres teriam um dia e tanto me culpando por isso.
— Mas e a minha segurança? — perguntou ela, odiando como parecia pequena, infantil e *fraca*. Mas ela se sentia realmente estranha. Era óbvio que estava sendo seguida; a polícia não podia fazer nada sobre isso, mesmo que acreditassem nela, e eles não acreditaram; ela não podia contratar seu próprio segurança, porque Jim lhe cortara o acesso financeiro e *ele* não acreditava nela. Ou não ligava.

Ela estava à mercê de Jim e no entanto ele era sua única esperança.

— Se eu ficar exposto à crítica do público sempre que você tiver um pesadelo, estou politicamente fodido — disse Jim. — Não faça isso comigo.

— Não se trata de *você*! — Como o homem com quem se casou ficou tão frio? — Eu estou *assustada*, Jim. De verdade.

Ele fez um ruído que era o equivalente verbal de revirar os olhos, depois disse:

— Tenho de ir. Tranque as portas e assista a um filme. Vamos conversar sobre isso à noite.

— À noite poderá ser tarde demais — disse ela, as últimas manchetes passando por sua cabeça como um letreiro rolante.

Mas Jim não estava ouvindo. Falava com alguém na sala, talvez Pam. Ela provavelmente entrara com o chantili e a calcinha fio dental, pronta para a ação.

— Tenho de ir — disse Jim a Helene. — Chegarei tarde hoje. Não espere por mim.

Babaca. *Vamos conversar sobre suas preocupações com a segurança esta noite — ah, mas não estarei aí, então vá dormir.* Era tão típico dele que não devia magoar Helene, mas ela desligou o telefone sentindo-se a ponto de chorar.

Mais do que isso, porém, ela estava muitíssimo cansada. Talvez fosse a reação pós-adrenalina à perseguição, ou talvez fosse o fato de que estava profundamente infeliz com a própria vida e não conseguia ver uma saída.

Ou talvez algo estivesse seriamente errado com ela.

O que quer que fosse, ela precisava entrar e se deitar por um tempo. Só iria acordar na manhã seguinte.

E, quando acordasse, estaria só.

Era mais fácil ficar só com Bart, sem Colin para influenciá-lo a fazer travessuras.

A boa notícia era que Colin começara num acampamento em que ficaria por duas semanas, permitindo a Joss momentos como aquele, para levar Bart ao parque sozinha. A má notícia, porém, era que para Deena isso significava que Joss trabalhava menos do que recebia e ela se sentiu totalmente livre para pedir a Joss para fazer umas tarefas a mais.

Como provava a lista de compras no bolso de Joss. Cinco itens, cinco lojas diferentes.

Pelo menos podia usar o carro quando estava de serviço. A única vez em que Deena lhe pediu para "comprar umas coisas" a caminho de casa, vindo da reunião do clube de esqui num domingo – um fiasco, aliás, mas não pergunte –, ela acabou lutando com dois sacos de papel grandes e pesados no metrô.

Ainda assim, em um dia de verão glorioso e ensolarado como aquele, era quase possível esquecer as lembranças ruins. Ao contrário da maioria das outras babás e mamães, ela correu com Bart no playground e subiu e desceu o escorrega com ele umas 25 vezes.

— Isso é divertido! – guinchava Bart ao chegar ao chão de novo. – E agora, o que eu faço?

— O que você quiser. – Ela olhou em volta. – O balanço?

Bart pareceu animado; depois a dúvida cruzou seus olhos.

— Colin diz que balanço é brincadeira de menininha fresca.

Ah, esse Colin. Ela podia estrangular o menino. Era má influência para Bart. Ela estava cada vez mais convencida disso.

— Está vendo alguma menininha fresca no balanço? – perguntou Joss. A única criança ali era um menino que parecia alguns anos mais velho do que Bart.

— Não – admitiu Bart.

— Talvez Colin só diga esse tipo de coisa para dar a impressão de que ele próprio é mais bacana por *não* ir no balanço – sugeriu ela. – Não que ele tenha de brincar nem nada. Mas, puxa vida, talvez ele tenha *medo* do balanço. – Devia ser injusto falar de Colin desse jeito quando ele não estava ali para se defender, mas ela estava enjoada e cansada de como os prós e contras de Colin tingiam tudo o que Bart fazia.

Porque, com franqueza, Colin era um babaca.

— Eu *gosto* do balanço – disse Bart, olhando para ele.

— Eu também... Vamos. – Ela o pegou pela mão e o levou ao balanço, ajudando-o a subir e colocando-se atrás para empurrá-lo enquanto ele ria, ria e gritava sem parar:

— Olha como eu vou alto, Joss!

Então talvez ela tenha difamado o pouco caráter de Colin. Pelo menos ela se assegurou de que Bart se divertisse.

— Pode continuar — disse ela a Bart depois de algum tempo, rindo e tomando fôlego. — Tenho que parar um pouquinho.

— Fica me olhando! — gritou Bart. — Meus pés estão tocando o céu!

— Legal! — Joss acenou e ele voltou a se balançar para aquele céu azul e veemente.

— Jocelyn?

Assustada, Joss se virou e viu uma mulher alta de cabelo preto azulado e incríveis olhos azuis claros.

— S-sim?

— Você é a Jocelyn que trabalha para os Oliver, não é? — Ela gesticulou para Bart, que balançava, gritando que ia subir de novo.

Joss sorriu, acenou para ele e se virou para a mulher.

— Sim. E a senhora é...?

— Felicia Parsons. E aquele é o meu filho, Zach, bem ali. — Ela apontou para uma criança de cabelos escuros, de uns 7 anos, que parecia estar atormentando um menino menor enquanto uma jovem obesa tentava apartar os dois. — Preciso de uma babá e quero saber quanto você cobra.

— Desculpe, Sra. Parsons. Já tenho emprego. — Um emprego que ela odiava, tinha de admitir. Um emprego que faria quase tudo para largar.

Mas não podia.

Felicia Parsons olhou para Joss como se ela fosse retardada.

— Sei disso. Acabei de perguntar se você trabalhava para os Oliver. O que quero saber é quanto vai me custar cobrir a oferta deles.

Joss nem acreditou que era a segunda vez que alguém se aproximava dela para lhe oferecer emprego sabendo que ela era contratada para trabalhar para os Oliver. Um contrato era um contrato, e essas mulheres deviam entender isso. Joss não podia simplesmente pular do barco e pegar uma oferta melhor, mesmo que quisesse.

– Eu sinto muito mesmo – disse ela, de olho em Bart, que agora subia na corda com nós. Ao mesmo tempo, o filho da mulher estava sendo preso pelas costas pela garota que tentava afastá-lo do outro menino um minuto antes. – Não posso quebrar meu contrato. – Ela gesticulou para a criança. – Parece que seu filho precisa da senhora.

A mulher olhou na direção dele, depois gesticulou seu desdém.

– Ah, ela vai cuidar disso.

Porque uma babá é uma babá, mesmo que não seja a sua babá?, Joss quis perguntar. Mas não perguntou.

– Por favor, me informe se mudar de idéia – disse a Sra. Parsons. – Tem alguma coisa em que eu possa escrever?

– Não, desculpe.

A mulher suspirou num tom teatral e vasculhou a própria bolsa, tirando uma caneta e um pedaço rasgado de envelope, cujo verso trazia o endereço de um advogado.

– Este é meu celular. Ligue *só* para este número. *Não* procure o telefone da minha casa nem ligue para lá sob *nenhuma* circunstância.

Não havia esse perigo. Joss nem pegou o papel.

– Sra. Parsons, não quero que pense que haja alguma possibilidade de me contratar, porque sinceramente estou ocupada com a família Oliver até junho.

– Diz isso agora. – A Sra. Parsons agarrou a mão de Joss e apertou o papel nela. – Mas pode mudar de idéia. – Ela partiu na direção do filho, berrando algumas palavras com ele ou com a garota que tentava lidar com ele.

Joss estremeceu com a idéia de trabalhar para uma pessoa assim.

Ela se voltou para Bart, mas a essa altura ele estava brincando com uma garotinha ruiva chamada Kate e naquele momento parecia não querer nada de Joss, então ela lhe disse que ficaria sentada no banco esperando por ele. Ela se juntou às outras babás, de olho no drama menininho-menininha entre Bart e Kate.

— Felicia Parsons pediu para você trabalhar para ela? — perguntou uma jovem afro-americana.

Joss franziu o cenho.

— Como sabe disso?

— Ela pediu à maioria de nós. — Ela olhou a garota que tinha separado o filho da Sra. Parsons do outro menino. — Coitada da Melissa. Meu nome é Mavis Hicks, a propósito. — Ela estendeu a mão. — Acho que não nos conhecemos.

— Joss Bowen. — Joss apertou a mão dela. — O que quis dizer com "coitada da Melissa"? Ela é a babá dos Parsons?

Mavis assentiu.

— E é muito boa, pelo que eu sei. Não acha, Susan? — Ela deu um tapinha no ombro de uma mulher robusta em meados de seus trinta anos.

— O quê?

— Que a Melissa é boa com o filho dos Parsons.

— É. — Susan então percebeu Joss. — Ah. Recebeu uma proposta da Felicia Volúvel?

Joss confirmou.

— Sim. Agora mesmo. Me senti péssima com isso. — Ela olhou para Melissa, que claramente se esforçava para lidar com lógica com o demônio de cabelos escuros de que era encarregada.

— Não se preocupe, ela sabe — Mavis tranqüilizou Joss. — Não é a primeira vez que acontece com Melissa. É provável que ela aceite a próxima oferta que alguém fizer a *ela*.

— Acontece com tanta freqüência assim?

Susan e Mavis olharam como se ela fosse de outro planeta.

— Tá brincando? — perguntou Susan.

— Bom... Não. — Não fazia sentido fingir que estava familiarizada com esse jogo, porque *tudo* era novo para ela. Novo e desconcertante. Essas mulheres podiam mesmo ser de alguma ajuda. — Mas aconteceu comigo duas vezes. A primeira numa festa que os Oliver estavam dando.

Susan pareceu indiferente.

— É assim o tempo todo. Quando corre a notícia de uma boa babá, todo mundo a quer.

Joss ficou surpresa.

— Eu não sabia que a Sra. Oliver dizia algo gentil a meu respeito.

— Ela não diz — falou Susan, direta. — Não vem dos empregadores. A notícia corre pela Rede Mamãe. Elas observam o que a babá de quem está fazendo; depois concluem que a babá delas não serve, agem pelas costas dela e tentam contratar uma nova.

— Mas todo mundo não tem um contrato? — perguntou Joss. — Isso não vincula o empregador e também a empregada? — Ela havia examinado seu contato com a ajuda do pai e eles tinham absoluta certeza de que Joss tinha a garantia de emprego remunerado, mais quarto e comida pelo período de um ano.

Susan e Mavis riram.

Depois Susan atraiu o olhar de Joss e disse:

— Ah, meu Deus, está falando a sério?

Isso era loucura.

— Sim, estou falando a sério.
— Ah, querida. Você não sabe?

Joss começava a sentir que estava num universo paralelo bizarro, no qual todo mundo sabia o que estava acontecendo, menos ela.

— Não sei o quê?

Susan e Mavis trocaram olhares; depois Susan assentiu para Mavis.

— A Sra. Oliver me perguntou numa festa na semana anterior se eu queria trabalhar para ela — disse Mavis. — Eu tinha certeza de que você sabia.

Joss tentou pensar onde os Oliver tinham ido na semana passada e de imediato lhe vieram à mente três festas. Três festas nas quais Joss tinha coberto de graça os deveres dos pais.

E eles pensavam que podiam fazer *melhor* do que ela? Que outra babá no planeta trabalharia tanto em seu tempo livre? Que outra babá compraria comida, vinho, roupa na lavanderia, cuidaria dos filhos dos outros e qualquer outra atividade em que Deena pudesse pensar?

Que outra babá teria esse tipo de tratamento e ainda se prenderia a suas obrigações para com os Oliver em vez de fugir dali antes que se tornasse pior?

— Tem *certeza?* — perguntou ela a Mavis. — Talvez tenha entendido mal.

Mavis e Susan trocaram olhares de novo, num movimento que já era um código claro para *Essa responde você* ou *Vai nessa, conte a ela.*

— Joss — disse Susan, colocando as mãos nas de Joss. — Ela tem certeza. E eu também. Há três semanas, Deena Oliver me ofereceu um salário e meio para assumir em uma semana.

Capítulo 16

— Ah, meu Deus, está doente?

Sandra ficou alarmada com o modo como a irmã olhava para ela.

— Como assim? Não estou doente. Por quê? — Ela ergueu a mão até o rosto. Estava assim tão medonha? Será que perdera a cor?

Ou era só o cabelo verde?

— Você está tão *magrela*!

— Não estou, não!

— Bom, não *magrela* para uma pessoa comum — disse Tiffany, desagradavelmente franca, como sempre. — Mas magra para *você*. Quanto peso perdeu?

— Não sei. — Ela sabia, sim. Tinha perdido 11 quilos. Mas por algum motivo estava constrangida para falar dos detalhes com Tiffany. Talvez fosse porque a vida sempre foi fácil para Tiffany e Sandra não queria ter de admitir o quanto ela própria lutara. – Ando tentando comer com sensatez.

– Eu não. – Tiffany afagou a barriga levemente protuberante. Mal podia ser percebida. – Tenho comido feito uma porca. – Ela conduziu Sandra à enorme cozinha branca e cintilante que dava para o buraco de número 5 do mais novo campo de golfe do clube Coronado.

Tiffany havia sido uma porca também na primeira gravidez, sete anos antes, mas no final teve ao mesmo tempo uma filha perfeita – Kate – e seu corpo de volta. Era de enlouquecer.

– Quer um café? – perguntou Tiffany, depois fez uma careta. – É descafeinado.

– Claro. – Sandra se acomodou numa banqueta acolchoada. – E como está indo?

– Bem. – Tiffany colocou uma caneca diante de Sandra, depois foi até a geladeira e pegou uma cremeira e também a colocou sobre a bancada. – Outro dia fiz a ultra da décima oitava semana e disseram que o bebê é perfeitamente saudável. Kate está louca de empolgação. Charlie também. – Ela hesitou um pouco mais do que havia esperado. – Eu também, é claro.

– Isso é maravilhoso. – Sandra serviu um pouco de creme em seu café e mexeu, observando o redemoinho desaparecer. Olhou para Tiffany. – Sabe se é menino ou menina?

– O médico podia dizer, mas Charlie quer que seja surpresa, então não faço idéia. Mas acho que é menino.

– Caramba, um menino! Seria tão estranho, não é? Nós fomos criadas numa casa só de mulheres.

– Eu sei. Eu...

Sandra colocou a colher de lado, depois olhou a irmã. Para sua surpresa, Tiffany estava chorando.

— Qual é o problema? Tif, que foi?
Tiffany pôs as mãos no rosto e sacudiu a cabeça.
— Não é nada.
— O bebê está mesmo bem? — Sandra pôs o braço em torno da irmã, querendo que a mãe estivesse ali para lidar com isso. Sandra não tinha experiência alguma com a insegurança de Tiffany. — Há alguma coisa que você não tenha me contado?
— O bebê está bem. — Tiffany fungou e limpou as lágrimas debaixo dos olhos com cuidado, sem borrar a maquiagem. — É só que... É tão egoísta que nem consigo dizer.
— O que é? — Sandra ficou alarmada. Será que Tiffany estava prestes a revelar um caso ou algo assim? Talvez Charlie tivesse um caso. Sandra nunca confiou plenamente nele. Ele era frio. E um tanto cruel. — Olha, talvez a gente deva ligar para a mamãe e pedir que ela venha para cá.
— Não — rebateu Tiffany. — A última coisa de que preciso é ela aqui me dizendo que tudo é maravilhoso e que minha vida é perfeita etc. etc. etc.
Pensando bem, Sandra também não gostava muito dessas conversas. Ela pegou os ombros estreitos de Tiffany e olhou em seus olhos.
— Qual é o problema? Me conte.
Tiffany fechou os olhos por um momento, a boca tremendo um pouco com um pavor mudo, depois admitiu.
— Eu não... — Ela engoliu em seco. — Não sei o que fazer com o pênis. — Esta não era uma frase que Sandra já tivesse ouvido, então sua primeira reação foi reação nenhuma.
— Não sabe o que fazer com o pênis? Como assim?
— O *bebê*. Não sei o que fazer com um menino. Não tivemos irmãos nem primos homens, nem nada disso. Quando descobri

que estava grávida, já estava toda pronta para as paredes cor-de-rosa no quarto, lençóis com babados, camisolinhas e princesas da Disney... – Ela se debulhou em lágrimas.

– Ah, Tif. – Sandra afagou suas costas, sem saber o que dizer ou fazer. – Vai ficar tudo bem. É sério. – Ela não queria acrescentar que achava que Tiffany era uma vítima de seus hormônios nesse momento, mas pensou que esse devia ser pelo menos parte do problema.

– Desculpe-me – disse Tiffany através da respiração trêmula. – Eu amo o bebê... De verdade. Parte de mim está decepcionada por não ser uma garotinha, mas no fundo tenho medo de não ser uma boa mãe para ele porque não sei como ensiná-lo a ser um menino.

– Tenho certeza de que isso vem de modo natural.

– Não necessariamente. E a higiene? Quando ele vai começar a se barbear? E as poluções noturnas? Não sei como explicar esses assuntos a ele. Nem imagino ter uma conversa dessas.

Sandra riu baixinho.

– Bom, primeiro, você não pode imaginar ter uma conversa dessas em parte porque ainda não conheceu o garotinho. Todas essas questões virão a seu tempo. E não se esqueça de que Charlie estará aqui para assumir as conversas de homem.

– E se ele não estiver? – gemeu Tiffany.

Sandra perguntou com cautela:

– Tem algum motivo para pensar que ele não estará?

– Não. – Tiffany pegou um lenço de papel na bancada e assoou o nariz. – Deve achar que estou louca.

– Não, de jeito nenhum. Acho que é bem difícil estar grávida. Você não sentiu *nada* disso antes.

Tiffany assentiu.

— Mas não quer dizer que não seja verdadeiro.
— Não, claro que não. Mas quer dizer que pode não ser motivo para ter medo.
— Meu Deus. — Tiffany fechou os olhos com força e sacudiu a cabeça. — Eu só queria poder tomar um martíni.
— Vou levar um para você no hospital daqui a quatro meses. O que vai querer, Appletini?
— Cranberry. — Tiffany conseguiu dar um sorriso. — Mas até lá meu desejo pode mudar.
Elas riram, e, depois de um momento, Tiffany disse:
— Sabe o que me dá mais medo?
— O que é?
— Como vai ser quando ele quiser saber a história da família?
Sandra riu.
— Está brincando? Papai vai sacar aquela árvore genealógica que ele levou três anos fazendo na biblioteca do Congresso e...
— Quero dizer a família *biológica* dele.
Sandra franziu o cenho.
— Não estou entendendo. Que família biológica?
— A das crianças!
— Tá. Tudo bem, então, como estava dizendo, papai pode...
— Sandra, não vou mentir para eles!
— Para quem?
— Kate e o *bebê*!
— Do que você está *falando*? — Depois ocorreu uma idéia a Sandra. — Peraí, o Charlie é adotivo ou algo assim?
— Não é o *Charlie* — disse Tiffany com impaciência, olhando para Sandra com os olhos penetrantes. Depois sua expressão ficou um pouco mais leve. — Ah, meu Deus, está brincando comigo?

Isso era muito esquisito.

— Sobre o *quê*?

— Você não sabe?

— Por favor, Tiffany! E não ligo que esteja grávida, se não me contar do que diabos está falando, vou arrancar de você à força.

— Sandra. — Os olhos dela, que momentos antes brilhavam de autopiedade, agora mostravam piedade pela irmã. — O Charlie não é adotivo. *Eu* é que sou.

Prezada ~~Inquilina~~ Srta. Rafferty:

Tem sido um prazer para nós administrar o conjunto habitacional Bethesda Commons Apartments e conhecer todos vocês há 15 anos. Porém, os tempos mudam e decidimos converter todas as nossas unidades em condomínios. A senhorita, como inquilina, tem o direito de rejeitar a oferta e também tem a oportunidade única de comprar a um preço de ocasião.

Todas as unidades serão apreçadas a 3.724 dólares o metro quadrado. Isto significa que os inquilinos nos apartamentos quarto-e-sala pagarão em média 340 mil dólares, e as unidades de dois quartos custarão aproximadamente 416.500 dólares. Acreditamos que o preço é bastante competitivo e justo e, com taxas de juros no nível mais baixo por algum tempo, o prazer de ser proprietário pode ser seu por um aumento modesto em relação ao que paga atualmente.

Seu último aluguel contratual vence em 1º de outubro e, como cortesia a todos, permitiremos que os aluguéis mensais sejam mantidos até lá ou, segundo seu desejo, se encerrem antes. Acreditamos que isso lhe dará o tempo necessário para tomar sua decisão e conseguir financiamento para sua compra ou encontrar uma nova casa para morar.

Reiteramos que ficamos felizes por conhecer todos vocês e desejamos toda sorte, qualquer que seja sua decisão.

Cordialmente,
Artie e Fred Chaikin,
Seus Administradores

Era óbvio que Lorna ia ter de parar de abrir a correspondência. Sempre – *sempre* – trazia más notícias.

Trezentos e quarenta mil pratas. Como se suas dívidas não fossem o bastante. Ela entrou on-line e procurou por uma calculadora de hipoteca. Sem nenhuma entrada – e essa era a *única* maneira em que agora podia *pensar* em conseguir qualquer tipo de hipoteca –, o pagamento mensal seria de mais de 2.200 dólares. Isso significava 1.000 dólares a mais do que estava pagando agora!

E eles chamavam isso de "modesto"?

E isso para não falar da taxa de condomínio, qualquer que fosse. Lorna ouviu falar em contas de centenas de dólares em alguns lugares do bairro.

E agora? Ela estava com dívidas até o pescoço, seu crédito era um horror e estava prestes a perder a casa. Tinha de fazer *alguma coisa*; não tinha a alternativa de simplesmente ficar sentada com essa informação e esperar uma mudança.

Não, não, isso era besteira. Ela não tinha de *esperar* uma mudança, precisava *fazer* uma mudança. Precisava de um emprego mais bem remunerado, ou talvez mais um emprego.

Antes, porém, precisava de um novo lugar para morar.

Ela pegou o jornal, que já colocara na lixeira de reciclagem sem ler, e se sentou no sofá para procurar apartamentos para alugar no bairro.

Por acaso os preços de fato tinham aumentado nos cinco anos desde que se mudara para lá. Para morar num lugar no bairro, ela teria de gastar pelo menos 300 a mais do que já estava pagando agora. E isso para alguns dos apartamentos mais ordinários.

A não ser que conseguisse um emprego melhor, ela ia ter de se mudar para longe, tipo Montgomery County. Talvez até para Frederick County. Mas era deprimente demais a idéia de dirigir 25, 30, até 40 quilômetros para trabalhar vindo de um enclave suburbano genérico.

Ela folheou a seção de empregos e circulou algumas profissões que pareciam terminantemente chatas, mas promissoras em termos de pagamento e benefícios.

Foi ao computador e imprimiu várias cópias de seu currículo para mandar às caixas postais dos anúncios.

Depois entrou no eBay para se recompensar com uma *diversão* depois da tarefa deprimente de procurar um emprego. Talvez encontrasse um par de Pradas por 4,99 porque o vendedor digitou *Predas* por acidente. Ela estava descobrindo esses truques de tanto usar o site. Infelizmente, *Botacaramelo* também os aprendia, então elas ainda terminavam competindo pelos mesmos sapatos. Mas Lorna não voltou a cometer o erro de dar um lance maior do que o dela.

Ela também descobriu o Paypal.com, então podia pagar por seus leilões diretamente, sem ter de ir ao banco e destruir sua dignidade ao implorar por cheques administrativos.

Ela clicou pelos sapatos de grife tamanho 38 e ficou emocionada ao encontrar um par de bicolores Lemer vintage perfeitos por apenas 15,50 dólares. Os saltos eram magnificamente altos e o arco se curvava com tanta elegância que, se não fosse pela parte superior, podiam ser sandálias sensuais.

Até então, *Botacaramelo* não aparecera nem os vira, e, a menos de seis horas para o final do leilão, as esperanças de Lorna aumentaram.

Foi aí que ela teve uma revelação.

Se visse isso com objetividade – e estava na hora de fazer justamente isto – ela era *mesmo* uma viciada em sapatos. Não tinha *nenhum* controle de si mesma ou de seu impulso de comprar mais sapatos. Crédito, dinheiro, não importava, ela podia racionalizar suas compras, independente do que fosse, e isso estava *arruinando sua vida*.

Criar a Sapatólatras Anônimas foi um bom começo. Ela não era nenhuma viciada em substâncias, então os sapatos em si não a prejudicavam. Eram os gastos... Os gastos exagerados. O que tornava o eBay... bom. Não é?

Disso Lorna não tinha *certeza*, mas tinha uma: estava na hora de fazer o que devia ter feito muito tempo antes.

Ela foi ao freezer e pegou o sorvete Napolitano que comprara para um jantar exagerado que teve havia seis meses. Colocou a caixa na pia, levantou a tampa e passou água quente no gelo cristalizado e no sorvete até que derreteu bem e revelou o segredo que continha:

Seu cartão de crédito da Nordstrom.

Talvez por ser um cartão de crédito de loja de departamentos, não apareceu na lista exibida a Phil Carson quando ele a fez destruir os cartões. Então ela o guardou, só por segurança, uma espécie de muleta de varejo emocional que podia usar caso realmente precisasse.

Ela já o usara duas vezes desde então, para compras on-line, porque o número estava decorado desde muito tempo.

Esconder no sorvete só dificultava cavá-lo dali e levá-lo à loja.

Bom, agora tudo isso tinha de terminar. Ela se livraria desse último laço que a prendia, financeiramente, a seu vício.

Ela foi ao telefone e lentamente discou o número no verso do cartão. Alguém no departamento de crédito atendeu de imediato, o que foi uma felicidade, assim Lorna se obrigou a falar antes de se convencer do contrário.

— Preciso cancelar uma conta — disse ela.

De agora em diante, era em dinheiro ou nada.

Não era um plano *perfeito*, mas já era um começo.

Quando as sapatólatras chegaram duas horas depois, a estrela da noite foi Joss, que tinha comprado um par de escarpins fabulosos da Gucci. Lorna trocou pelos John Fluevog azul-escuros dela, pois valiam isso. Os Gucci deviam ser dos anos 1960, por aí, mas estavam em condições incríveis. Um deles estava um pouco arranhado, embora parecesse ter sido limpo. Não importava. Lorna tinha um sabão especial que eliminaria aqueles arranhões.

Sandra contou a todas sobre a gravidez da irmã e o fato de que acabara de saber que a irmã era adotiva.

— Por que contaram a ela e não a mim? — refletiu ela em voz alta.

— Talvez não quisessem que você ficasse presunçosa com isso — sugeriu Lorna e, quando Helene a olhou, ela deu de ombros e disse: — Não estou dizendo que ela *ficaria*, só estou dizendo que podia ser essa a preocupação deles.

— Pode ser que tenha razão — concordou Sandra. — Mas o estranho é que eu cresci sentindo exatamente o contrário. Nunca entendi por que eles pareciam fazer de tudo para Tiffany se sentir bem quando ela já possuía tantas qualidades óbvias. Quer dizer, é sério, ela é linda. Alta, loura. Acho que em parte entrei nessa dos sapatos para superar a diferença de altura entre nós. Isso e o fato de que seu tamanho de sapato não muda mesmo que você engorde.

— Não sei disso não — disse Helene. — Engordei alguns quilos ultimamente e meus sapatos parecem bem apertados.

— E quando a gente fica menstruada? — perguntou Lorna. — Eu incho feito um balão uns dias antes.

Helene assentiu.

— Acho que é alguma questão hormonal. Retenção hídrica. Quando cheguei no intervalo de minhas pílula neste mês, nem fiquei menstruada.

— Isso aconteceu comigo três meses seguidos — disse Sandra. Depois, em resposta à atenção de todas, acrescentou: — Eu estava tentando regular minha menstruação. No final deu certo, mas naqueles três primeiros meses, nada. Eu teria gostado disso se não tivesse medo de que viesse a qualquer momento. — Ela riu. — Usei absorventes todo dia naqueles três meses. Foi como usar fraldas de novo.

— Odeio dizer isso, meninas, mas no meu caso pode ser perimenopausa. — Helene assentiu com pesar. — Pode acontecer a qualquer hora a partir dos 35 anos. Então talvez eu tenha roubado tempo dos últimos três anos.

— De jeito nenhum, você é nova demais — objetou Joss. — Não acredito nisso.

Helene deu de ombros.

— Tenho todos os sintomas. Cansada o tempo todo, enjoada, ganho de peso, desejo e aversão por comida... Que foi? Por que estão todas me olhando desse jeito?

— Porque também parece gravidez — disse Sandra gentilmente. — Pode acreditar, eu tenho passado por isso com minha irmã por cinco meses.

Helene sacudiu a cabeça.

— Acredite em mim, se eu não estivesse tomando a pílula, esta seria minha primeira preocupação.

— Então é a pílula! — disse Lorna. — Nunca fiquei mais enjoada do que quando tomava a pílula. Odeio aquilo! Ainda assim, talvez deva procurar um médico.

Helene afugentou a idéia.

— Ah, vamos esquecer meu caso. Só estou resmungona. E com vocês? Joss? Você anda estranhamente quieta.

O rosto de Joss ficou rosado, realçando sua juventude refrescante.

— Na verdade, preciso da opinião de vocês para uma dúvida. Lembram quando eu disse que recebia oferta de emprego de outras famílias o tempo todo? — Todas assentiram. — Outro dia descobri que a própria Sra. Oliver anda propondo emprego a outras babás.

Lorna arfou.

— Quer dizer que ela anda oferecendo *seu* emprego a outras pelas suas costas?

Joss assentiu.

— Não é estranho?

— É fundamento para rescisão de contrato — disse Lorna, irritada.

— Concordo — disse Sandra. — É como descobrir que seu namorado está vendo outra. Deve doer.

Joss virou-se para ela com gratidão nos olhos.

— E doeu. Embora eu não goste muito do Sr. e da Sra. Oliver, acho que tenho feito um bom trabalho para eles. Os meninos reagem bem a mim. Faço tudo o que devia e mais um pouco. — Ela suspirou. — Foi um tapa na cara.

— Mas você teve outras ofertas — lembrou-lhe Helene. — Eram de pessoas como a Sra. Oliver, que já têm babá?

— Acho que sim — disse Joss, pesarosa. — Acho que Lois Bradley pode não ter.

— Então pense na oferta dela — disse Helene com franqueza. — Só por garantia. Não vai querer trabalhar para alguém que ia trair a babá que já tem.

— Não — concordou Joss. — Mas e alguém que tentou roubar a babá dos outros?

— Neste mundo, é matar ou morrer — disse Lorna.

— Amém. — Essa foi Sandra, concordando com a cabeça ainda louro-esverdeada.

— Isso pode ser meio cínico — disse Helene, depois deu de ombros. — Verdadeiro, mas cínico. Olha, Joss, procure um advogado, por favor. Pelo menos peça a alguém para dar uma olhada no seu contrato para ver se há um modo legalmente viável de sair dessa.

— Bom... — Joss pareceu insegura.

— Prefere esperar até que ela conte de repente que contratou outra pessoa e invente um motivo para te demitir? — Lorna não tinha paciência com gente como Deena Oliver. Ela as via o tempo todo no restaurante e nunca viu uma faísca que fosse de humanidade em seus olhos. — Procure um advogado. Depois decida o que vai fazer.

— Não tem nada a perder — acrescentou Sandra.

Por fim Joss disse que ia pensar no assunto, talvez ligar para um daqueles advogados da tevê que dizem fazer a primeira consulta de graça.

Mas Lorna teve a sensação de que Joss não ia fazer isso.

— Odeio dizer isso, mas tenho de ir — disse Sandra, perto das 23h. — Tenho de encontrar alguém.

Lorna ergueu uma sobrancelha.

— Um grande encontro?

Sandra corou, mas não fugiu da pergunta.

— É — disse ela, o orgulho aparecendo na voz. — Sim, é isso mesmo.

— Ooh! Quem é? — Joss quis saber.

— Um cara que foi meu colega no colégio. Engraçado, nunca dei muita atenção a ele, pelo menos do ponto de vista amoroso, e agora... — Ela suspirou. — Ele é um gato. A gente anda se vendo muito ultimamente.

Todas soltaram um guincho de aprovação pela guinada positiva na vida de Sandra.

Sandra corou de novo.

— Meu Deus, ele me deixa meio doida. Fico tão sem graça.

— Não fique assim — disse Helene, colocando a mão no antebraço de Sandra. — Estamos muito felizes por você. E acho que você mesma está muito feliz. É o que transparece.

— E você perdeu uma tonelada de peso — acrescentou Joss.

— Onze quilos — respondeu Sandra, depois socou o ar. Era incrivelmente pouco característico dela, e Lorna sorriu dessa alegria descarada. — Foi um *trabalho duro.*

— Meus parabéns! — disse Lorna com sinceridade, e as outras duas concordaram, acrescentando suas congratulações e comentários sobre como a mudança era evidente e espetacular.

A noite terminou com essa nota positiva. Todas ficaram tão felizes por ver Sandra, antes tão tímida e insegura, saindo da concha, que deixaram de lado as próprias preocupações para comemorar com ela.

Quando todo mundo foi embora, Lorna lavou os pratos e os copos de vinho, voltou ao computador e entrou no eBay.

Botacaramelo estivera lá!

A oferta pelos Lemer aumentou para 37,50.

Ora, Lorna jurara para si mesma que não ia cobrir nenhuma oferta de mais de 20 pratas, e ela sabia que mesmo essa quantia era demais para seu orçamento.

Mas ela ia conseguir um novo emprego; tudo o que aconteceu naquela semana deixava isso claro. Então era óbvio que teria uma renda mais confiável em breve. E também podia manter o turno da noite no Jico, então, na verdade, duplicaria sua renda. Em breve. Porque as empresas não anunciavam vagas de empregos a não ser que estivessem prontas para preenchê-las.

E onde é que encontraria bicolores como aqueles de novo? Eles eram vintage. Esta era a *última chance* de ela *algum dia* ter sapatos assim.

Ela já podia se imaginar exibindo-os às sapatólatras.

O tempo estava passando. O leilão só tinha cinco minutos e quarenta e seis, quarenta e cinco, quarenta e quatro...

Ela digitou 61,88 e esperou com a respiração parada.

SEU LANCE FOI SUPERADO, disse a tela.

— Droga! — Ela digitou 65,71.

SEU LANCE FOI SUPERADO.

Ela olhou o monitor. *Botacaramelo* de novo. É claro. Com quatro minutos e menos de dez segundos restantes, *Botacaramelo* podia mesmo vencer dessa vez a não ser que Lorna ficasse firme.

Noventa e nove dólares e trinta e dois centavos.
AGORA SEU LANCE É O MAIS ALTO.
— Rá! Toma *isso*, *Botacaramelo*!

Ela atualizou a página. Ainda tinha o lance mais alto. Que bom. Ela continuou a atualizar à medida que os minutos passavam. Três minutos e dez segundos... Dois minutos e cinqüenta segundos... Dois minutos e trinta e cinco segundos... Dois minutos e dez segundos...

Bum! Lá estava!
SEU LANCE FOI SUPERADO.

A lógica abandonou Lorna como uma forte lufada de vento. Ela ia derrotar *Botacaramelo* nessa, não importava o quanto custasse.

Era simplesmente de enlouquecer que essa mulher — ou homem — estivesse sentada do outro lado da tela de um computador em algum lugar, digitando os lances que custavam o dinheiro de Lorna. E para quê? De jeito nenhum ia deixar *Botacaramelo* vencer.

Ela digitou o lance máximo de 140,03.
AGORA SEU LANCE É O MAIS ALTO.

O preço saltou para 110,50 — obviamente o lance máximo de *Botacaramelo* —, mas ficou estável.

Com o coração aos saltos, Lorna clicou no botão ATUALIZAR repetidas vezes, feliz por ver que ainda tinha dado o lance mais alto. Agora só faltava um minuto. Ela estava perto da linha de chegada. Os bicolores eram dela. Estavam ao alcance da mão. Só alguns segundos e seria oficial.

Dez, nove, oito... Lorna atualizava a página — cinco, quatro — ela ainda tinha o lance mas alto! — três, dois, um — ela clicou em ATUALIZAR de novo, confiante na vitória.

E lá estava:

US$152,53. Vencedora: *Botacaramelo*.

Lorna não acreditou. Ficou nauseada. *Botacaramelo* tinha pulado literalmente no *último segundo* e venceu a oferta mais alta de Lorna. Por meros 12,50 dólares! Só 12,50 se colocavam entre ela e aquele incrível par de Lemer vintage! Era uma quantia tão pequena.

Botacaramelo roubou os sapatos de Lorna.

Depois que desapareceu o ultraje inicial, Lorna recuperou a perspectiva e percebeu que os sapatos que tinha perdido na verdade não custavam apenas 12,50 dólares. Ela estivera disposta a desembolsar 150 dólares, mais o frete, apesar de estar prestes a perder a casa.

Isso não era racional.

Ela precisava se obrigar a agir. Ia começar ligando e marcando... Ela parou e pensou. Três, ela se decidiu, *três* entrevistas de emprego. Ia dar os telefonemas e mandar o currículo por fax — nem que fosse *descalça* — até marcar três entrevistas.

Capítulo 17

— Não vai querer trabalhar no Capitólio — disse Helene a Lorna. Ela foi a primeira a chegar à reunião e Lorna lhe contou que teria uma entrevista com o senador Howard Arpege na manhã seguinte. — Eles culpam as assessoras por tudo. Quando não estão trepando com elas, é claro.

— Ai. — Lorna fez uma careta. — Não acho que *isso* vá acontecer.

Helene imaginou Howard Arpege e sentiu o estômago embrulhar.

— Não, mas é quase tão ruim como se ele tentasse pegar você. Talvez pior.

— O que é isso, de jeito nenhum aquele velho tem interesse em sexo.

Helene ergueu uma sobrancelha.

— Ficaria surpresa com o que eu soube.

— Ah, meu Deus, não me conte.

Houve uma batida e a porta se abriu um pouco.

— Posso entrar? — perguntou Joss, espiando pelo canto.

— Claro. — Lorna se levantou. — Tenho de ir ao banheiro. Deixe a porta aberta para Sandra poder entrar quando chegar.

Ela desapareceu nos fundos e Joss se sentou ao lado de Helene no sofá.

— O que tem esta semana?

Joss pegou uma caixa de sapatos na bolsa e sacou um par de sandálias Noel Parker verde lima.

— Ei, eu tinha um par desses. Vamos ver. — Helene pegou os sapatos e os examinou. Sim, ela havia tido um par igual. Tivera um par *exatamente* igual. Com a mesmíssima marquinha preta no pé esquerdo, onde deixou cair um marcador permanente preto e não conseguiu tirar do sapato.

Foi por isso que ela deu à LBV.

— São incríveis — disse ela com cordialidade, estendendo-os de volta a uma Joss de expressão desconcertada. — Sinto saudade do meu. Eu usei tanto que eles ficaram totalmente surrados.

Joss pareceu aliviada.

— Mas são bons sapatos, não são? — perguntou ela, a ansiedade nos olhos.

— Ah, sim. São ótimos.

Lorna voltou à sala e ficou pasma ao ver Sandra, que tinha acabado de chegar. Ela finalmente conseguira roupas que se ajustavam a seu corpo desde a perda de todo aquele peso. Esta noite, era uma calça jeans e uma camiseta preta apertada. Nos pés, calçava um lindo par de bicolores de salto radical.

— Não acredito! — Helene arfou. — São Lemer?

Sandra sorriu.

— Sim, não são incríveis?

— Maravilhosos. Eles só fizeram nesse estilo por dois anos, sabia? — Helene soltou um assovio baixo. — Bicolores Lemer. Onde foi que conseguiu?

— *O quê?* — Lorna entrou correndo na sala. — Bicolores Lemer? Deixe-me ver.

Sandra fez pose para mostrar os sapatos.

— Mas que merda — disse Lorna baixinho.

— Eu sei! — Sandra estava radiante. — Não vão adivinhar onde comprei estes.

— No eBay — disse Lorna.

Sandra ficou chocada.

— Como é que sabe disso?

— Ah, meu Deus, nem acredito. Você é a *Botacaramelo?* — perguntou Lorna, a voz ficando um tanto aguda de histeria.

Por um momento, Sandra franziu o cenho; depois a compreensão transpareceu em seu rosto.

— *Viciadaemsapatos927.*

— É! — guinchou Lorna. — Sabe quanto dinheiro você me custou?

— *Eu?* Você aumentou esses meninos para três dígitos!

Lorna riu e estendeu a mão.

— Bom, deixe-me dar os parabéns cara a cara. Se eu soubesse que eram ótimos, talvez tivesse dado um lance maior.

Sandra também riu.

— Ainda bem que não deu. Mal consegui pagar por estes. Então você conseguiu as botas Marc Jacobs, hein?

Lorna assentiu.

— Vou mostrar a você.

— Mas *do que é* que vocês estão *falando*? — perguntou Joss, parecendo desnorteada. — Por acaso a gente devia ter apelidos?

Isso provocou gargalhadas em Lorna e Sandra. Quando finalmente se acalmaram, elas contaram a Helene e Joss que andaram disputando no eBay.

Sandra tentou dar os bicolores a Lorna, mas Lorna não deixou, e elas então decidiram dividir a custódia deles e das botas Marc Jacobs.

Isso estabeleceu a tônica para uma das noites mais relaxantes que tiveram juntas. Foi divertida — Helene vinha até aqui procurando por uma válvula de escape; nunca imaginou que acabaria com verdadeiras amigas.

— Conte sobre esse cara para quem você emagreceu tanto — disse Joss a Sandra, cavando nos Doritos e olhando para Sandra com expectativa.

— Antes de tudo, tire essa coisa de perto de mim. — Sandra corou e afastou a tigela de Doritos.

— São assados — disse Lorna.

— É mesmo? — Sandra estendeu o braço para eles, mas parou e recolheu a mão. — Não posso começar. Três pedaços de um lanche saudável, tudo bem. Trinta já são outra história. Eu comeria trinta.

— Eu também — disse Helene, embora a verdade fosse que ela sempre teve um estômago sensível que ficava enjoado se ela comesse alguma comida em excesso. Algumas pessoas tinham inveja de sua capacidade aparentemente fácil de ficar magra, mas era difícil ficar enjoada na metade do tempo.

E os nervos agravavam tudo.

Nessa noite ela estava com os nervos em frangalhos.

— Anda, Sandra – disse Helene, obrigando-se a parecer e agir de modo normal. – Não vai nos distrair com esse papo do Doritos. Conte sobre o cara.

— Tudo bem. – Sandra corou lindamente, embora o contraste com o cabelo verde a deixasse um pouco menos atraente. – Na verdade eu o conheço desde o ensino médio. Nós dois éramos crianças gordas. Ninguém prestava atenção a nenhum de nós, pelo que sei. Mas agora ficam pasmos quando vêem o Mike.

— É esse o nome dele? Mike? – perguntou Joss.

Sandra assentiu.

— Mike Lemmington. – Ela corou de novo. A garota era óbvio estava caidinha se corava desse jeito só de *pensar* no homem, ou dizer seu nome. – Ele é inacreditavelmente bonito. Quer dizer, é sério, parece um modelo.

— Posso atestar isso – disse Lorna, sorrindo para Sandra, cujo orgulho estava tão evidente. Mas algo no sorriso parecia... um lamento? – Eu o vi no Jico. Muito bonito. E ele é legal também.

— Essa é a melhor parte. Ele é um doce e é sensível, e nós conversamos e rimos por horas seguidas. – Ela fez o sinal de "OK". – *Totalmente* antenado com o lado sensível dele.

— Tem certeza de que ele, sei lá, não está antenado *demais* com o lado feminino dele? – sugeriu Lorna com cuidado. Ficou claro para Helene que ela captara uma percepção que Sandra deixara passar.

— Como assim? – perguntou Sandra, demonstrando uma confusão sincera.

— Ah, não é nada. – Lorna se debatia. – É que uma vez namorei um cara que parecia perfeito. Sabe como é, sensível, bonito, o pacote completo. Mas por acaso ele era gay.

— Ah, meu Deus! — Sandra ficou chocada. — Deve ter sido *horrível* para você.

— E foi. Foi mesmo. E o caso é que deixei passar todos os sinais. Sinais bem óbvios.

— Não quero parecer rude demais, mas se ele era gay, por que estava namorando você? — perguntou Joss.

Lorna deu de ombros.

— Acho que queria uma barba.

A boca de Joss se abriu.

— Uma...?

— Uma cobertura — explicou Helene. — Uma mulher para namorar, para que as pessoas pensassem que ele namorava mulheres.

— Aaaaaah. — Joss assentiu. — Entendi. Caramba, isso deve ter sido triste.

— E foi — disse Lorna, incisiva. — Eu só queria ter descoberto isso mais cedo. — Ela encontrou os olhos de Helene.

Helene verificou se alguém estava olhando e murmurou as palavras "Mike é gay"?

Lorna fez uma careta e assentiu.

O coração de Helene afundou. Coitada da Sandra. Ali estava ela, apaixonada pelo homem, provavelmente pensando que enfim tinha encontrado o Sr. Perfeito, e estava prestes a se magoar muito.

— Nem imagino como deve ter se sentido, Lorna — disse Sandra. — Para falar a verdade, se eu não conhecesse o Mike há tanto tempo, teria a mesma preocupação.

— Ele namorou muitas meninas na escola? — perguntou Helene.

— Não, mas só porque era gordo. Ou, como ele mesmo diz, *com desafios quanto ao peso*. As meninas de nossa escola não prestavam atenção em caras que não fossem bonitos nem ricos, a maioria deles ali era assim, então ele ficou perdido naquela multidão.

— Pelo menos agora você o encontrou – disse Joss. — Ele não tem nenhum amigo disponível?

Sandra sacudiu a cabeça.

— Pelo que eu sei os amigos dele são na maioria mulheres. *Isso sim* me deixa doida.

— Ai, me deixaria maluca também — concordou Joss. — Prefiro um homem que seja solitário. Sabe como é, do tipo sombrio e meditativo.

— Isso é procurar encrenca — disse Helene, pensando no próprio marido sombrio e meditativo. Mas seu casamento era um canto escuro de sua psique que ela agora não queria examinar mais de perto. — Confie em mim, há muito o que contar sobre um contador afável que dirige um carro popular e se lembra do seu aniversário.

— Amém — concordou Lorna.

— Minha irmã é casada com um desses — disse Sandra. — Bom, ele é banqueiro. E o carro dele não é prático, porque é alemão. Mas ele é afável.

— É isso que conta. E também é bom, porque sua irmã está grávida, não é?

Sandra assentiu.

— Ah! E lembra que eu descobri que ela era adotiva?

— Sim.

— Bom, por acaso ela costumava fazer a linha "vocês não me amam tanto quanto a Sandra porque sou adotiva" com meus pais.

— Ela te *contou* isso? — perguntou Lorna.

Sandra pegou os Doritos e assentiu.

— Ela admitiu. — Ela mastigou um aperitivo e assentiu. — Foi totalmente sincera.

— Não ficou irritada com isso? — perguntou Lorna.

— De modo algum. Fez com que eu me sentisse *ótima*. Todos esses anos eu pensei que eles amavam mais a *ela* do que a mim, e agora sei que só estavam tentando *tranqüilizá-la*. — Ela riu. — E ela nem ficava deprimida; só fazia a linha com eles para não ficar de castigo ou para conseguir um aumento na mesada ou coisas assim. Todo mundo ganha.

— E você passou anos sem saber? — Joss sacudiu a cabeça. — Parece um filme vagabundo. Como situações assim acontecem com gente da vida real?

— Ah, ficaria surpresa em ver as circunstâncias estranhas por que passam as pessoas da vida real — disse Helene.

— Não é mesmo? — Lorna se levantou. — Quem quer mais vinho? Sandra, comprei água mineral gasosa, então podemos cortar o seu pela metade, como você gosta. Vou fazer isso eu mesma com o vinho que a Joss trouxe.

— Eu não me importaria de experimentar — disse Helene.

— Eu não. Precisei de muito tempo para chegar aos 21. Quero o meu puro.

— E vai ter, jovenzinha. — Lorna riu e foi à cozinha pegar o vinho.

— Então me conta— disse Sandra a Helene. — É minha imaginação ou *você* está ficando cada vez mais magra? Espero que não esteja de dieta.

— Não, não — disse Helene, tentando parecer leve, embora na verdade sentisse que podia ficar nauseada. Ela respirou fundo pela barriga, como o instrutor de ioga lhe ensinara. — É só... — Ela deu de ombros. — São só os nervos.

Todas pareceram se aproximar, inclusive Lorna, que carregava uma bandeja com copos de vinho.

— Só isso — disse ela, baixando a bandeja e passando um copo a Helene. — O que está acontecendo?

— Nada.

Lorna olhou as outras, depois disse:

— Você não parece bem, querida. Na semana passada parecia cansada, mas nesta semana parece cansada *e* agitada. Tem algo acontecendo?

— Pode confiar em nós se quiser conversar — disse Joss, colocando a mão no ombro de Helene.

O gesto foi tão doce, tão tranqüilizador, que Helene se viu com os olhos cheios de lágrimas.

— Ah, não, está tudo bem.

Sandra se aproximou e colocou o braço em volta dela também, e, antes que se desse conta, Helene estava no meio de um abraço enorme, aos prantos.

Do jeito que se sentia mal, parecia bom desabafar. Finalmente. Ela soltou tudo — toda a dor que sentiu por anos, a vida toda.

— Desculpe — disse ela, recuando por fim. — Eu estou um lixo mesmo.

Seis olhos preocupados a fitavam.

— Como podemos ajudar? — perguntou Lorna.

Helene hesitou. Era uma oportunidade de contar a alguém sobre o homem que a seguia e saber que elas não iriam rir nem considerar a história despropositada. Afinal, foi Lorna quem notou a presença dele primeiro.

Mas, se ela contasse, podia preocupá-las, e ela não queria isso.

— Você está recuando — disse Sandra, apertando-lhe. — Já vi isso antes. Estava a ponto de nos contar e agora está mudando de idéia.

Helene não conseguiu deixar de rir.

— Você devia ser vidente. As pessoas podiam ligar para um 0300 e você ganharia uma fortuna.

O rosto de Sandra ficou ruborizado e Helene de imediato lamentou por ter feito pouco da preocupação dela.

Mas antes que pudesse falar alguma coisa, Lorna disse:

— Por que está com medo de falar?

— Não estou com *medo* — começou Helene, depois olhou as mulheres. As amigas dela.

Elas eram *amigas* dela.

— Eu *estou* com medo — admitiu ela. — Lorna, lembra que algumas semanas atrás você me ligou porque achou que alguém estivesse me seguindo?

— Claro.

— Tinha razão.

— Eu tinha? — Seus olhos se arregalaram. — Eu *sabia*! Aquele filho-da-puta ficou lá fora todas as vezes que você veio aqui e eu dizia a mim mesma que era só coincidência, ou que tinha uma quadrilha se reunindo aqui nas noites de terça-feira. — Ela sacudiu a cabeça. — Quem é ele? Vamos lá fora dar uma dura no cara. — Ela sinceramente parecia estar pronta para entrar em ação.

— Peraí um minuto, do que vocês estão falando? — disse Sandra. Depois sua boca se abriu. — O homem sobre o qual me perguntou naquela primeira noite, quando voltei para pegar a bolsa?

Lorna confirmou com um aceno de cabeça.

Sandra soltou um assovio baixo.

— Bom, e quem *é* ele? — Joss queria saber. — Por que alguém seguiria você?

— Helene tem um marido muito poderoso — começou Sandra pacientemente. — Um dia ele pode concorrer à presidência.

Helene sentiu outra onda de náusea subir pelo corpo.

— Sei quem ele é – disse Joss sem parecer na defensiva. — Acha que alguém está seguindo Helene para tentar flagrá-la fazendo alguma atitude errada? – Ela voltou os olhos azul-claros para Helene. – É o que você acha?

— Não sei. Só o que sei é que ele sabe onde eu moro. Quando saio de casa, ele aparece a algumas quadras e, quando volto, ele vira numa esquina a duas quadras de onde eu costumo entrar. Ele sempre está atrás de mim, então não há como eu virar e ver onde *ele* está indo.

— Não sem uma condução bem extravagante – concordou Joss, franzindo a testa. — Conheço um cara em Felling que é *excelente* nesse tipo de coisa. Quando foram numa cidade perto da nossa para filmar Runaway Truck, ele trabalhou como dublê para eles.

Helene não pôde deixar de sorrir com a idéia das pessoas na cidadezinha de Joss ficando animadas com um filme chamado Runaway Truck. Era como a cidade de onde a própria Helene veio. Ah, é claro que havia bolsões de intelectuais, bolsões de artistas, bolsões de cada tipo de pessoa, mas aqueles bolsões às vezes eram muito pequenos. Se Runaway Truck estreasse na cidade dela, seria possível invadir qualquer casa da cidade sem ser flagrado.

— Não acho que você tenha dado uma de dublê – disse Sandra.

— Dificilmente. – Joss riu. – Mas sou danada para ficar de vigia.

— Isso pode ser útil. – Sandra ergueu o copo de vinho aos lábios, mas parou com uma exclamação súbita de Lorna.

— Peraí! Ninguém beba.

Sandra baixou o copo como se tivesse acabado de ver uma barata flutuando por cima.

Joss já havia bebido um gole antes de baixar o dela.

E Helene não conseguiria tomar mais de um golinho sem ficar enjoada só com a idéia.

— *Que foi?* — perguntou Sandra. — Você quase me matou de susto.

— Desculpe. Mas tive uma idéia. Tive uma *ótima* idéia. — Ela se levantou e correu até a cozinha, apagando a luz ao entrar.

— Você perdeu o juízo? — perguntou Sandra. — O que está fazendo aí?

Mas Helene começava a ter uma idéia do que Lorna pretendia fazer.

— Ele está lá fora?

Lorna saiu da cozinha, parecendo o gato que tinha encurralado o canário.

— Por acaso, ele está.

— O que quer fazer, sair e confrontar o cara? — perguntou Sandra.

— Não — disse Lorna.

— Ele ia escapar — acrescentou Helene rapidamente.

Lorna assentiu.

— Exatamente.

— Então, qual é a idéia? — perguntou Joss, ansiosa. — Chamar a polícia?

— Já fiz isso — disse Helene. — Só podem tomar alguma atitude quanto ele me mutilar ou me matar.

— Mas não podemos deixar isso acontecer! — gritou Joss.

— Não vamos — Lorna garantiu a ela. — Vamos só pegar esse cara no jogo dele.

— Aaahhh. — Sandra assentiu. — Acho que sei aonde quer chegar.

— *Aonde?* — A cara de Joss se retorcia de confusão. — Me sinto tão idiota por não entender!

— Tudo bem, o plano é o seguinte — disse Lorna, sentando-se diante delas e falando baixo, embora não houvesse qualquer possibilidade de o homem ouvi-las lá de fora. — Primeiro uma teleconferência entre todos os nossos celulares.

Helene estava começando a gostar disso.

— Tudo bem...

— E aí Helene sai primeiro. Ele a segue, não é?

— Claro — disse Helene com a boca seca.

— Perfeito. — Lorna olhou para Joss. — Está de carro?

Ela sacudiu a cabeça.

— Não, vim de ônibus.

— Bom, então pode ir com Helene e ficar de vigia, como você disse.

— Mas será que ele vai segui-la se tiver mais alguém no carro? — perguntou Sandra.

— Boa pergunta. — Lorna olhou para Helene. — O que você acha?

— Não faço a menor idéia. Ninguém andou no carro comigo. Mas talvez a gente não deva arriscar.

— Fico um pouco nervosa atrás de um volante — disse Sandra. — Talvez Joss possa dirigir meu carro. Quer dizer, se não for problema para você, Joss.

— Claro.

— Ótimo. — Os olhos de Lorna brilhavam de empolgação. — Então vocês duas saem depois, observando qualquer movimento que ele possa fazer que Helene não veja na frente dele, e eu vou atrás de carro para segui-lo se ele se desviar no caminho.

— Isso é loucura — disse Sandra. — Mas eu gostei.

— Eu também — disse Lorna. Depois ela olhou para Helene. — Acha que ele vai te seguir pela River Road, contornando Esworthy? Não é o caminho normal.

— Ele me seguiu pela 270 até Frederick, desceu a 355 para Germantown atrás de mim, conseguiu manter a perseguição a cada maldito sinal da Wisconsin Avenue. — Ela assentiu. — Tenho certeza absoluta de que vai me seguir por Potomac. Tranqüilo.

— É o que parece — concordou Lorna. Ela se levantou de novo, pegou uma folha de papel e uma caneta e começou a desenhar um mapa rudimentar. — Todas estão familiarizadas com essa área perto das eclusas?

— Antigamente eu andava a cavalo lá — disse Sandra.

— Eu tinha encontros amorosos com Jim por lá — disse Helene. — Isto é, quando costumava ter encontros amorosos com Jim.

— Bom, sabe a parte da Siddons Road que faz isso? — Ela desenhou um padrão em *D* duplo incomum da Siddons, e todas assentiram. — O que estou pensando é, Helene, você estaciona aqui. — Ela desenhou um *X*. — Sandra e Joss vão bloqueá-lo pelo leste e eu passo pelo oeste. Ele não teria como sair sem bater o carro ou entrar no rio Potomac.

— E se ele optar por bater o carro? — perguntou Joss.

— Hmmm. — Lorna afagou o queixo. — Boa pergunta.

Helene estava gostando da idéia até Joss assinalar o problema óbvio e sério. Ela não queria que ninguém se machucasse, em especial por causa dela.

— Então eu ou Joss fica com o celular livre para chamar a emergência se precisarmos.

Lorna estalou os dedos.

— Perfeito.

— Estou dentro — gorjeou Joss.

Helene já estava pronta para liberá-las da missão e aqui estavam elas, quicando como filhotinhos entusiasmados para sabe-se-lá-o-quê.

— Como a mais velha do grupo, acho que preciso lhes dizer para não fazerem isso – disse Helene, sentindo uma torrente de lágrimas ameaçando sair de novo. – Mas não posso lhes dizer o quanto significa para mim que vocês se preocupem comigo a esse ponto.

— Tá brincando? – Sandra estava entusiasmada. – É a coisa mais excitante que faço em *anos*. Vamos nessa!

Todas se levantaram e pegaram seus pertences, conversando nervosas sobre como iam resolver o problema de uma vez por todas. Helene esperou atrás e segurou Lorna a caminho da saída.

— Muito obrigada – disse-lhe, reprimindo as lágrimas. Ela não sabia por que andava tão sentimental ultimamente, mas se havia um bom motivo para ficar chorona, o motivo era aquele.

Lorna ficou surpresa.

— Pelo quê?

— Por tudo. Por ter essa idéia e arregimentar a tropa. – Lá vinha o aguaceiro de novo. – Por criar este grupo, para começar. De verdade. Obrigada.

Lorna lhe deu um abraço e o manteve por tempo suficiente para mostrar que era sincero.

— Disponha.

— Eu estou um horror.

— Não está, não. Mas tem um bom motivo para estar. Vamos – gesticulou ela, como um general liderando a tropa –, vamos pegar esse cretino. Ele vai lamentar ter se metido com você.

— Tenho certeza de que vai. A propósito – disse Helene, e Lorna parou e se virou para ela. – É só um palpite, mas você costumava assistir a muito *Scooby Doo* quando criança, não é?

Lorna sorriu e assentiu.

— Todo sábado de manhã.

Capítulo 18

Sandra ficou feliz por Joss estar dirigindo, porque só de ficar sentada no banco do carona ela achou que o coração ia bater para fora do peito.

Ela havia feito muito progresso nos últimos meses no que se referia a sair e conhecer gente, mas ainda não havia chegado ao nível de "dirigir em alta velocidade numa perseguição".

Mas, verdade seja dita, ela estava empolgada por tomar parte nisso. Nunca participou de nada em que ficasse emocionada ou se sentisse importante. Mesmo quando recebia os telefonemas – talvez *especialmente* quando recebia os telefonemas – ela sentia que estava perdendo seu tempo e o do cliente, e que devia estar fazendo um trabalho mais digno, se ao menos não precisasse do dinheiro.

— Essa é a maior diversão que tenho em muito tempo – disse Joss.

— Aposto que sim. Deve ser um saco ficar presa naquela casa enorme bancando a Cinderela o tempo todo.

Joss deu de ombros.

— Detesto reclamar... — Ela hesitou. — É, tem sido horrível. Mas eu sinto mesmo que posso *ajudar* os meninos. — Ela reconsiderou por um momento. — Bom, o mais novo, pelo menos. Sinceramente penso que estou conseguindo algum progresso com ele.

— Quantas mulheres usaram o mesmo discurso para justificar uma situação difícil? — perguntou Sandra. — É claro que em geral elas falam de um *homem*, mas o sentido é o mesmo. Não pode se sacrificar num altar pela criação ruim de filhos de Deena Oliver porque, não importa o quanto você se desdobre, ainda é só uma empregada.

— Mas...

— Não pode *consertar* o que há de errado naquela família.

— Eu sei. — Joss suspirou. — Às vezes me pergunto se causa mais mal do que bem aos meninos ver como a mãe deles me maltrata. Será que o efeito positivo do carinho que sinto por eles supera o efeito negativo de ver alguém que se importa com eles sendo tratada como um capacho?

Sandra tentou decifrar isso, mas não sabia a resposta.

— Olha, só pense no fato de que talvez não seja o emprego certo para você.

— Talvez não, mas existe o contrato.

— Sei que já falamos disso antes e é mesmo honrável que você queria se prender ao que diz o contrato, mas, olha, se sua *chefe* está disposta a quebrar o contrato, por que não você?

Joss ficou em silêncio por um momento e Sandra teve a sensação de que, pela primeira vez, ela de fato considerava o assunto.

— Pode ser que tenha razão — disse Joss por fim.

— E *tenho* mesmo. E leve em consideração que está sendo solicitada, talvez até intimidada, a fazer todas aquelas tarefas que não fazem parte de sua descrição de cargo. Que não estão no contrato.

— Não. Aquelas tarefas sem dúvida não estão no contrato.

— Tive uma idéia. Conheço um advogado que tenho certeza absoluta de que lhe daria uma consulta telefônica. — Seria uma das trocas mais estranhas de que ela ouvira falar, mas Sandra tinha *mesmo* um cliente regular, um dos tagarelas, que era advogado. Sandra estava certa de que não seria difícil marcar um telefonema anônimo para que Joss pegasse alguns conselhos. — Estaria interessada?

Joss olhou para ela.

— Você é uma das amigas mais legais que eu já tive — disse ela com um sorriso completamente inocente. — Nem acredito que vá fazer isso por mim.

Sandra ficou surpresa por isso tê-la emocionado tanto. Ela nunca teve amigas íntimas e até recentemente nem tinha percebido o quanto sentia falta disso.

Era incrível como sua vida mudara nos últimos meses. Mike. Vigilantes do Peso. Aquela conversa transformadora com Tiffany.

Sandra nunca foi tão feliz.

— É um prazer fazer isso — disse ela. Depois, constrangida com a própria emoção, ela olhou a rua à frente. — Vamos entrar à esquerda daqui a 400 metros.

O carro azul ainda estava na frente delas, mas alguém tinha enfiado seu Land Rover entre o perseguidor e Sandra; quando elas pegaram uma curva na estrada, Sandra percebeu que o BMW preto de Helene estava a quatro carros de distância na frente dele.

O telefone de Sandra tocou e ela o abriu. Era Lorna.

— Oi, sou eu. Helene, ainda está aí?

— Estou – disse a voz de Helene.

— Legal! Eu consegui! – A voz de Lorna refletia a empolgação que Sandra via em Joss. – Tá legal, então estamos todas aqui. O perseguidor também está?

— Estou vendo o cara – disse Sandra. – Está um pouco atrás de Helene.

— Isso é loucura – disse Helene. – Alguém tem algum objeto que possamos usar como arma, se precisarmos? Um guarda-chuva? Qualquer objeto?

— Eu tenho spray de pimenta – disse Sandra.

— Caramba, é mesmo? – disse Joss, ao lado dela.

Sandra apontou o gordo bastão de spray no chaveiro na ignição.

— Tenho uma corrente de cachorro no porta-luvas – disse Lorna. – Girando, dá uma arma ótima.

— Lorna, há algo que queira nos contar? – brincou Sandra. – Por que guarda uma corrente de cachorro no porta-luvas?

— Como é? – perguntou Joss.

Sandra riu e cochichou:

— É para proteção.

— Para esse tipo de ocasião – disse Lorna. – Nunca se sabe quando uma amiga vai convencê-la a caçar um perseguidor.

Todas riram.

— Tá legal, estou desligando – disse Helene. – É a última chance de vocês abandonarem o barco.

— Nem pensar – disse Lorna.

— Estamos com você – disse Sandra e, para sua completa surpresa, os últimos vestígios de medo se dissiparam. – Em tudo.

A rua diante delas estava escura e o céu noturno estava cheio de estrelas, como só um lugar remoto podia ser.

Elas precisavam agir rápido.

Como planejado, Helene parou e virou o carro para o acostamento, e Joss tirou um fino ao lado dela — tão perto que Sandra ficou surpresa por não baterem no pára-choque de Helene. Lorna parou, igualmente perto, bloqueando o perseguidor infeliz sem lhe dar espaço para manobrar e sem que pudesse escapar, a não ser que ele quisesse entrar no rio e atravessá-lo a nado.

Todas deixaram os faróis acesos, assim Sandra sabia que o cara parecia estar contemplando a água.

O que se seguiu aconteceu tão rápido que não houve tempo para pensar. Elas pularam para fora do carro e cercaram o homem.

Joss atirou as chaves para Sandra e disse:

— Não sei como esse troço funciona.

Sandra tirou a tampa do spray e o preparou.

— Eu *sabia* que era você. — A voz de Helene tremia de raiva. — Por que está me seguindo?

O homem saiu do carro, mantendo as mãos à vista. Ou já havia passado por isso antes ou tinha assistido a muitos programas policiais na tevê. Como todas elas.

— Puxa vida, vocês são boas mesmo. — Ele tinha mais ou menos 1,75 de altura. Tinha um rosto bonito e comum, como de ator de novela, com um cabelo louro que era quase da cor de sua pele.

Ele não *parecia* lá muito ameaçador.

— Quem *é* você? — perguntou Lorna.

— O nome dele é Gerald Parks — disse Helene. — É um fotógrafo que anda tentando me chantagear.

— Não sou fotógrafo. Só detetive particular.

— Desde quando? — perguntou Helene, parecendo chocada de verdade.

— O tempo todo. Eu disse que era fotógrafo como disfarce.

— Não acho que os detetives usem de chantagem com as pessoas – disse Sandra.

— A chantagem não foi pra valer. Foi a história que me pagaram para contar.

— Tudo bem. – Lorna avançou um passo e estendeu a mão. A corrente prateada e grossa brilhava nos faróis.

— Então, quem te contratou?

Sandra teve de reprimir uma risada ao ver como Lorna e sua corrente pareciam categoricamente ameaçadoras.

Ele franziu o cenho para a corrente.

— Você é maluca?

Joss abriu o telefone e o estendeu diante dela.

Lorna girou a corrente como uma espécie de matador.

— Que merda, vocês *são mesmo* loucas – disse Gerald Parks. — Ou isso, ou estão na TPM.

Lorna chicoteou a corrente perto dele.

— Nada é mais perigoso do que uma louca que acaba de ser acusada de estar na TPM por um homenzinho rude e deplorável. — A corrente chegou tão perto dele, a uma velocidade tão alta, que ele deve ter sentido uma brisa partindo dela.

— Pare com isso! – gritou ele.

— Quem o contratou para seguir Helene? – perguntou Lorna e bateu nele com a corrente.

— Não vou contar. Pode me bater com a porcaria da sua corrente o quanto quiser. É confidencial. – Os olhos do homem dispararam em volta e caíram em Joss. – O que é que você está fazendo? Se chamar a polícia, *vocês* é que vão se meter em encrenca. E das grandes.

— Não estou chamando a polícia — disse Joss, numa voz calma. — É pior do que isso. Estou gravando um vídeo de você se acovardando com umas mulheres indefesas. Vou te contar, Gerald, não é uma visão lisonjeira. Na verdade você está muito engraçado. Acho que se eu colocar na internet vai fazer um tremendo sucesso. — Depois ela sacou seu trunfo. — Lembra do Star Wars Kid? Ele estava em toda a rede. *Todo mundo* viu aquele vídeo constrangedor.

— Tá legal, tá legal — disse Gerald, levantando as mãos de novo. — Não vale tudo isso. — Ele se virou para Helene. — Vou te contar a verdade.

Sandra se lembrou da história de Luis, sobre o roubo de Helene na loja. Se ele realmente era detetive, será que tinha alguma relação com isso? Deveria Sandra de algum modo tentar impedi-lo de dizer isso em voz alta e todas as outras descobrirem? Ela ficou paralisada pelo desejo de ajudar e a completa incerteza sobre o que fazer.

— Vá em frente — disse Helene com tranqüilidade.

Sandra se encolheu, prevendo a resposta dele.

— Não sei por que ele me disse para chantagear você. Acho que era pra te assustar. Mantê-la complacente. Quem sabe? Não pergunto por quê. Só faço o que sou pago pra fazer.

— Quem o pagou para fazer isso? — perguntou Helene. Ela parecia a ponto de vomitar. — Quem o contratou?

— Seu marido.

— Meu marido — repetiu ela de um jeito entediado, as suspeitas finalmente expressas e admitidas.

— É, Demetrius Zaharis.

Sandra correu para Helene e passou o braço por ela para ajudá-la a se apoiar.

— Muito bem — disse Lorna. — Por que acreditaríamos que o marido dela o contatou para chantageá-la?

— Porque é a verdade — disse Gerald. — Olha, tenho o número privativo dele no meu telefone. — Ele colocou a mão no bolso da frente.

— Devagar — disse Sandra, começando a gostar do jeito *As panteras* daquilo tudo. — Coloque-o no chão e chute para ela. — Era uma boa precaução de segurança.

Joss riu, mas o riso se transformou numa tosse. Sandra tentou não fazer o mesmo enquanto Gerald obedecia e chutava o celular.

Helene o pegou e olhou.

— É verdade, está aqui.

— Ligue para ele, Parks — disse Lorna. — E Helene vai ouvi-lo falar com você.

— É, ligue para ele — disse Helene, toda rígida.

Sandra pegou o telefone das mãos de Helene e o atirou para Gerald.

— O que quer que eu diga a ele? — perguntou ele a Lorna.

— O que você costuma dizer a ele no final da noite?

— Faço um relatório de onde ela foi e o que fez.

— Então faça isso. Mas deixe esta parte de fora. — Ela olhou para Joss. — Ainda está gravando?

Joss assentiu.

— Já gravei a primeira parte e agora estou filmando de novo.

Lorna olhou para Gerald.

— A tecnologia não é ótima?

Ele revirou os olhos e discou o número, colocando o fone na orelha.

— Importa-se se nós todas ouvirmos? — Sandra cochichou para Helene.

Ela sacudiu a cabeça.

— Zaharis.

— Aqui é o Parks.

— O que tem para mim?

— Quase nada a relatar. Está em casa?

— Não, estou na... casa de um amigo. Desde quando é da sua conta?

Sandra sentiu Helene ficar rígida.

— Bom, ela está em casa agora. Primeiro foi à casa daquela garota, a Rafferty, e ficou com elas.

— Aconteceu alguma coisa incomum?

Mesmo nos faróis, Sandra podia ver Gerald corar.

— Nada. Foi o de sempre.

Havia uma voz de mulher ao fundo, mas era impossível saber o que dizia.

Gerald olhou para Helene.

— É só isso.

— Entendi. *Ciao*. — Jim Zaharis desligou o telefone.

Sandra estava enojada. Mas que sujeitinho era o Zaharis! Aqui estava ele, com uma ótima esposa como Helene, e estragava tudo com outra mulher. E tinha a audácia de colocar um detetive na cola de Helene enquanto fazia isso.

Porco.

E aquele *ciao* falsamente educado; isso o tornava um nojento completo.

— Não quero ir para casa — disse Helene em voz baixa.

— Vá para a minha casa — ofereceu Sandra de pronto. — E se todo mundo for? Assim podemos conversar com Helene sobre tudo isso.

Gerald, de quem ela se esquecera por um momento, disse:
— Claro.
— *Você* não — rebateu Lorna. — Ficou maluco?
Helene olhou para Gerald.
— O que você disse a ele sobre mim?
Ele olhou nos olhos dela.
— Só o que você faz, aonde vai, quem vê e quanto tempo leva fazendo isso. Foi o que ele me pediu para fazer.
— Você...? — Ela hesitou e deu um pigarro. — Contou mais alguma coisa a ele?
— Quer dizer o fato de que seu nome não é realmente Helene e você nunca esteve em Ohio e muito menos nasceu lá? — Ele sacudiu a cabeça, sem tirar os olhos dela. — Não contei essa parte a ele. Ainda não.

Capítulo 19

— Quer um chá? — ofereceu Sandra. Ela concentrou a atenção em Helene. — Acho que devia tomar uma boa xícara calmante.

— Obrigada. — Helene assentiu. — Eu adoraria. — Ela olhou para Joss e Lorna, sentadas em volta dela no sofá grande e macio de Sandra.

— Respire fundo algumas vezes — sugeriu Lorna. — Você teve uma noite dos infernos.

Sandra voltou com uma xícara de chá e a passou a Helene antes de se sentar no chão diante dela.

— Olha, pode ficar aqui o tempo que quiser, está bem?

Helene sorriu.

— Obrigada, mas vou voltar esta noite. Terei de arcar com as conseqüências mais cedo ou mais tarde.

— Não é Jim que tem que arcar com as conseqüências? – perguntou Joss. – Foi ele quem contratou um detetive para seguir você.

Helene deu de ombros.

— Eu teria motivos para isso se o detetive não tivesse descoberto nada suculento sobre mim. – Ela ergueu uma das sobrancelhas. – Agora não finjam que não estão se perguntando do que ele estava falando.

— Não precisa nos contar nada se não quiser – disse Lorna, embora estivesse doida de curiosidade para saber o que Gerald quis dizer quando falou que Helene não era... bom, Helene.

— Não precisa mesmo – concordou Sandra, e Joss assentiu.

— Vocês são umas mentirosas. – Helene soltou uma risada curta. – Mas, para falar a verdade, acho que me faria algum bem tirar isso do peito. Escondo isso há muito tempo. – Ela tomou um gole do chá e todas esperaram, praticamente prendendo a respiração, que ela continuasse a falar. – Gerald tem razão. O nome que recebi quando nasci foi Helen. Helen Sutton.

— É praticamente o mesmo nome! – afirmou Joss.

— A história não acaba aí. Fui criada em Charles Town, em West Virginia, perto da hípica. Não era... glamouroso. Por muitas vezes eu literalmente tive que ir à escola a pé, e descalça.

— Ooohhhh. – Joss parecia que ia chorar.

Lorna sentiu o mesmo.

Mas Helene ergueu a mão.

— Não, não. Nada de sentir pena. Só estou contando a verdade. E como todas devem saber, agora tenho uma vida privilegiada, então não tem sentido vocês lamentarem por mim. Enfim, basta dizer que foi uma vida bem feia. Para minha família, isto é, não necessariamente para todos na nossa cidade. Mas meu pai era alcoólatra e era violento com minha mãe e comigo. Quando minha mãe morreu, o médico disse que foi um derrame, mas eu sou capaz de jurar que foi de apanhar tanto e tantas vezes de meu pai. – Helene tomou outro gole de chá e Lorna percebeu que ela segurava a xícara com as mãos trêmulas.

– Ele nunca se deu mal por isso? – perguntou Sandra.

– Ah, porcaria, não – disse Helene, numa grosseria pouco característica. – Não era assim que funcionava por lá. E não posso provar a culpa dele, apesar de tudo. Mas foi sem dúvida culpa dele que ela tenha tido uma vida tão infeliz enquanto eles foram casados. – Ela deu de ombros. – Mas esse inferno foi opção dela. Todas nós escolhemos.

Lorna pensou em seus relacionamentos passados, parte dos quais manteve por tempo demais só por comodismo ou talvez medo demais de ficar sozinha.

– Claro que escolhemos.

Sandra assentia também, com um ar distante.

E Joss simplesmente olhava a todas.

– Então é *isso*? Foi só isso que o homem conseguiu sobre você? – perguntou Lorna. – Porque, tenho que dizer, eu esperava alguma história um pouco mais escandalosa.

Helene riu.

– Bom, eu não *matei* ninguém. Mas o caso é que inventei toda uma história que não era a minha. Inventei um passado fictício de ter sido criada no Meio-Oeste, dei a mim mesma pais fictícios que tinham a vida limpa e me davam apoio. Fui líder de torcida fictícia e segunda colocada no baile dos ex-alunos no último ano.

– Segunda colocada? – perguntou Sandra. – Por que não foi rainha logo?

Helene sorriu.

— Tinha de ser realista. Precisei incluir decepções fictícias em minha vida perfeita e fictícia.

— Acho que é bem divertido! – disse Joss. – A gente devia fazer isso, simplesmente inventar quem queremos ser. Talvez as pessoas fossem um pouco mais felizes se fizessem isso.

— Então, quando Jim apareceu, você estava trabalhando na Garfinkels, não é? – perguntou Lorna.

Helene assentiu.

— E ia à faculdade.

— Então terminou mesmo como uma história de Cinderela – disse Lorna. – Quer dizer, de certo modo. Você conseguiu seu palácio, embora não um príncipe.

— Ah, no começo ele parecia um príncipe – disse Helene, sorrindo de alguma lembrança terna. – Ele não era tão mau, nem é agora. É um bom homem, na maior parte do tempo. Só não é um ótimo marido.

Lorna queria gritar *Mas ele colocou um detetive seguindo você!*, mas não gritou, porque se Helene preferiu ficar com um nojento que faria isso, não cabia a Lorna corrigi-la.

A própria Lorna tinha ficado com muitos nojentos, e por muito menos dinheiro e prestígio do que Helene conseguiu na barganha.

— Ainda acho que você podia ter bolado algo mais dramático e chocante – brincou Lorna. – Eu não compraria um tablóide com uma manchete dessas.

— E o fato de que fui pega roubando na Ormond's em julho? – perguntou Helene, as sobrancelhas erguidas.

Joss arfou.

A boca de Lorna se abriu.

Sandra... Estranhamente, Sandra não pareceu surpresa.

— Tudo bem, esqueçam o chá. Isso pede margaritas. Todo mundo quer?

Todo mundo queria.

— Está falando *a sério?* — perguntou Joss a Helene quando Sandra se levantou e foi para a cozinha, onde fez uma barulheira com os preparativos necessários.

Helene balançou a cabeça, confirmando.

— Foi um incrível lapso de juízo. Um momento de raiva, porque Jim tinha cortado meus cartões de crédito e eu simplesmente decidi mandá-lo para o inferno, ele não ia deixar *a mim* descalça. E eu saí da loja com um par de Bruno Magli nos pés. Deixei um par de Jimmy Choo, mas ao que parece a Ormond's não está no ramo do escambo. — Ela tentou parecer despreocupada, embora seu rosto estivesse vermelho. — Quem ia saber?

— E você foi *flagrada?* — perguntou Lorna, sem acreditar.

Helene estremeceu.

— Ah, sim. Como eu disse, foi idiotice do começo ao fim. E aí está — ela abriu os braços —, vocês conhecem todos os meus piores segredos. E sabem por que terei um problemão se... *quando*... Jim descobrir. Ele sofrerá uma humilhação pública quando todos souberem que o currículo da mulher dele, impresso em incontáveis catálogos de organizações filantrópicas e biografias políticas, é uma completa bosta.

— Já pensou em ir embora? — perguntou Sandra com cuidado enquanto entrava na sala segurando três copos. Ela passou um a Helene. — Não estou dizendo que *deva* fazer isso. — Ela entregou as bebidas a Lorna e a Joss.

— Ah, claro que eu devia — disse Helene, acenando e pegando a margarita. Tomou um longo gole antes de continuar. — Meu

Deus, se eu estivesse ouvindo essa história, estaria me perguntando por que diabos essa burra não se mandou séculos antes, em vez de sofrer o estresse de viver uma mentira por tanto tempo. — Ela soltou uma risada seca. — E a resposta a isso é que eu sou fraca. Ou era. Ando pensando muito ultimamente. O divórcio não é assim tão ruim, politicamente, como era no passado. Se Jim e eu nos divorciarmos agora, ele ainda pode concorrer a um cargo mais alto nas próximas eleições.

Sandra voltou à sala com seu drinque, sentou-se e tomou um gole.

— Claro. Você vai ser a Jane Wyman dele — disse Lorna. — Ninguém mais pensa nela como a primeira mulher de Ronald Reagan. Ela é só a Angela de *Falcon Crest*.

— É verdade — disse Sandra, baixando o copo. Um terço da bebida já fora embora. — Eu estava tentando me lembrar do programa que ela fazia.

— Eu conheço meu *Falcon Crest* — disse Lorna, pensando que talvez devesse se oferecer para ir à cozinha e preparar uma boa quantidade da bebida, uma vez que parecia que iam precisar dela.

Sandra deve ter pensado o mesmo, porque disse:

— Vamos precisar de mais margaritas.

Ela começou a se levantar, mas Lorna a impediu.

— Relaxe, eu preparo. Está tudo ali?

Sandra pareceu grata.

— Sim, está tudo na bancada.

— Volto logo. — Sandra tinha mesmo uma excelente garrafa de tequila, suco de lima Rose's, licor Triple Sec e Grand Marnier. A garota sabia dar uma festa.

Ela misturou os ingredientes, junto com um pouco de gelo da máquina na porta da geladeira de aço inox de Sandra e entrou na sala justo quando Sandra começava a contar sua história.

— Já que estamos nos abrindo, eu também tenho uma identidade secreta — disse ela e tomou um bom gole do drinque. — Na verdade, várias.

— Tá legal, cartas na mesa — disse Lorna, enchendo a taça de Sandra para que ela continuasse falando. — E quem são?

— Eu sou — Sandra pigarreou e se sentou ereta, marcando os nomes nas pontas dos dedos enquanto falava — Dra. Penelope, terapeuta sexual; Britney, estudante malcriada; Olga, dominadora sueca...

Isso era esquisito.

— ...tia Henrietta, tia velha e má que sempre dá surras; e a sempre popular Lulu, criada francesa. — Ela sorriu. — Entre outras. Sou operadora de um serviço de disque-sexo.

Isso era um tanto — *um tanto* — mais chocante do que a história de Helene. Sandra? Uma operadora de disque-sexo? Ela parecia tão tímida! Tão conservadora! Tão... tão... *a*ssexuada.

Lorna engoliu metade da bebida.

— O que isso significa? — perguntou Joss. — Tipo aqueles anúncios da última página do *City Paper*, para o qual as pessoas ligam e pagam uma montanha de dinheiro por minuto?

— Exatamente. Ganho 1,45 dólar por minuto.

— *Uau!* — De imediato Lorna se perguntou se podia ela mesma dizer obscenidades a estranhos pelo telefone.

O dinheiro certamente era bom.

— Então era isso que significava aquela história de *comunicações* de que falou quando perguntamos o que você fazia para viver? — Helene sacudiu um dedo para Sandra. — Mas que vergonha. Por não nos contar antes, quero dizer. Eu *adoro* isso. É tão indecente!

— Pode ser assim. — Sandra pareceu não se deixar afetar em nada. — Alguns clientes querem situações obscenas, mas vocês se surpreenderiam ao ver quantos só querem conversar. Mesmo a 2,99 por minuto. – Ao ver o olhar confuso de Joss, ela disse: – A empresa para a qual trabalho fica com pouco mais da metade e eu ganho o restante.

– Sim, entendi – disse Joss. O mundo estava ficando agradavelmente oscilante para Lorna, mas Joss ainda parecia cem por cento sóbria. – Só estava tentando calcular a receita da empresa, tendo uma equipe de mulheres fazendo isso para eles 24 horas por dia, sete dias na semana. Ora essa, *isto sim* é um negócio e tanto.

Lorna não acreditava que a doce e pequena Joss não tenha ficado chocada com o trabalho, mas pensasse que era um bom negócio.

– Sua executivazinha – disse Lorna, sorrindo. – Mais um pouco e será dona de um bordel.

– Isso dá dinheiro – disse Joss, séria. – Ah, meu Deus, a velha Sra. Cathell, em Felling, ganhava uma fortuna fazendo isso. E ela doava à comunidade, colocava dinheiro no cesto da igreja e ninguém jamais disse uma palavra sobre ser inadequado. – Depois, em resposta ao silêncio atordoado de todas, ela acrescentou: – Mas só estou interessada no plano de negócios, não no negócio em si. – Ela ficou sem graça e completou: – Eu fiz administração e web design na faculdade comunitária.

Sandra concordou.

– Meus cheques vêm de um banco das ilhas Cayman. Eu não me importaria de ficar sentada numa praia por lá, deixando o dinheiro entrar desse jeito.

– Então o que a fez entrar nessa linha de trabalho? – perguntou Lorna, fascinada.

– Agorafobia. – Sandra soltou uma gargalhada curta. – É verdade, mas só a metade da verdade. Sempre fui meio... envergonhada. Não gosto de sair muito em público.

— Por quê? – perguntou Joss.

Sandra olhou para ela como se tentasse deduzir se Joss estava brincando ou não.

— Eu fui a Baleia a minha vida toda. Na escola, as outras crianças curtiam com a minha cara. E no mundo real, os adultos... gente que você gostaria de pensar que não devia fazer isso... tiveram a mesma atitude. As pessoas podem ser muito cruéis.

Helene pôs a mão na de Sandra e entrelaçou os dedos nos dela.

— Você não merecia isso.

Sandra sorriu.

— Estou começando a perceber. Desde que conheci vocês todas, na verdade. Eu saí mais nas últimas semanas do que nos últimos cinco anos. Conheci Mike – ela corou – e tudo ficou muito melhor. – Seus olhos brilharam. – Ah, meu Deus, agora eu é que vou chorar.

— Não faça isso... Vai provocar uma choradeira em todas nós – disse Lorna. Parecia que seu coração ia se romper.

Sandra fungou.

— Tudo bem. Não devia ser um dramalhão. É uma coisa *boa*. Os sapatos sempre foram meus amigos. Minha mãe tinha de encomendar uniformes especiais para mim na escola e eu não conseguia comprar roupas da moda no shopping como as outras meninas, mas os sapatos *sempre* cabiam. De loja, de catálogo, não importava. Por mais gorda que eu fosse, e não importava o tamanho do jeans que eu usava ou a seção da loja de departamentos a que eu ia para encontrá-los, nos sapatos eu era tamanho 38 e fim de papo. – Ela estalou os dedos. – Se eu comprasse sapatos por catálogo e pedisse um par 38, ninguém diria nada de mim. Para eles, eu podia ser a Jennifer Aniston. O que, pensando bem, é parecido com ser operadora de disque-sexo.

– Então não deve ser coincidência – comentou Helene. – Você gosta do seu trabalho?
 – Às vezes gosto. – Sandra riu. – *Nunca* na vida confessei isso a ninguém. Nem a mim mesma.
 – Mas isso é *bom* – insistiu Joss. – É importante gostar de seu trabalho. Adoraria poder gostar do meu.
 – Quero que goste também, querida – disse Lorna. – Mal posso esperar para você conversar com o advogado amigo de Sandra. – De repente lhe ocorreu um pensamento. – Espera um minuto, esse advogado... ele não é um dos seus... – Ela ergueu a sobrancelha, em dúvida.
 – Quem é a próxima? – perguntou Sandra, piscando para Lorna. – Lorna, há algum esqueleto no *seu* armário?
 Tá legal, mudança de assunto.
 – Além dos sapatos, quer dizer? – Lorna assentiu. – Na verdade tem. Por muito pouco não enfiei um par de Fendi debaixo da blusa e saí de fininho da Ormond's no mês passado. Eles eram tão lindos... – Ela se lembrou do couro preto, dos fechos pequenos e perfeitos. – ... Eu os teria comprado, mas estou falida. – Um momento de silêncio. – Completamente quebrada. Tenho mais de 30 mil dólares em dívidas no cartão de crédito, então procurei um conselheiro para cortar todos os meus cartões e me preparar um orçamento.
 – E agora, você está bem? – Helene olhou para ela bem perto. – Porque, se precisar de dinheiro, ficarei feliz em ajudar. De verdade.
 Lorna sentiu-se quente por dentro.
 – Isso significa muito para mim, Helene, mas na verdade... e tenho de bater na madeira ao dizer isso... acho que estou

começando a colocar tudo sob controle. Refiz o orçamento outra noite e coloquei alguns pares de meus meninos à venda on-line...

— Os Gusto — disse Sandra em voz baixa.

— É. — Lorna se lembrou de como ficou emocionada quando *Botacaramelo (1)* fez um lance pelos sapatos e de como ficou maravilhada ao ver que outra pessoa, *Soh_no_sapatinho (0)*, tinha entrado e dado um lance mais alto, levando os Gusto por incríveis 210,24 dólares. — Desculpe por tê-los perdido. Mas, sinceramente, eu só paguei 75 por eles numa loja outlet em Delaware. Nem impostos teve.

— Vejo mudanças no futuro — disse Sandra, depois, pensando melhor, acrescentou: — No futuro distante, quero dizer. Depois que estiver à vontade de novo para comprar em lojas.

Lorna assentiu.

— Preciso encontrar um novo emprego. Isso deve mudar tudo. Ou pelo menos me permitir comprar um par *ocasional* de sapatos novos.

— Mas enquanto isso você criou este grupo — disse Helene, assentindo. Havia admiração em seus olhos, em vez da crítica que Lorna podia esperar de alguém (alguém como Lucille) depois de ouvir a quantia inacreditável que ela devia. — Foi uma boa idéia.

— É, seria, se não significasse também ter que disputar sapatos com Sandra no eBay ou não comer para poupar e comprar mais sapatos. — Lorna riu e sacudiu a cabeça. — Eu sou uma verdadeira viciada.

— Eu também — disse Helene, resignada.

— Somos três — acrescentou Sandra.

— Hmmm... Eu não. — Esta foi Joss. Ela as fitava com os olhos arregalados e o rosto rosado. — Se ainda houver tempo para admitir segredos, eu tenho o meu.

O coração de Lorna saltou uma batida. Certamente ela não ia dizer que não gostava de sapatos!

— Bom, primeiro... — Ela tirou os Miu Miu que tinha trocado com Sandra na semana anterior e tirou um chumaço de papel higiênico da ponta. — ...Eu calço 36.

— Mas... — Lorna não sabia bem o que dizer. — Isso não pode ser confortável!

— Na verdade, não é tão ruim como alguns dos sapatos da SuperMart que eu uso. Posso entender que gostem destes. Nunca havia tido a oportunidade de calçar bons sapatos. Eu me juntei ao grupo porque precisava sair da casa dos Oliver nas terças à noite, e uma reunião de sapatos me pareceu melhor do que um grupo de disfunção sexual. — Ela lançou um olhar tímido para Sandra. — Sem querer ofender.

Sandra riu alto.

— Tomou a decisão certa.

— Tomei — falou Joss com sinceridade. — Tomei mesmo. Mas vocês três são tão maravilhosas que simplesmente não sei o que faria se não tivesse conhecido vocês!

— Bom, não vamos deixar você sair agora, seja tamanho 36 ou não — disse Lorna. — Mas onde você conseguiu aqueles sapatos incríveis que trouxe?

— Em bazares de caridade, lojas de segunda mão, LBV. — Ela olhou para Helene. — Quando você disse que teve um par igual àqueles sapatos verdes, eu fiquei completamente apavorada de você tê-los doado à LBV, e eu comprado e trazido de volta.

Helene riu.

— Ah, não!

Joss assentiu.

— Fiquei mesmo!

— Bom, nós não fazíamos idéia de que não eram seus próprios tesouros — disse Helene, ainda parecendo surpresa com a confissão de Joss. — O que você faz com os sapatos que recebe na troca?

— Coloco todos no meu armário na casa dos Oliver. Fico meio biruta com todas aquelas belezuras que colecionei. Ma agora que esclareci tudo vou devolvê-los a vocês, é óbvio.

— Eu diria que você não tem de fazer isso e que não vai, mas o que mais você pode fazer com eles? — disse Lorna. — Mas não me importaria de ter esses Miu Miu da Sandra. — Ela assentiu para o par que Joss acabara de tirar, depois olhou para Sandra.

— Fique com eles — disse ela. — São seus.

— Talvez você possa me emprestar um par de meias de usar em casa, Sandra. — Joss passou os sapatos para Lorna e todas riram.

— Tenho mais um segredo para contar — disse Helene quando o grupo se aquietou.

— Aaaah! Vamos ter outra rodada? — perguntou Lorna.

— Espero que não — disse Sandra. — Vocês *não* vão querer saber o que eu fiz com a bola de golfe do campeonato do vice-diretor Breen na sétima série. O que é, Helene? Nos dê um furo de reportagem.

Helene olhou de uma para outra, com uma estranha expressão de felicidade mesclada com o que parecia medo.

— Eu acho... — começou ela, depois respirou fundo e tentou novamente. — Acho que estou grávida.

Capítulo 20

Em Felling, uma mulher não passava despercebida se fosse à drogaria comprar um teste de gravidez. Inevitavelmente o caixa a reconheceria e logo se espalharia por toda a cidade quem ela era e onde tinha ido. Provavelmente não chamaria tanta atenção aqui, pensou Joss, a não ser que *quatro* mulheres fossem à drogaria comprar um teste de gravidez.

Mas foi que elas fizeram, ladeando Helene como seu Serviço Secreto pessoal. Qualquer um que visse não saberia para quem de fato era o teste, e era isso que elas queriam.

Elas voltaram ao apartamento de Sandra com dois pacotes de teste de gravidez duplo e 15 minutos depois quatro bastões positivos apareciam na bancada da pia de Sandra.

— Então é definitivamente positivo? — Joss verificou.

— Olhe a imagem. — Lorna lhe passou uma das folhas de instruções. — Uma linha, negativo, duas linhas, positivo.

— Há oito linhas aqui — disse Helene com melancolia, encarando os testes. — É verdade.
— Como isso aconteceu? — perguntou Sandra. — Pensei que estivesse tomando a pílula.
— Jim as jogou fora quando encontrou. — Helene continuou a encarar os testes de gravidez. — Eu comprei outra caixa, não devo ter perdido mais de três dias, e dobrei a dose mas... Acho que não foi suficiente. É óbvio que não adiantou.
— Li que mesmo que você perca um dia, fica mais vulnerável e deve redobrar a proteção — disse Sandra.
— Meu Deus. — Helene cobriu o rosto com as mãos. — Eu nem *queria* fazer amor com ele. *Em especial* depois do que ele fez. — Ela respirou trêmula. — Foi simplesmente mais fácil aquiescer e deixar que ele acabasse com aquilo do que discutir. — Ela sacudiu a cabeça. — Estou falando como uma verdadeira idiota, não estou?

Lorna se aproximou e deu um abraço em Helene.

— Olha, às vezes *todas* nós cometemos atos que não queremos só porque é o caminho que ofereceu menos resistência. A vida já é bem difícil... Ninguém quer que ainda por cima tenha brigas. Não pode se culpar por isso.

— É claro que posso — disse Helene com uma risadinha. — Tenho de fazer isso. É minha culpa.

— Esqueça — disse Lorna. — Nem importa mais. A questão agora é o de você quer fazer?

Helene engoliu em seco.

— Não sei.

— Estou prestes a sair do emprego — disse Joss. — Posso ajudar você. É sério. Tenho muita experiência com bebês.

Helene olhou para ela, agradecida.

— Gostei disso. — Depois olhou as outras mulheres. — Mas não é melhor sairmos do banheiro?

Isso quebrou o gelo e elas voltaram ao sofá confortável de Sandra e se acomodaram, próximas a Helene.

— Isso complica seus planos sobre o casamento, não é? — disse Lorna.

— Esta foi minha primeira reação — disse Helene. — E a verdade é que eu não tenho certeza do que fazer. O casamento está falido de qualquer modo, mas não seria melhor ficar na mesma casa, pelo bem da criança?

— Acho que é melhor fazer o que vai deixá-la mais tranqüila e feliz — disse Sandra. — Se uma criança cresce em um ambiente tenso, o impacto sobre ela é muito maior do que crescer num ambiente feliz... ou em dois lares felizes... em que ele visita o pai em fins de semana alternados e tem dois jogos de tudo. — Ela suspirou. — Meus pais tiveram um casamento muito tenso. Quartos separados, o que eles nunca explicaram, silêncio absoluto, papai passava várias noites fora *a trabalho*. Agora isso me dá o que desconfiar.

— Meu Deus, somado à sensação de que Tiffany era a queridinha deles, deve ter sido bem duro para você — comentou Joss.

Sandra deu de ombros.

— Muita gente teve uma vida pior. Se eu fosse mais forte, não seria tão neurótica agora.

— Mas você não é! — Joss odiava ver Sandra com esse tipo de discurso, em especial agora, quando ela parecia estar adquirindo tanta confiança, talvez pela primeira vez na vida.

— Não, você só está lutando contra as coisas que a vida lhe deu — concordou Lorna. — Todas nós temos um pouco disso.

Helene olhou para Lorna por um momento, de testa franzida. Depois olhou de Sandra para Joss.

— Tive uma idéia — disse ela, e estava claro que uma força positiva, esperança, otimismo, o que fosse, estava surgindo nela.

— Pode ser uma idéia muito boa.

— Sobre lutar na vida? — perguntou Sandra.

— Na verdade, sim, de certo modo. Lorna, você precisa de um novo emprego, não é?

— Amém.

— Joss, você está prestes a precisar de um novo emprego.

Isso parecia bem promissor.

— Sem dúvida.

— Sandra? Sei que não tem problemas com seu trabalho, mas estaria interessada num pequeno empreendimento empresarial nas horas vagas?

Sandra olhou curiosa.

— Com vocês? Pode apostar que sim. O que tem em mente?

— Fui a uma festa algumas semanas atrás na casa dos Mornini...

— Aaah, indo a festas com a máfia? — perguntou Lorna.

— Estas histórias *não* são verdade — disse Helene. -- Talvez. De qualquer forma, Chiara me levou ao segundo andar e me mostrou os sapatos mais extraordinários que *já vi* na vida, sem exceção. — Ela descreveu os sapatos de modo detalhado e Sandra e Lorna guincharam com a descrição. Joss só estava perdida. Sapatos eram sapatos. Ela adorava aquelas mulheres, mas nunca entenderia completamente por que ficavam tão loucas com sapatos.

— Onde podemos comprar? — perguntou Lorna, ansiosa.

— Aí é que está o problema — disse Helene. — O cara precisa de financiamento. E um distribuidor na América. Chiara queria que o marido se envolvesse nisso, porque tinha certeza de que seria um negócio muito lucrativo, mas ele não quer se associar com esse tipo de ramo. Desconfio de que não seja muito másculo.

— E acha que podemos fazer isso? — perguntou Lorna. — De verdade? Parece que custaria um dinheirão.

— Então pegamos um empréstimo — disse Joss, lembrando-se de sua aula de Incorporação Básica. — Nós nos tornamos pessoas jurídicas, pegamos um empréstimo, montamos a empresa como entidade separada e estamos seguras. É claro que falar é mais fácil do que fazer, mas é assim que faríamos.

E de repente Joss foi tomada de uma empolgação estranha. Ela veio para Washington na esperança de sentir um gostinho da grande cidade. Ser babá era só o primeiro passo em seus planos. Não era fim; era só o começo. Ela ia se orientar na cidade e encontrar novas oportunidades para ter uma vida maior do que teria se ficasse em Felling e se casasse com um dos rapazes com quem foi à escola.

Essa era exatamente uma daquelas oportunidades.

Mas ela teve de combater a sensação de fracasso por não ser capaz de insistir e pelo menos tentar consertar alguns erros tão claros na vida de Bart e Colin. Eles não recebiam orientação adulta dos pais, nenhum calor humano, nenhum afeto. E sem alguém estável ali para interferir e protegê-los do espetáculo de fenômenos anormais que eram os pais, eles iam cair nas mãos de más influências.

De vez em quando Bart mostrava tanta doçura, tanta vulnerabilidade... Joss estremeceu ao pensar nele perdendo isso e se tornando rigoroso e exigente como a mãe. Ou emocionalmente desligado da família como o pai.

Ou — uma possibilidade terrível — como os dois.

Mas Joss fizera tudo o que podia. Não havia dúvida de que a situação ia piorar se continuasse lá. Não havia dúvida. Então esse novo negócio era — como é que se dizia mesmo? — *um golpe de sorte*. Não podia chegar em melhor hora, nem com pessoas melhores.

Agora Helene estava falando, mais animada do que nunca, sobre a oportunidade de negócios que propunha.

— Tenho muitos contatos em lojas da cidade. Procuro por eles constantemente em busca de donativos e assim por diante. Tenho quase certeza de que cinco grandes lojas daqui iam querer vender os sapatos de Phillipe. E com certeza estou disposta a fazer uma boa abordagem de vendas neles.

— E reuniões em casa? — sugeriu Sandra.

— Como assim, tipo Tupperware? — perguntou Lorna.

— Bom... É. Ou qualquer outra assim. Mas vender diretamente à clientela certa. Isso pode ser ainda mais rápido do que pelas lojas.

— Melhor ainda se for em *associação* com as lojas — disse Joss. Estava começando a gostar da idéia.

Helene bocejou.

Sandra entendeu a dica de imediato.

— Muito bem, meninas, foi uma noite longa e agitada. Deus sabe disso. Vamos nos reunir de novo amanhã, está bem?

— Sim — disse Lorna.

— Sem dúvida — concordou Joss. — Desde que seja depois das 20h. — Ela olhou as outras. — Podem se encontrar assim tão tarde?

— Eu posso — disse Helene.

— Se puder ser mais perto das 22h, eu também posso — disse Lorna, e pareceu aliviada quando todas concordaram.

— Combinado – disse Sandra. – Nesse meio-tempo, alguém pode descobrir o que devemos fazer para conseguir um empréstimo bancário e levantar o capital inicial?

— Posso conseguir isso de manhã – começou Helene.

— Não – interrompeu Lorna. – Você precisa descansar. Só vou trabalhar amanhã ao meio-dia. Vou ao banco primeiro. Tenho um contato lá, de qualquer forma. Mais ou menos isso.

E assim, o futuro de Joss começava a mudar.

E o futuro das outras também.

Helene não conseguia dormir.

Era demais para ela. Não só pela traição do marido, que era freqüente e digna de semanas de reflexão se não fosse por circunstâncias mais importantes, mas também pelas circunstâncias mais importantes.

Ela estava grávida.

Não era o que ela queria. Quando fez o primeiro teste e viu as linhas duplas, indicando um resultado positivo, ela foi um joguete da culpa. Mas enquanto continuava a mergulhar os bastões e leu os três testes de gravidez subseqüentes no banheiro de Sandra, chegou à conclusão de que não importava o que ela queria. Ela estava grávida e, a não ser que decidisse interromper a gestação, ia continuar grávida até que desse à luz.

Até agora, Helene não tinha decidido o que fazer.

E por conseqüência ela passou a mais longa noite de sua vida lutando contra o turbilhão de tentar responder a uma pergunta que ela, até pouco tempo, tinha certeza de que jamais responderia.

No redemoinho obscuro de pensamentos que a impediam de dormir, ela continuava voltando à infância. A vida que deixara para trás. A vida, na verdade, a que tinha renunciado.

Não foi assim tão ruim. As árvores, os regatos, poder sentir o cheiro de verde em cada primavera quando a grama começava a crescer de novo. As noites dramáticas de inverno tão cheias de estrelas que não se tinha certeza de qual era a estrela do Oriente que levara os três reis magos ao menino Jesus.

Aqueles foram pensamentos que a arrancaram da cama às 5h da manhã, como cordas de uma marionete, e a levaram ao carro a fim de seguir para o norte. Ela não procurou ver se Jim estava em casa antes de partir. Não se importou. Só entrou no pequeno Batmóvel que insistia em dirigir e deu no trânsito congestionado da River Road, passou pela Beltway, a 270 Norte, a 70 Oeste e por fim chegou à estrada que nunca pensou que tomaria de novo, a 340 Oeste, em West Virginia.

As estradas principais tinham mudado. Havia postos de gasolina, lanchonetes e lojas de suvenir onde antes havia árvores verdejantes, sombras escuras e estradas de terra. Placas em toda parte apontavam para Harper's Ferry e vários hotéis, pousadas e lanchonetes dos quais era possível apreciar o que antigamente era uma vista majestosa das colinas, das árvores e do rio embaixo.

Helene sentiu um surto inesperado de pânico, como se fosse sua responsabilidade pessoal manter aquela paisagem intacta e como se tivesse decepcionado a Mãe Natureza ao deixá-la.

Ou talvez tenha chegado tão perto das lágrimas só pela sensação pessoal de perda, ou por ter passado tanto tempo fora que nem sabia que a região se desenvolvera.

De qualquer modo, ela dirigiu pela manhã nevoenta para a casa em que fora criada. A mãe há muito se fora, e ela soube por intermédio de um vizinho, quando estava trabalhando na Garfinkels, que o pai tinha morrido num acidente de carro contra uma árvore. Isso não surpreendeu Helene. E também não a deixou triste.

A lembrança mais melancólica para ela era David Price. O bonitinho e engraçado David, que atirava bolas de neve nela quando eles tinham 10 anos, passava seus bilhetes na escola quando tinham 12, beijou-a mal quando tinham 14 e a coagiu a perder a virgindade quando eles tinham 16 anos.

Na verdade ele fez isso muito bem.

Da última vez em que o viu, ele tinha 19 anos e ela estava partindo para pastos menos verdes na cidade. Apesar de todas as ocasiões de muito tempo antes de que não se lembrava, e de todas as lembranças que tinha e ficavam baças com o tempo, Helene podia ver a mágoa em seus doces olhos castanhos quando ela lhe disse que tudo tinha terminado.

Agora, ao seguir pela paisagem semifamiliar perguntando-se se ele ainda morava por aqui, ela teve de perguntar a si mesma se estava certa ao partir e perder todo o contato com a única parte boa de seu passado.

Sua antiga casa ainda estava lá, os vestígios do madeirame ainda aparentes na frente. Mas vários anexos tinham sido construídos e havia uma minivan estacionada na entrada de cascalho. Parecia insanamente deslocada, como uma nave espacial sobreposta a uma imagem da Guerra Civil.

Que bom. O lugar só lhe fizera mal na infância. Ela ficou feliz por agora estar diferente.

Ela voltou para o carro, maravilhando-se por ter sentido pouca emoção ao ver a casa em que passou as primeiras duas décadas de sua vida.

Mas havia outro lugar que lhe traria essa emoção. E ela precisava vê-lo, embora soubesse muito bem que era como tocar um hematoma para ver se ainda doía.

A casa de David.

Ela dirigiu pelo pequeno centro da cidade, que agora tinha uma cafeteria e uma locadora de vídeo na quadra que antes abrigava um armazém de teto baixo com janelas quebradas. À esquerda na Church Street, à direita na Pine e em frente pela longa rua sinuosa até a única casa no final.

Só que não era mais uma casa solitária. Todo um bairro tinha brotado ali, com arvorezinhas minúsculas e grandes placas anunciando LARES PARA FAMÍLIAS POR MENOS DE US$ 300!

Helene seguiu aturdida, de boca escancarada, direto ao final, onde ficou pasma ao ver a casa de David ainda de pé.

É claro que sempre foi uma linda casa, famosa por ter pertencido ao irmão de George Washington. Os pais de David eram muito melhores do que os de Helene, e mesmo na época falava-se em designar o lugar como marco histórico para fins fiscais.

Helene parou o carro do outro lado da rua e olhou a casa por alguns minutos. Estava exatamente igual. Mas teria de ser, uma vez que vinte anos antes os antigos carvalhos já tinham cem anos, então eles não ficaram consideravelmente maiores.

Ela saiu do carro e andou devagar para a casa, tentando ver através das janelas, mas o sol se refletia no vidro em raios intensos que a impediam de enxergar e lhe trouxeram lágrimas aos olhos.

Enquanto andava com dificuldade até a varanda da frente, Helene perguntou-se o que diria quando chegasse à porta. Perguntaria por David ou se eles sabiam o que havia acontecido com David? Estaria ela preparada para responder a alguma pergunta?

Não, decidiu ela, enquanto uma onda de náusea a dominava. Não, ela não estava pronta para isso. Tinha sido uma má idéia e a execução foi ainda pior. Ela não tinha nada a ver com West Virginia e, depois de vinte e poucos anos de ausência, ela *sabia*, e como, que não queria mais nada dali.

Helene voltava ao carro quando ouviu a porta da frente se abrir e aquela velha porta de tela familiar ranger.

— Posso ajudá-la?

Ela se virou e viu uma mulher curvilínea com cabelo louro e um bebê ruivo acomodado no colo. A mulher parecia estar no início dos 30 anos, e sua expressão, embora cansada, era simpática.

Helene respirou fundo rapidamente, sem saber o que ia dizer até que saiu.

— Não. Obrigada. Na verdade... eu... eu conheci uma pessoa que morou aqui.

A mulher semicerrou os olhos.

— Quer dizer, há vinte anos — esclareceu Helene, para não envolver o marido da mulher em nenhum problema. Ela acenou para os anos passados. — Um antigo namorado — ela balbuciava —, uma história antiga. Desculpe por tê-la incomodado.

— Espere um minuto. Você não é a... Helen? — A mulher avançou um passo e a porta de tela bateu com exatamente o mesmo tinido que pontuava tantas lembranças de Helene.

Helene ficou paralisada, ouvindo a mulher andar pela varanda de madeira na direção dela.

— Eu *sabia* que conhecia você de algum lugar — disse a mulher. — Não vá... Está no lugar certo.

Helene se virou para ela.

— Não tenho certeza se estou — disse Helene com um sorriso, mais para si mesma do que para a mulher.

— David vai voltar a qualquer minuto — disse a mulher, correndo para ela, quicando o bebê no colo ao correr. — Ele esqueceu o almoço hoje. Imagine. Ele leva todo dia, mas hoje?... Ele esqueceu. E ele *nunca* esquece. Ah, meu Deus, ele vai ficar tão surpreso. Você *é mesmo* a Helen, não é?

Helene assentiu, por um momento incapaz de encontrar a própria voz.

— Ah, meu Deus, espere até David ver você. A propósito, meu nome é Laura. A esposa de David. E esta é a Yolande. — Ela tocou o nariz do bebê.

— Ah. Bom. É...

— Eu ouvi falar tanto de você! Você deixou uma impressão e tanto no meu marido — disse ela sem o menor sinal de ciúme ou desconforto. — É claro que todos vemos você na tevê de vez em quando. Quem não vê? Você é muito bonita. Mas eu tenho certeza de que sabe disso. Deve ouvir isso o tempo todo. Acha que um dia vai ser a primeira dama dos Estados Unidos? — Ela pronunciou *Eistados Unidos*.

— N-não, eu... Não sei bem. — Helene tentou sorrir. — Sabe, eu estou mesmo com pressa esta manhã, então se puder só dizer ao David que parei para dar um olá...

— Lá está ele — disse Laura. — Olhe isso, ele chegou bem a tempo. Ele é assim, sabia? Sempre com sorte. Tudo acontece justamente na hora certa para ele.

Helene viu o Toyota Highlander arranhado parar na antiga entrada de carros.

— Acho que sim.

— É assim que o David é, sempre...

Helene parou de ouvir. Cada um de seus sentidos estava completamente concentrado no homem que saía do carro velho.

Agora, é claro, ele tinha 39 anos. Um homem adulto com uma esposa doce e tagarela, e pelo menos um bebezinho ruivo. Um homem com trabalho, uma casa, uma família e uma lembrança distante da namorada da escola que disparou da cidade como um míssil e não olhou para trás.

Mas enquanto ele olhava para ela, a testa franzida de concentração, ela viu e reconheceu não o homem, mas o fantasma desbotado do menino que lhe dera o primeiro beijo. Os olhos azuis que a examinavam agora eram tão familiares como os dela própria, mesmo depois de todos aqueles anos.

Pareceu levar uma eternidade para ele alcançá-la. Tempo suficiente para as lágrimas arderem por trás de seus olhos e se derramarem pelo rosto, dissolvendo-a em um choro silencioso por tudo o que ela perdera.

Ela lutou para se recompor e ficou ereta, encarando-o, embora ainda chorasse. A voz não lhe vinha. Só pôde olhar para ele e se maravilhar com a clareza com que enxergava o rapaz no homem diante dela.

— Que diabos, você levou um tempão para voltar aqui. — Ele a puxou num abraço de urso, longo e sincero, que absorveu vinte anos de lágrimas.

Quando enfim conseguiu se recompor o suficiente para falar, Helene recuou um pouco e disse, com um sorriso:

— Por que não pagou o resgate?

Ele entendeu de imediato. Exatamente como Helene sabia que entenderia. Mesmo quando crianças, eles tinham o mesmo humor negro.

— Eu sabia que um dia iam te devolver — disse ele. — Você é onerosa demais para se manter para sempre.

Ela fungou e assentiu.

Ele estendeu um braço e Laura se encaixou no espaço que se formou.

— Conheceu Laura? E minha filha, Yolande?

— Sim. — A sílaba saiu dos lábios de Helen sem seu controle. — As duas são lindas.

Helene e David trocaram um olhar.

— Vamos entrar — disse ele. — O trabalho que vá para o inferno, temos muitos assuntos para colocar em dia.

Quando saiu com o carro da entrada da casa três horas depois, Helene se sentia uma nova pessoa. Um vazio que nem percebeu que lhe doía por dentro finalmente, *enfim* fora preenchido. David estava bem. E ele continuava lá, na mesma velha casa, o guardião do passado.

"Você fez um bem danado a si mesma", disse-lhe ele, tomando café instantâneo granulado. "Parece que teve razão em ir embora quando fez isso."

Mas quando ele falou da própria vida com a mulher e os filhos, ela sabia que ele estava verdadeira e genuinamente feliz.

Para Helene, aquele era o conto de fadas na vida real.

Ela foi para casa sentindo que tinha toda uma nova vida pela frente. Enfim podia deixar o passado de lado. Não estava exatamente resolvido, nunca seria *resolvido*, mas pelo menos estava mais assentado.

Quando dirigiu para o norte naquela manhã, não tinha certeza do que ia fazer a respeito da sua gravidez. Mas, na volta, ela sabia que ia acolhê-la e ao bebê, independente das mudanças que isso trouxesse.

Enquanto dirigia, ela se maravilhou com a paz que sentia com sua decisão, perguntando-se se era em parte resultado daquela visita ou dos hormônios da gravidez de que todo mundo falava.

Com certeza a gravidez deixava uma pessoa distraída, porque apenas quando voltou a entrar em Montgomery County, em Maryland, que percebeu que o carro azul de Gerald estava atrás dela de novo. Ou ainda. Ele a estivera seguindo o tempo todo e ela nem percebera, porque não havia jeito dele ter aparecido por acaso na extremidade norte do condado.

Furiosa, ela pegou uma saída da 270 e foi direito para o Shopping Lakeforest, certificando-se de ir devagar o bastante para que ele a seguisse. Dessa vez não queria perdê-lo; queria pegá-lo.

Ela parou numa vaga perto da entrada da praça de alimentação e Gerald parou ao lado dela, sem fazer nenhum esforço para esconder o fato de que estava ali.

— O que é que está fazendo? — perguntou Helene, o batimento cardíaco subindo de imediato.

Ele pôs as mãos na frente.

— Não fique chateada.

— Pensei que tivesse entendido o recado.

— Eu entendi! Não estou seguindo você.

Ela olhou para ele sem acreditar.

— Tá, tudo bem, eu *de fato* a segui — disse ele. — Admito, mas é porque tenho uma coisa para você.

De repente ocorreu a Helene que ela devia ter um pouco mais de cautela numa situação dessas, em especial porque agora tinha de se preocupar com o bebê. Ela olhou em volta e ficou feliz ao ver alguns rapazes de vinte e poucos anos polindo um carro na fila seguinte.

— Como assim, tem uma coisa para mim? — perguntou Helene, recuando e tateando a maçaneta do carro atrás dela, só por segurança. — Por que teria alguma coisa para mim?

Ele deu de ombros.

— Eu, eh, me senti mal por segui-la. Olha só, eu acho que passei a entendê-la depois de ficar vigiando você todo dia e, sabe, acho que você merece coisa melhor do que a escória com quem se casou.

Ela não sabia o que dizer. Ele estava tentando elogiá-la, supôs Helene, mas a situação estava se tornando um tanto assustadora.

— Agradeço por se sentir mal por me seguir — disse ela. — Mas você estava me seguindo agora também. Isso tem de parar.

— Claro. — Ele assentiu. — Agora mesmo. Acabou.

— Ótimo. Então, temos um acordo. — Ela puxou a maçaneta e abriu a porta do carro.

— Espere um minuto. — Gerald ergueu a mão, depois se virou e abriu a porta do carro para pegar algo do banco da frente.

Helene se posicionou atrás da porta aberta, embora não lhe faria nenhum bem ficar parada atrás da porta.

— Toma. — Ele estendeu um envelope pardo.

Ela olhou o envelope, cética.

— O que é?

Ele se aproximou dela, estendendo-o.

— Só algo que pode lhe ser útil. — Ele sacudiu para ela. — Ande, pegue. Não vai morder você.

Lentamente ela alcançou o envelope e o pegou.

— Obrigada. Eu acho.

Ele assentiu rapidamente e passou a mão debaixo do nariz.

— Eh, poupe para quando precisar.

Ela franziu a testa e começou a abri-lo.

Gerald, enquanto isso, foi para o carro dele, deu a partida no motor e se afastou, o carrinho azul vomitando uma fumaça preta do escapamento na traseira.

O envelope continha papéis. Fotos, ela viu quando olhou mais de perto. Helene as tirou.

— Ah, meu Deus.

Eram fotos oito por dez em cores de Jim e Chiara Mornini, nus na grande cama vermelha de cetim de Chiara. Havia mãos, pernas, línguas e fotos muito ilustrativas de outras partes do corpo.

Não havia dúvida do que estava acontecendo.

Helene sentiu náuseas. Pôs a mão no peito, sentou-se no banco do motorista e fechou e trancou as portas antes de olhar as fotos de novo.

Não tinha certeza do que mais a aborrecia, se era ver Jim, que ela sabia que a traía, ou ver Chiara, que ela *pensou* que era uma amiga.

Por um bom tempo Helene apenas ficou olhando as fotos. Qualquer um que passasse por ali e a visse pensaria que ela era uma pervertida olhando pornografia num estacionamento público.

Se ao menos ela tivesse o dinheiro, o acesso a seus cartões de crédito, ela iria direto ao shopping e afastaria essas preocupações. Mas não tinha. Graças a Jim.

Graças a Jim.

A percepção lhe surgiu como o nascer do sol num filme. Gerald tinha feito um favor *imenso* a Helene. E também Chiara, pensando bem, embora a piranha certamente não tivesse essa intenção.

Nem Jim nem Chiara gostariam que a imprensa — ou, mais importante, Anthony Mornini — visse estas fotos.

Se agisse rápido, Helene poderia redigir o próprio acordo de divórcio.

Joss foi para casa e caiu na cama morta de sono. Tinha sido uma noite muito exaustiva. Na manhã seguinte, com o despertador desligado e meio sonâmbula, ela alimentou Bart, vestiu-o e o levou à casa do amigo dele Gus. Felizmente Gus tinha uma babá mais velha muito legal chamada Julia, que ao olhar para Joss disse:

– Meu bem, vá para casa. Parece que precisa descansar.

– Não, eu estou bem – objetou Joss, mas reprimiu um bocejo no meio da frase, o que a entregou.

Julia riu.

– Eu já tive 20 e poucos anos. Vá para casa. E um dia poderá substituir outra pessoa como estou rendendo você agora. – Ela gesticulou para Joss ir. – Não se preocupe, eles não vão saber. Vou lhe dar um telefonema quando chegar a hora de pegar Bart.

Joss não precisava de muito mais persuasão do que isso. Na verdade, estava mesmo com medo de dormir na cadeira se os ficasse olhando em silêncio.

– Obrigada – disse ela, grata. – De verdade. Eu te devo uma.

– Esqueça – disse Julia, acenando. – Eu também já fui jovem. E me lembro de ter tido uma vida.

Se ela soubesse. Ainda assim Joss estava mais interessada em voltar para casa e ter um sono mais do que necessário do que explicar a verdade menos interessante de onde estivera na noite anterior. Então ela agradeceu a Julia e voltou de carro para a casa dos Oliver.

Sozinha. Ela finalmente ia ficar sozinha. Seria a primeira vez em, o que, três meses? Joss estava tonta de expectativa ao parar o carro na entrada da casa.

Ela percebeu o Saab verde-escuro estacionado na rua, mas como estava mais perto da casa do vizinho do que da casa dos Oliver, ela não registrou como algo importante.

Até que entrou e ouviu uma voz desconhecida de homem — bom, não, não é verdade, eram mais *grunhidos* desconhecidos de homem (mas eram distintamente agudos demais para ser de Kurt Oliver) — vindo do quarto dos Oliver, a duas portas do quarto de Joss.

Ela ficou paralisada por um momento, perguntando-se o que fazer.

Ali estava a prova de que Deena lhe acusava — tentando *condená-la* — do que ela própria era culpada. Teoricamente Joss podia levar a câmera do celular até a porta e tirar fotos de Deena no ato. Isso tornaria sua vida muito mais fácil.

Mas... Aaai.

Ela não podia fazer isso. Mesmo que Deena fosse horrível com ela — e Deena definitivamente era horrível —, Joss não podia ir até a porta e tirar fotos de Deena transando com um homem.

Mas não podia ficar parada ali, como se não tivesse percebido nada de errado. Estava óbvio que Deena não esperava que ninguém estivesse em casa, uma vez que deixara a porta do quarto entreaberta.

Joss correu para o quarto, silenciosa como um camundongo, e ligou para Sandra.

— Socorro.

— Que foi? — perguntou Sandra, sem indagar quem estava na linha.

Era ótimo que elas tivessem se tornado amigas tão boas que não precisavam anunciar quem estava ao telefone.

— Deixei Bart na casa de um amigo para brincar — cochichou Joss, o mais distante da porta e das paredes que pôde. — Vim para casa e tem uma espécie de sexo selvagem rolando no quarto dos Oliver.

— Eca — foi a primeira reação de Sandra. Depois: — Mas acho que eles têm esse direito, uma vez que *é* a casa deles e eles acham que você saiu com a criança.

— Não é ele — cochichou ela com urgência. — Ouvi um homem que *não* é o Sr. Oliver. Acho que ela tem um caso. E, por mais que eu quisesse humilhá-la com um flagrante, prefiro *muitíssimo* mais sair daqui e fingir que não sei o que está acontecendo.

— Ei, peraí um minuto — disse Sandra. — Pelo modo como ela a vem tratando... Sabe que isso pode reverter em seu benefício.

— Eu sei, mas... — Joss deu de ombros — ...de jeito nenhum. O que eu faço?

— Neste caso — a voz de Sandra era forte e clara — mantenha o telefone na orelha e, se alguém entrar, comece a conversar como se estivesse me ouvindo, e não a eles, o tempo todo. Vou esperar na linha para que o telefone não toque em sua orelha inesperadamente.

— Tudo bem. — Joss respirou com estabilidade. — Tá legal. Estou abrindo a porta... — Ela abriu a porta do quarto. — E estou chegando em silêncio ao corredor.

— *Oooh!* — veio do quarto dos Oliver, pouco antes de a porta se abrir e um homem esquálido, de cabelos brancos e cavanhaque branco, voar para o corredor, de bunda de fora e exibindo uma ereção quase comicamente grande. — Vem cá me pegar, garotão — disse ele, claramente desconhecendo a presença de Joss —, se tiver coragem.

— Se eu tiver coragem! — A voz, o que foi um choque, não era de Deena Oliver.

Era de Kurt Oliver.

Joss sabia disso porque ele pulou no corredor atrás do louro, igualmente nu, igualmente excitado, mas nem de longe tão grande.

Só no que Joss pôde pensar, enquanto recuava frenética para seu quarto, foi que tinha visto demais.

Mais que o necessário.

— Joss? — Sandra chamava ao telefone. — Você está bem?

— Estou bem — disse Joss com um ruído estridente, tentando tomar fôlego, embora a essa altura o ar tenha lhe faltado devido à surpresa, além do pânico. — Mas é o *Sr.* Oliver.

— Ah, o Sr. Oliver com a Sra. Oliver? — perguntou Sandra.

— Não — sussurrou Joss. Aquilo era tão esquisito. Essas situações nunca aconteciam em Felling. Ou, se aconteciam, as pessoas mantinham bem escondidas. — É o Sr. Oliver com outro homem.

— Ah! — Isso prendeu a atenção de Sandra. — Então, pelo amor de Deus, tire umas fotos com o celular.

— *Fotos!* Meu Deus, você quer *ver* isso?

— Não, elas são para *você*. Guarde-as, só para o caso de precisar delas mais tarde, como prova, chantagem ou coisa parecida.

— Mas...

— ...Mas droga nenhuma. Esta pode ser sua melhor defesa contra Deena Oliver se ela lhe fizer mais alguma acusação. É sério, Joss, sei que você não quer fazer isso, mas saia daí e tire umas fotos. Você não *tem* de usá-las, mas, se precisar, pelo menos as terá.

— Não *posso*. Nem mesmo quero *olhar!*

— Não tem que olhar, só segure o telefone. Confie em mim — insistiu Sandra —, você *precisa* fazer isso. Para sua própria proteção.

— Tá legal, tudo bem, mas como é que vou sair daqui sem que eles me vejam?

Sandra riu.

— Querida, pelo que você me disse, eles não estão interessados no que está acontecendo ao redor deles.

Era verdade. Depois de desligar o telefone, Joss espiou pelo canto da porta e os dois homens obviamente não estavam interessados em nada a não ser um no outro. Então ela recuou com rapidez, fechou os olhos para a imagem que agora ardia em sua massa cinzenta e segurou o celular para tirar duas fotos.

Os barulhos não pararam, então ela entendeu que tinha conseguido passar despercebida. Mas, dado o fato de que eles estavam no corredor, ela duvidava de que pudesse sair sem ser vista.

Teria de esperar que eles terminassem. Ou que eles saíssem dali. Por sorte o corredor levava a duas escadas distintas em duas partes diferentes da casa. Para sua falta de sorte, os homens estavam entre as duas.

Então ela se recostou na parede, escondendo-se, esperando e — que ironia — com esperança de que *ela* não fosse flagrada.

Pareceram se passar horas, mas na realidade foram uns dez minutos quando eles desceram para a cozinha.

Joss desceu de fininho a escada como uma criança na véspera de Natal tentando ter um vislumbre de Papai Noel, só que no caso dela a tentativa era de *evitar* o homem barbado na casa.

Ela abriu a porta da frente e viu os olhos surpresos de Deena Oliver.

Elas devem ter espelhado a surpresa nos olhos. Ou pelo menos parte dela. Dado que Deena estava prestes a entrar, porém, seu choque era maior.

— O que *você* está fazendo aqui? — perguntou Deena. — Não devia levar Bart na casa de um amigo?

Joss se perguntou freneticamente se devia falar alto, para alertar os homens de que alguém estava chegando, ou se era melhor fingir que não sabia de nada.

Concluiu que *não* era um assunto em que queria se meter.

— Eu levei o Bart, mas a babá de Gus estava com tudo sob controle, então voltei aqui para tirar... — Ela não podia admitir que ia tirar uma soneca; Deena arrancaria sua cabeça. — ...para *pegar* uma coisa.

Deena lançou um olhar hostil para ela.

— Você deixou meu filho aos cuidados de uma estranha?

Bom, e por que não? Foi o que a própria Deena fez, dez minutos depois de conhecer Joss.

— Ela é a babá, é absolutamente capaz de cuidar de Gus e Bart.

Deena colocou a mão no quadril.

— O que é tão importante para você voltar aqui, hein?

Joss pensou rápido.

— Meu celular. Achei que devia estar comigo, para o caso de uma emergência.

— Bom, isso é absolutamente indesculpável. — Deena sacudiu a cabeça, olhando com tanto nojo para ela que parecia que Joss tinha vomitado em seus pés.

— Vou voltar já — disse Joss, indo para o carro.

— Espere um minutinho — ladrou Deena.

Joss se virou.

— Que foi?

Deena semicerrou os olhos em fendas com um lagarto à noite.

— Está agindo de um jeito estranhamente nervoso.

Por ironia, pela primeira vez Deena foi perceptiva com os sentimentos de Joss.

— Não estou nervosa — mentiu Joss. — É só que a senhora obviamente não gostou de Bart ficar na casa de Gus sem mim, então eu só...

— Espere bem aí — rebateu Deena. — Vou ligar para Maryanne e me certificar de que estarão cuidando de Bart até que você chegue lá. — Ela revirou os olhos. — Não *acredito* que tenho de me incomodar com isso, com tudo o que tenho para fazer.

— Olha, eu vou voltar agora, são só 15 minutos de carro...

— Vai *esperar aqui* porque *foi o que eu disse para você fazer* — rebateu Deena de modo agressivo antes de se virar e entrar.

Meu bom Senhor, Joss *não* queria participar disso. Ela *não* queria ficar parada ali e esperar pela explosão dos fogos de artifício. Quanto tempo devia esperar? Porque isso evidentemente ia levar algum tempo...

Deena voltou minutos depois, pálida e trêmula.

Por um momento, Joss sentiu pena dela, mas só por um momento.

Foi o tempo que levou para ela partir para cima de Joss.

— Seu namorado está lá — disse ela. — Agora eu sei por que você voltou, para um encontro de meio-dia.

Joss ficou pasma.

— Sra. Oliver, sabe que não é verdade, não é?

— Eu sei o que eu vi — disse ela, a voz vacilante.

Joss também sabia o que tinha visto.

— Mais uma infração dessas — continuou Deena, parecendo voltar à vida a cada palavra colérica — e vai ser demitida tão rápido que sua cabeça vai rodar. E vou levar você aos tribunais, não pense que não vou.

Ocorreu a Joss que Sandra provavelmente tinha razão sobre tirar as fotos para sua proteção. Mas ela nem conseguia imaginar levá-las ao tribunal. Um dia a notícia iria se espalhar e os meninos é que pagariam o pato.

Ela não podia fazer isso com eles.

Capítulo 21

— Srta. Rafferty. — Holden Bennington ficou surpreso ao ver Lorna. — Não acho que tenha algum problema com sua conta.

— Não tenho problemas com minha conta — disse ela, depois acrescentou num sussurro audível: — E você podia ser um pouco mais discreto ao se dirigir aos clientes no saguão.

Holden olhou em volta.

— Só tem funcionário aqui — assinalou ele.

Ela podia ter perguntado se todos eles sabiam de seus problemas financeiros, mas achou melhor não fazer isso.

— Estou aqui para falar com você sobre um empréstimo.

Ele riu alto. Com sinceridade. Depois, percebendo que ela não ria, olhou para Lorna, recompôs-se e disse:

— Não pode estar falando a sério.

Ela manteve a cabeça erguida.

— Falo completamente a sério. — Depois, antes que ele pudesse dispensá-la, ela acrescentou: — Eu queria uns conselhos seus. Por favor.

Ele a olhou por um momento, depois respirou fundo e disse:

— Claro. Tudo bem. Mas acho que vou precisar de um café para isso. Quer um café?

— Claro. Puro seria ótimo.

Ele assentiu.

— Vá para a minha sala. Encontro a senhorita lá em um minuto.

Ela foi para a sala dele e se sentou na cadeira desconfortável. Na mesa havia uma foto de uma criança com uniforme de beisebol num porta-retrato e Lorna se perguntou se seria filho de Holden. Isso representaria toda uma nova percepção inesperada sobre ele, embora também explicasse por que ele era tão didático.

— Desculpe por demorar tanto. — Holden entrou, e ao colocar o copo de isopor com café e creme na mesa diante de Lorna, esbarrou o copo na beira e entornou café na mesa. Ele xingou e pegou um lenço de papel na caixa sobre a mesa, mas Lorna o deteve.

— Não se preocupe, eu cuido disso.

— A máquina estava desligada, então tive de passar um novo.

Ela assentiu e tomou um gole do líquido espesso.

— Você pediu puro, não foi? — Holden bateu a mão contra a testa. — Puxa, me desculpe. Vou pegar outro para você.

— Não, não, este está bom. Está ótimo. — Ela tomou outro gole. — Mas tenho de dizer que acho que encontramos algo de que *eu* sei mais do que *você*.

Ele deu de ombros.

— Fico perdido numa cozinha.

— Talvez possa me ensinar a conseguir um empréstimo para iniciar uma empresa, e eu posso te ensinar a fazer um café decente.

— Fechado. — Ele tomou um gole do próprio café e fez uma careta.

— É seu filho? — perguntou Lorna, apontando a foto. De repente esperava que não fosse.

Ela estava com sorte. Ele sacudiu a cabeça.

— Meu sobrinho. Não tenho filhos. Nem esposa.

Por que isso a deixou tão feliz?

— Nem eu — disse ela, sem nenhuma necessidade.

Ele riu.

— Enfim temos algo em comum. — Mas assim que disse isso, ele pareceu se arrepender de ser tão pessoal, mesmo que só um pouquinho. — Agora, o que é essa empresa de que quer falar? Algo que esteja planejando, ou é só teoria?

— Na verdade estou planejando.

Ele ergueu as sobrancelhas.

— Oh.

— Você parece surpreso.

— E estou.

Ela não acreditava que ele fosse tão grosso. Ele nem tentou disfarçar a surpresa.

— Não adoce as coisas para mim.

Ele se recostou e cruzou os braços.

— Você não é o tipo de mulher que gosta de coisas doces.

Ele tinha razão.

— A não ser chocolate — concordou ela. — Então vamos direto ao que interessa. Digamos que eu queira criar uma empresa com outras pessoas e que precisemos de um empréstimo para começar tudo. O que devo fazer?

— Que tipo de empresa é?

— De importação. Mais ou menos. Importação e distribuição.

— Por que não me diz exatamente o que tem em mente?

— Tudo bem, tenho uma amiga que é muito poderosa, alguém cujo nome você reconheceria mas não posso mencionar, e o sobrinho dela é um designer de sapatos italiano. E dos bons. E pode acreditar, eu conheço sapatos.

Holden suspirou, todo sério.

É claro que acreditava. Ele vira todas as contas de diversas lojas.

— Então esse cara faz lindos sapatos e queremos importá-los. Ser o distribuidor exclusivo e entrar de sola no mercado. Sem trocadilhos.

Depois aconteceu uma cena maravilhosa. Holden Bennington III realmente riu. E pareceu bom nisso.

— Tudo bem, então você tem um plano de negócios?

— Além do que acabei de lhe falar?

— Algo formal. Uma descrição por escrito do negócio proposto, custos projetados, lucros possíveis e assim por diante.

— Sim. Joss, uma de minhas... — Ela hesitou. — ...sócias na empresa está trabalhando nisso.

— Que bom. Já pensou em capitalistas de risco?

Seu tempo na faculdade não foi uma perda completa de tempo.

— Quer dizer conseguir pessoas para investir?

— É. Agora um monte de gente acha que é preciso ter uma empresa grande e estabelecida para conseguir investidores e é aí que elas estão erradas. As empresas grandes e estabelecidas não *precisam* de investimento inicial. É preciso falar a novas empresas bem-sucedidas, talvez de três a cinco anos.

— E contornar completamente um empréstimo bancário?

— Não de todo. Mas, essencialmente, os investidores lhe dão capital. Isso a torna mais atraente para os bancos.

Agora Lorna estava gostando de Holden.

Ele continuou, contando-lhe com entusiasmo todas as formas criativas com as quais ela poderia conseguir financiamento e encontrar investidores. Ele sugeriu que elas conseguissem o balanço dos custos iniciais com um empréstimo sob garantia, se Lorna ou qualquer uma das sócias dela tivesse algum bem de valor para dispor, como um imóvel. Fazer negócios era sua verdadeira paixão, mas ele precisava trabalhar e assim, quando o banco bateu à porta, ele não pôde recusar.

Depois de quase uma hora, Holden olhou o relógio e disse:

— Que droga. Tenho que ir a uma reunião. — Ele olhou para Lorna e, aparentando estar surpreso com a própria pergunta, disse: — Gostaria de sair para jantar? Podemos discutir isso com mais detalhes.

Ela certamente ficou surpresa com a própria resposta.

— Eu adoraria.

Ela foi para casa com um andar muito saltitante, que nunca usava ao sair do banco.

Holden Bennington.

Ela ia jantar com Holden Bennington. Era difícil de acreditar. Mas era difícil acreditar na maioria dos acontecimentos em sua vida nos últimos tempos. Não menos surpreendente foi a revelação de Sandra de que era operadora de disque-sexo. Lorna nunca, jamais teria adivinhado essa.

Isso mostrava como sabemos pouco das pessoas, mesmo que pensemos que somos especialistas na interpretação delas depois de dez anos trabalhando num bar.

Mais tarde, Lorna mal conseguia se lembrar do jantar que eles tiveram no Clyde's.

O que aconteceu depois do jantar ocupou completamente sua mente.

Eles voltaram ao apartamento de Lorna e ela ofereceu uma cerveja a Holden.

— Claro — disse ele. — Mas você fica quietinha, eu posso pegar. Não precisa me servir.

— Não me importo — disse ela, pensando em todas as coisas constrangedoras que ele podia ver em sua geladeira: caixas de comida chinesa deixadas pela metade, torta de manteiga de amendoim numa quentinha do Jico, quase todo tipo de queijo que existia no mundo e latas de Slim-Fast tão velhas que tinham o logo antigo da empresa.

Por acaso isso não importava, porque os dois levantaram-se ao mesmo tempo e deram um passo para a cozinha e se esbarraram no espaço pequeno e depois — Lorna não sabia muito bem como isso aconteceu — terminaram nos braços um do outro, presos num beijo tão ardente que poderia ter derretido lábios de cera.

Holden era habilidoso, sabia exatamente que movimento fazer para incitar a paixão de Lorna ao nível mais alto no menor tempo possível.

Duas semanas antes ela nunca teria acreditado que um dia ia sequer *pensar* em transar com ele. Agora mal podia esperar um segundo para arrancar as roupas de Holden.

Isso era loucura.

Ela não devia mais ser tão impulsiva.

Ela recuou e disse, sem fôlego:

— O que estamos fazendo? Talvez a gente deva pensar um pouco nisso antes de ir em frente.

Ele soltou uma risada curta, e ela não conseguiu deixar de perceber como seus lindos olhos azuis se enrugavam nos cantos quando ele sorria.

— Eu quero fazer isso desde que a conheci — disse ele, depois a beijou novamente.

— Mas... — Ela recuou. *Conseqüências*, lembrou a si mesma. Ela devia pensar antes de agir.

— Cala a boca — disse ele com um sorriso, depois esmagou a boca na dela de novo, revirando seu interior como chantili.

— Espere um minuto. — Ela recuou de novo. Isso não estava certo. Ela devia perguntar o que significava, se eles teriam futuro. Se a relação desse certo, seria ele um daqueles homens que lhe dariam uma mesada...? — Ah, pro inferno com isso — disse ela, percebendo que *não* era uma boa hora para começar a pensar nas conseqüências antes de agir.

Haveria tempo para isso mais tarde.

Além do fato de o advogado que era contato de Sandra ficar se referindo a Sandra como "Penelope", a ligação que Joss fez a ele foi ótima. Ele lhe garantiu que se ela estava sendo coagida a fazer tarefas que não pertenciam a sua descrição de cargo ela não precisava ficar no emprego.

Seria consideração dar aviso prévio a eles, disse ele, ou ficar até que encontrassem uma nova babá, mas ela não era obrigada a fazer nada disso.

Ainda assim, Joss não estava tão confiante quando partiu em busca de Deena Oliver para lhe contar a novidade.

Deena estava fazendo as unhas e vendo um programa de entrevistas vespertino na tevê.

— Sra. Oliver. — Joss queria conseguir ser mais assertiva, mas nunca teve de se demitir de um emprego porque não gostava dele, só porque estava indo para a faculdade, e ela não ansiava por isso. — Posso falar com a senhora por um momento?

Deena Oliver fez questão de olhar a tevê, depois para Joss.

— Estou no meio de um programa.

— Sim, mas os meninos não estão aqui e eu realmente preciso conversar com a senhora em particular.

Com um suspiro imenso, Deena apontou o controle remoto para a televisão e congelou o quadro, depois virou-se para Joss com uma dureza terrível nos olhos. Joss não conseguia entender como um ser humano podia se sentir daquela maneira razoável falando com outro ser humano.

— O que é? — perguntou Deena com um suspiro fundo.

Joss percebeu que ela não a convidara a se sentar. Naturalmente que não. Ótimo. Isso facilitaria sair da sala quando ela terminasse.

— Preciso conversar com a senhora sobre meu trabalho aqui.

— O que tem ele? — Ela lixou as unhas com um som rápido e opressivo. — Pedir desculpas não vai mudar nada, sabe disso.

Desculpas?

— Eu... Eu não estou satisfeita com o trabalho. — Não, isso parecia errado. *Satisfeita* era a palavra errada. — Quero dizer...

Moendo moendo moendo.

— Como assim, não está satisfeita? E você lá devia estar *satisfeita*? — Deena sacudiu a cabeça, respondendo à própria pergunta. — Você é babá, não uma celebridade.

Joss respirou fundo.

— Tudo bem, o que eu quis dizer é que não estou... Eu não... Eu adoro os meninos, mas não acho que possa ajudá-los mais. Talvez nunca tenha podido. — Isso não era fácil e a recusa clara da Sra. Oliver em olhar para ela só tornava tudo pior. — Então estou dando aviso prévio.

Deena parou de trabalhar nas unhas. Virou-se para Joss, enquanto de algum modo ainda olhava de cima para ela.

— Aviso prévio? Você tem um contrato de um ano.

— Bom, sim, temos um contrato. — Ela havia ensaiado sem parar em seu quarto, mas era muito mais difícil na vida real. — Mas os termos eram que, se uma parte sentisse que a outra não estava cumprindo os termos do contrato, ela podia dar um aviso prévio razoável e, bom, não acho que estou fazendo o trabalho para o qual fui contratada.

Deena bufou.

— Nisso nós concordamos.

— Quero dizer — disse Joss, ficando com um pouco de raiva — que acho que está me pedindo para fazer muito mais do que minha descrição de cargo prevê. — Houve um silêncio incômodo de dar calafrios, então Joss continuou, apesar de pensar que não devia. — E é por isso que estou lhe dando aviso prévio. Pode encontrar alguém mais adequado a suas necessidades.

— Ótimo. — Deena arqueou uma sobrancelha. — Penso que nove meses é aviso prévio razoável, uma vez que foi o que andei planejando.

— É tempo demais — disse Joss. — Eu pensei em mais ou menos duas semanas.

— Duas semanas não me ajudarão em nada — cuspiu Deena. — Eu contratei *você* e, juro por Deus, você vai ficar e fazer o trabalho designado na linha pontilhada que você assinou.

Joss sacudiu a cabeça.

— Não posso ficar. Desculpe.

Depois de um olhar prolongado, Deena disse:

— Está falando a sério, não é? Meu Jesus Cristo, depois de tudo o que fizemos por você!

— Tudo o que vocês...

Deena ficou histérica de imediato, com lágrimas e tudo.

— Nós lhe demos um lar, confiamos a vida de nossos filhos a você, e é assim que você retribui!

Joss queria objetar, assinalar todas as tarefas a mais que ela fez sem reclamar, todas as horas extras que trabalhou, mas não tinha sentido. Deena Oliver era do tipo que discutia até a morte, mesmo que estivesse claro que ela estava errada.

Então, em vez de contradizer Deena e falar na folia do marido com o Papai Noel magrela e no fato de que Deena culpava Joss por isso, *Joss* engoliu o orgulho e disse:

— Acho que se a senhora se acalmar e pensar bem, vai entender alguns dos motivos para eu não poder ficar. — Isso era incisivo e ela esperava que Deena entendesse a deixa, mas não pôde deixar de atenuar, acrescentando: — Desculpe.

— Desculpe — ecoou Deena.

— Sim — disse Joss com sinceridade. — E se eu ainda puder ver os meninos e acompanhá-los um pouco, seria ótimo...

— Você quer ver os meninos. — Deena riu. — Você não liga para eles, mas quer aparecer de vez em quando na vida deles e fingir que teve algum impacto. — Ela soltou uma risada fria e sem humor nenhum. — Acho que não.

— Ah, por favor, não diga isso, Sra. Oliver. Não se trata da senhora, de mim ou do Sr. Oliver. Sinceramente, os meninos precisam saber que alguém se preocupa com eles e que nada disso é culpa deles.

— Nada do *quê*? — perguntou Deena, incrédula. — Você está se demitindo, apesar de seu contrato, e age como se fosse um problemão que todos nós compartilhamos?

Joss teve de morder a língua para não dizer as palavras feias que Deena merecia ouvir, sobre sua vida, seu marido e o verniz fino de perfeição que ela parecia acreditar que era sua vida.

— Quero que os meninos saibam que eu me importo com eles — disse ela. — Acho que é essencial que eles saibam disso.

— Não se coloque como umbigo do mundo — disse Deena com um ódio verdadeiro na voz.

— *Não* estou! — objetou Joss. — Meu Deus, não acha que para mim seria mais fácil cortar meus vínculos e correr daqui? Se eu não me importasse de verdade com seus filhos e se não quisesse o melhor para eles, de jeito nenhum estaria lhe pedindo para me deixar vê-los de vez em quando.

— O que significa que você acha que é a melhor? — perguntou Deena, altiva como a rainha de Sabá.

— O que significa que eu acho que alguém que se importa com eles devia continuar na vida deles, ou pelo menos por perto, assim eles não achariam que as pessoas vão embora por causa *deles*. — Joss ardia de raiva. — Não se trata de mim, mas também *não se trata da senhora*. Ou pelo menos não devia ser assim.

— Vá embora. — Deena acenou. — Vou ligar para meu marido e dizer a ele que precisamos substituí-la de imediato. Muito obrigada, Jocelyn, muito obrigada.

Joss engoliu em seco. Não estava acostumada com esse tipo de cena.

— Olha, eu realmente acho que precisamos colocar os meninos em primeiro lugar, então se eu os pegar...

— Eu disse *saia!* – gritou Deena. – E quis dizer *agora* ou vou chamar a polícia, eu juro que vou. – Ela lhe lançou um olhar de aço. – Pegue seus pertences e saia desta casa. Não quero ver você de novo.

— Mas... Hoje?

— *Agora!*

Merda. Para onde ela iria? O que ela ia fazer?

Que diferença isso fazia? Qualquer lugar era melhor do que ali.

— Você tem *uma hora* – continuou Deena. – O que deixar aqui irá para a caridade. Ou, melhor ainda, para o lixo.

Só Deena Oliver pensaria que o lixo era um lugar preferível para as roupas do que a caridade. Era tentador dizer o quão *enormemente* ela deixava de atender às necessidades do marido.

Mas embora estivesse com raiva, Joss não conseguiu formar as palavras.

Em vez disso, um bolo se formou em sua garganta. Isso era tão feio, porque aquela mulher era a mãe de dois meninos de quem Joss gostava. E ficara ligada a um deles.

— Posso pelo menos me *despedir* dos meninos? Não quero que eles pensem que eu os abandonei.

— De novo, tudo gira em torno de você, não é? – rebateu Deena.

— Não, quero que eles saibam que eu me importo com eles. Para o bem *deles*. – Joss olhou o esgar feio na cara de Deena e pensou que se as amigas da sociedade de Deena a vissem nesse momento, não a teriam em tão alta conta. – É *importante* que eles saibam que as pessoas na vida deles se importam com eles, apesar de eu estar indo embora. – Ela odiava implorar para ficar mais tempo na casa, mas tinha sentimentos fortes com relação a isso. – Por favor, Sra. Oliver.

Deena se levantou, os dedos dos pés com separadores de dedos de espuma rosa, e mancou para Joss. Ela era mais baixa do que Joss, mas sua presença era enorme.

— Olha aqui, mocinha. Eu lhe disse para sair desta casa. Se não fizer isso em uma hora, vou chamar a polícia. Está bem claro para você?

— Perfeitamente. — Joss assentiu e engoliu o bolo na garganta. De jeito nenhum ia permitir que a Sra. Oliver visse mais alguma emoção vindo dela.

Ela se virou e saiu da sala com a maior calma e frieza que pôde. Assim que estava fora da vista da Sra. Oliver, correu escada acima para ligar para Sandra e ver se ela podia lhe ceder um lugar para ficar por uma ou duas noites.

Precisaria de pouco tempo para reunir seus pertences. Na esperança de que Deena não ficasse curiosa e viesse procurar por ela, ela foi ao computador e o ligou.

Trabalhando rapidamente e olhando nervosa por sobre o ombro a cada poucas palavras, ela digitou um bilhete para os meninos:

Queridos Colin e Bart,

Quando receberem este bilhete, eu terei ido embora e não sei o que sua mãe terá contado a vocês sobre o motivo. É por isso que estou escrevendo o bilhete — quero que saibam que é só porque as coisas não ocorreram como deveriam em meu trabalho. Não estou indo embora por causa de vocês. Vocês são meninos ótimos, e para mim é difícil deixá-los, porque eu gosto muito de vocês.

Colin, sei que nem sempre você me aceitou aqui, mas espero que leia este bilhete para Bart e diga a ele como ele é especial para mim e o quanto eu adorei ficar com ele também.

Se vocês um dia precisarem de alguma coisa, se estiverem com problemas ou só quiserem conversar, por favor, anotem o número do meu celular. É 240-555-3432. Podem me mandar um e-mail também, para este endereço: no_salto@gregslist.biz.
Cuidem-se, meninos. Eu sempre vou me lembrar de vocês!
Com amor,
Joss

Ela clicou no botão ENVIAR e correu escada abaixo, na esperança de escapar sem chamar mais atenção de Deena.

Ela devia saber que não seria assim.

— Pare! — gritou Deena. Estava parada a alguns metros da porta da frente, ainda descalça, mas tinha retirado a almofada de pedicure.

— Já terminei de guardar meus pertences. — Joss ergueu a mala. — Vou sair de sua casa agora. — Ela partiu para a porta, mas Deena se intrometeu no caminho.

Um tremor de medo atravessou o peito de Joss. Cenas de filmes de terror vagabundos lampejaram por sua mente em rápida sucessão.

— É um aumento o que você quer? — perguntou Deena.

Considerando o fato de que Joss tinha um pequeno medo de que Deena sacasse uma faca e a golpeasse até a morte, foi necessário algum tempo para ela entender a pergunta.

— Um *aumento*? Do que está falando?

— Estou *falando* é mais dinheiro que você quer? É disso que se trata esse joguinho?

— Desculpe, mas não entendo. Que joguinho?

— O joguinho de ir embora. Você não está indo *realmente*, está?

Então Deena estava recolhendo as garras. Joss olhou a bolsa na mão.

— É, estou indo mesmo.

— Vou aumentar seu salário em dez por cento.

— *O quê?*

— Tudo bem, vinte. Além disso — os olhos de Deena brilharam desvairados enquanto ela pensava —, vou lhe dar bonificações de férias. E das grandes.

— Bom, isso é mesmo... generosidade... sua. — E era mesmo estranho. Muito, muito estranho. — Mas não acho que vá dar certo.

Deena se apoiava ora numa perna ora noutra, do mesmo modo que uma adolescente mal-humorada.

— O que é, quer me fazer implorar ou algo assim?

Isso era surreal.

— Não.

— Ótimo. *Por favor*, não vá. Pronto. Satisfeita?

— Sra. Oliver, não quero que implore. Isso simplesmente não está dando certo.

A cara de Deena ficou pálida. Parecia que pela primeira vez ela entendeu que tudo o que Joss dissera era verdade e que ela de fato estava indo embora.

Só alguém como Deena pensaria na demissão como uma forma viável de conseguir um aumento.

— Não posso fazer isso sozinha — disse Deena, tão baixinho que praticamente sussurrava. — Não posso lidar com as crianças.

A culpa envolveu Joss, e por um momento turbulento ela pensou em ficar para proteger os meninos daquela biruta. Mas não podia. Não havia como protegê-los de Deena. Nem Kurt, aliás.

— Eles são bons meninos — disse Joss. — Especialmente Bart. Colin precisa de um pouco mais de disciplina. — Ela estava suavizando a realidade. — Mas os dois têm muito potencial.

— Não posso fazer isso! — A voz de Deena se aproximava da histeria. — Não vá embora! Você é a única pessoa que ficou mais de três semanas! Pensei que nós nos entendíamos.
— Desculpe — disse Joss. A situação estava ficando muito desagradável. — Não está dando certo.
— Vou aumentar seu salário em cinqüenta por cento!
— Não, obrigada. — Ela precisava sair dali. Estava esquisito demais. — Tenho de ir, Sra. Oliver...
— Não sei o que fazer com os meninos! Espere!
De jeito nenhum ela ia esperar. Ela se virou e correu para fora da casa, com a voz de Deena ainda ecoando atrás dela.
— Não! Joss, não vá!

— Eu tenho um encontro hoje à noite — disse Sandra, pegando uma das malas de Joss na mala do carro. — Mas posso cancelar, se quiser que eu fique com você.
— Ah, não, não seja boba! — Joss estava tão grata a Sandra que quase chorou três vezes no carro a caminho de Adams Morgan. — Eu vou ficar bem. Vou ligar para a agência e ver se eles têm mais alguém a quem possam me mandar para uma entrevista. Muita gente quer que você comece logo, sabe como é.
Elas carregaram as malas pela escada do prédio de Sandra e um cara que saía pela porta da frente correu até Sandra e pegou a mala de sua mão.
— Deixe que eu ajudo com isso, Sandy. — Ele era bonito. No final dos vinte, provavelmente. Baixo, cabelo castanho dividido para o lado de um jeito conservador e olhos azuis grandes que evitavam que seu rosto fosse comum. Mas ele olhava para Sandra como se ela fosse uma deusa.

— Obrigada, Carl, mas eu consigo. — Ela gesticulou para Joss. — A propósito, Carl, esta é minha amiga Joss. Ela vai ficar comigo por um tempo.

— Ah. É um prazer conhecê-la. — Ele estendeu a mão. Era quente e macia. — Carl Abramson. Moro um andar acima da Sandy.

— É um prazer conhecê-lo. — Joss olhou para Sandra, procurando por um sinal de que ela também estava interessada nele, mas ela parecia positivamente distraída. — Espero vê-lo por aqui.

Ele assentiu.

— Vocês não precisam mesmo de uma ajuda?

Sandra sacudiu a cabeça.

— Nós conseguimos. Mas obrigada, de qualquer modo.

— Ah, olha, Sandy. — Ele se aproximou de Sandra e falou com a voz mais baixa, parecendo tão constrangido que praticamente girava o dedão do pé no chão. — Eu estava me perguntando se você estaria livre para ir ao cinema numa hora qualquer no fim de semana.

Ela ficou surpresa.

— Carl, é muita gentileza sua. E eu adoraria... — Ele pareceu esperançoso por um momento —, mas meu namorado pode ficar com ciúme. Eu sinto muito.

— Ah, está tudo bem. Não se pode culpar um cara por tentar. Eu devia saber que você tinha namorado.

Sandra corou ao sorrir e disse:

— Obrigada, Carl.

Ele lançou a ela um último olhar prolongado, depois desceu para a calçada.

— Caramba — sussurrou Joss. — Ele é louco por você.

— Você acha? — Sandra olhou as costas dele. — É engraçado, eu tive uma quedinha por ele quando se mudou alguns meses atrás, mas nunca tive coragem de falar com ele. Agora que não estou tentando criar coragem, ele aparece de repente falando comigo o tempo todo.

— Coitado. Parece que ficou magoado.

Sandra bufou.

— Duvido. Vem. Vamos entrar.

Quando chegaram à porta do apartamento, Sandra se virou para Joss e disse:

— Sabe de uma coisa, eu andei pensando. Me desculpe se eu estiver passando dos limites, mas talvez você não queira mais ser babá em tempo integral.

Joss riu.

— Bom, eu não quero! E não está passando de limite nenhum. Mas é o único emprego em que posso pensar, assim de última hora, que me dê casa, comida e um salário.

Sandra franziu a testa.

— Eu tenho um quarto extra, sabia? Se quiser se candidatar a outro emprego, pode ficar aqui pelo tempo que precisar.

Joss ficou comovida.

— Meu Deus, eu agradeço por isso, mas não quero me impor.

— Na verdade acho que vou gostar muito de ter você aqui. Fiquei sozinha nessa toca por muito tempo. — Sandra riu. — E, acima de tudo, tenho um interesse em manter você aqui por causa do negócio com os sapatos. Precisamos que esteja disponível. Você é a única que sabe fazer web design.

Joss sentiu a cara ficar quente.

— Eu *gostaria mesmo* de fazer isso. É a oportunidade da minha vida.

— Então está combinado. Você vai ficar aqui. Talvez pegue um emprego de meio expediente como web designer na cidade, mas o restante de seu tempo é nosso. — Ela estendeu a mão. — Fechado?

Joss nunca ficou tão feliz na vida.

— Fechado. — Ela apertou a mão de Sandra.

— E com essa – disse Sandra –, eu tenho de ir. Estou atrasada. Deseje-me sorte. Acho que hoje à noite pode ser *a noite* para mim e Mike.

A noite? Ah, não.

— Eu estou mesmo atrapalhando – disse Joss. — Posso sair, talvez ir à casa da Lorna quando ela sair do trabalho...

Sandra ergueu a mão.

— Não se preocupe com isso. Mike tem a casa dele. Só me deseje sorte.

Joss ainda se preocupava por estar atrapalhando Sandra, mas não ia discutir.

— Boa sorte!

— A Debbie virá esta noite – disse Mike, observando Sandra por cima dos drinques no Zebra Room naquela noite.

Ele falava em Debbie sempre que saíam juntos. Naquela noite ele nem esperou três minutos. Estaria tentando dizer alguma coisa? Ela precisava perguntar. A antiga Sandra teria ficado tímida demais, mas a nova Sandra era franca. Ia direto ao que interessava.

Confiante. Mais ou menos.

— Mike, eu queria mesmo lhe perguntar sobre isso.

— Sobre a Debbie? — Ele deu a impressão de que sabia que isso viria. Como se estivesse esperando.

— É. Não pude deixar de perceber que você fica falando na Debbie de forma muito incisiva. Está tentando me dizer alguma coisa?

A cara dele caiu numa expressão confusa.

— Eu... Não sei bem o que quer dizer.

Confiante.

Ousada.

Direta.

— Você e Debbie estão envolvidos?

— Se nós...? — Ele pareceu ter perdido o chão. — Como assim, se *nós* estamos envolvidos?

— Quero dizer, ela é sua namorada? É por isso que fica falando nela desse jeito?

A essa altura, a cara dele estava absolutamente tensa. Se ele não fosse cuidadoso, poderia ter deixado escapar repente.

— Não... Debbie não é minha namorada. — Depois, e essa foi a pior parte, ele acrescentou com uma voz que deve ter pensado ser tranquilizadora. — Pensei que *você* podia se acertar com ela.

— *Eu?* — Como uma vítima do *Titanic* agarrando-se aos últimos metros do barco antes de ceder à realidade da água gelada, Sandra se perguntou se ele queria dizer que era só um desses homens que querem ver a namorada com outra mulher.

Mas ela sabia que ele não era desses.

Ele era um daqueles homens que *não* quer que o *namorado* dele esteja com outra mulher.

Sandra era esperançosa — até tolamente esperançosa — mas não era *idiota*.

Mike ficou ruborizado.

— Você não é gay.

— E você é.

Ele assentiu e pôs a mão na cara, gemendo:
— Sandy, eu *lamento tanto*.
— Por que diabos achou que eu era? — A decepção de Sandra fugia em disparada com sua bundinha gorda para dar espaço à autodepreciação. — Não sou desejável para os homens?
— Não, é claro que não é isso! Não, não, e mesmo que fosse o caso — acrescentou ele —, isso não significaria que você automaticamente fosse atraente para as lésbicas.

Havia alguma característica nele que a incomodava, e agora ela podia admitir. Ela odiava o modo como ele sempre era tão politicamente correto com tudo. Ele nunca deixava passar uma generalização.

— Mas a questão não é essa — disse ele logo, recuperando pelo menos alguns pontos de sensibilidade.

— Não, a questão é que esse tempo todo eu pensei que estava namorando você, e você estava tentando me juntar com uma *mulher*. — Sandra fungou. — Ela não é assim tão atraente.

— Margo acha que é.
— Margo? Margo é namorada dela?
— Bom... não. Margo é... Margo é *minha* namorada...
— Mas eu pensei...
— Antigamente ela se chamava Mark.

Sandra olhou para ele em silêncio por um momento, tentando se lembrar se tinha tomado por acidente um comprimido que dizia ME COMA, que depois a levou a um mundo bizarro.

Mas mesmo que *tivesse* um dos comprimidos de ME COMA de *Alice no País das Maravilhas*, ela não saberia exatamente a quem ele se destinava ou o que significava...

— Tudo bem. Entendi. — Ela não entendia nada. — Está dizendo que Debbie é lésbica...

— Correto.
— ...e que *você é* gay...
— Inegavelmente.
— E Margo era um homem gay, mas agora é uma mulher heterossexual, e ela está com você. Apesar de, tecnicamente, ela agora ser mulher e você ser um homem.
— S-sim. — Mike assentiu. — Acho que pode ver dessa maneira. Mas, na verdade, eu só fiz isso para dar uma variada, esperando que desse certo, assim minha mãe me aceitaria melhor. A verdade é que em geral gosto muito mais de homens.
— Eu também — disse Sandra. Ah, meu Deus, ela nem acreditava naquilo. Mas não queria insultar Mike. Afinal, não era culpa *dele* que ela ignorasse com persistência quem ele era. Sandra abriu os braços e deu de ombros. — Desculpe, só estou querendo que fique tudo bem entendido.

Mike reprimiu um sorriso.

— Não acho que isso seja necessário com este grupo.

Sandra tentou resistir, mas não conseguiu deixar de sorrir para ele.

— Tá legal, tudo bem, mas o que não entendo é como você pôde errar tão incrivelmente a meu respeito. Quer dizer, eu pensei que você e eu...

Ele ergueu a mão.

— Eu sei, eu sei, me sinto péssimo por isso. O que posso dizer? O radar gay estava pifado. Acho que quando você disse, anos antes, que estava namorando mulheres, achei que quis dizer que fazia isso mesmo. Eu me acomodei em 15 anos de pressupostos em vez de olhar o que estava bem diante de mim.

— Quando eu disse... *o quê?* — Ela não acreditava naquilo. Será que Mike estava pensando que ela era outra pessoa? Além de não estar apaixonado por ela – nem mesmo interessado que ela lhe fizesse um hoquete –, ele achava que ela era LeeLee McCulsky ou alguma outra?

— Você disse que estava enjoada dos homens e ia experimentar as mulheres por um tempo.

Ela olhou para ele, sem entender.

— De que diabos está falando, Mike?

— Daquela vez, depois da aula de educação física. No primeiro ano? Não, talvez tenha sido no segundo. Você esperava que Drew Terragno a convidasse para sair, e ele não convidou, então você disse que podia muito bem sair com Patty Reed.

De Drew Terragno ela se lembrava. E sim, ela *teve mesmo* uma queda por ele. Um milhão de anos antes.

Ela revirou as informações em sua mente.

— Drew estava namorando Patty, não é?

— É.

— E eu disse... — Ela se lembrou de tudo de repente, embora, verdade seja dita, *ainda* não se lembrasse de Mike lá. — Eu disse que podia muito bem ir atrás de Patty...

— É verdade.

— ...porque era o mais perto que eu chegaria de Drew.

Mike enfim ouviu e compreendeu. Depois assentiu. Ele entendeu.

— Sarcasmo – disse ele.

— Um pouco.

— E eu passei esse tempo todo pensando que tínhamos tanto em comum.

— Ao que parece, não tanto para *namorarmos*.

Ele riu e passou o braço por ela.

— Não fazia idéia de que você queria. Estou muito lisonjeado.

Ela escarneceu dele.

— Não, é sério — disse ele, parecendo completamente sincero. — É sério. Um cara teria sorte por ter uma mulher como você.

— A não ser que ele goste de um homem como Margo — concluiu ela, e de imediato se arrependeu da amargura.

Felizmente, Mike a entendia. Exatamente como ela pensara, o tempo todo, ele *entendia* Sandra.

Ele só não *queria* Sandra.

— Se eu não quisesse Margo, se não quisesse um homem como Margo, ia querer uma mulher como você — disse Mike de modo gentil, erguendo a mão para afagar o cabelo de Sandra. — É sério.

E, por algum motivo, as palavras dele a ajudou. Não, não compensavam toda a mágoa, mas a fizeram se sentir bem melhor. Talvez porque provassem o fato de que a rejeição de Mike não era por causa *dela*, era por causa *dele*, e provassem o fato de que ele queria algo que ela *jamais* poderia oferecer.

Sandra passou muito tempo com a auto-estima em baixa, mas era sensata o suficiente para ser realista. Se o Mike heterossexual a rejeitasse, haveria um milhão de respostas que ela poderia apontar como explicação.

Mas se o Mike Gay a rejeitava... Bom, só havia uma justificativa que ela podia apontar.

— Então, tudo bem. — Sandra bateu as palmas das mãos nas coxas num gesto de *vamos nessa* e disse: — Então Margo está namorando você e não Debbie. Tem mais alguma informação que eu deva saber?

Mike assentiu.

— Debbie voltou com Tiger — disse ele, muito sério.

E se ele não estivesse sendo tão sério, Sandra cederia ao impulso de rir. Em vez disso, cerrou os punhos e perguntou:

— Tiger?

Mike assentiu.

— A ex-namorada dela. Era sobre isso que eu queria falar. Elas voltaram.

Então... Debbie também não estava disponível.

Sandra era um fracasso *e tanto*.

— Tudo bem, me deixa entender isso direito — disse ela. — Quero entender tudo direito. Você não estava só tentando me juntar a uma mulher, mas também pretendia essencialmente dar um fim a essa relação imaginária esta noite, porque ela está namorando outra. — Ela não acreditava nisso. Já tivera guinadas ruins em sua vida; veio-lhe à mente a vez em que se apaixonou por um homem que se vestia como um taco mexicano e quebrou o pára-brisa de seu Fusca novinho em folha ao sair do estacionamento. Mas isso era *mesmo* um horror.

Ela estava sendo largada por uma mulher que nunca namorou e por um homem que queria namorar, a não ser pelo fato de que por acaso ele era gay.

Mike assentiu de um jeito lindo, humilde e definitivamente homossexual, concordando com ela.

— Receio que seja isso mesmo.

E até ele lhe dizer isso, ela nem acreditava muito bem. Como uma boba, ela continuava a ter esperanças de que seus instintos estivessem cem por cento equivocados.

— Ei — disse ele. — Vamos só tentar viver, amar, rir e transar de vez em quando. É a única maneira de levar essa vida.

Capítulo 22

— Então ele estava tentando te juntar a uma lésbica – disse Lorna, procurando entender a incrível história que Sandra acabara de contar.

— É. É isso mesmo. Será que não está na hora de enxaguar meu cabelo?

Helene olhou o relógio.

— Mais cinco minutos. Ainda acho que devia ter ido na Denise.

Sandra sacudiu a cabeça.

— Assim que percebi que eu parecia uma lésbica de cabelo verde, não podia passar nem mais um minuto que fosse em público. Além disso, já faz algumas semanas. Deve ser seguro. E, se não for, será que ter um corte à escovinha pode ser pior? Pelo menos não ia ficar verde. – Ela deu de ombros. – Meu Deus. Nem acredito nisso.

— Você *não fazia idéia* de que ele era gay? — perguntou Lorna.

— Bom, a julgar pelo passado, acho que havia alguns sinais bem óbvios. As sobrancelhas tiradas. A esfoliação. — Ela suspirou. — O fato de que ele viu *Orgulho e preconceito* comigo três vezes.

Lorna ergueu uma sobrancelha.

— Colin Firth, Matthew Macfadyen ou Laurence Olivier?

— Firth.

Lorna puxou o ar entre os dentes da frente.

— Isso é um sinal. Homens com bom gosto para outros homens são *sempre* um grande sinal.

— Anime-se — disse Joss. — Pelo menos você tem o Carl.

Sandra corou.

— Embora você tenha de se perguntar que tipo de cara *ele* é se quiser uma lésbica de cabelo verde.

— Mas você *não* é isso! — objetou Joss. — Daqui a dez minutos seu cabelo será castanho outonal de novo.

Houve um silêncio de expectativa na sala.

— Ah! E você não será lésbica — acrescentou Joss com uma risadinha.

— Sabe, Sandra — disse Helene, observando-a. — Você parece mesmo bem. Eu teria imaginado que você ficaria arrasada com isso. Quer dizer, quase todo mundo ficaria.

Sandra assentiu.

— Eu sei. Não sei o que há de errado comigo. É como se... Tudo bem, no começo eu levei um golpe duro. É uma decepção quando o homem dos seus sonhos não está interessado em você, mas se ele não está interessado em *nenhuma* mulher, isso diminui um pouco a ferroada.

— É verdade — disse Lorna. — Não pode perguntar a si mesma o que você teria feito porque, sem um pênis que cresça, não há nada a fazer.

— É mesmo. — Sandra assentiu com entusiasmo. — Esta é a única vez em que verdadeiramente sei que não é pessoal. Mas também, sei lá, eu mudei. Tanta coisa mudou em mim ultimamente e ficou melhor, que estou começando a acreditar que às vezes as coisas *dão* certo sozinhas.

— O que nos leva ao Carl — disse Lorna. — Quem é ele? Está escondendo isso da gente?

— Ela escondeu por completo da gente — disse Joss, animada. — Carl mora no andar de cima, é uma graça e é louco pela Sandra. Dá para ver isso nos olhos dele.

— Ele convidou você para sair? — perguntou Helene. Vendo as mudanças na vida de Sandra e sua confiança, Helene também acabava tendendo a acreditar no destino. Estava ansiosa para ouvir outras boas-novas.

— Ele a convidou para sair outro dia — disse Joss.

Sandra lançou-lhe um olhar bem-humorado.

— E será que eu posso falar?

— Desculpe. — Joss sorriu e acrescentou em voz mais baixa: — Mas ele é mesmo um gatinho.

— Então ele a convidou para sair e você vai, não é? — Lorna ergueu uma sobrancelha.

Sandra olhou para Joss querendo silenciá-la e depois disse:

— Ele me convidou para sair e eu recusei porque não queria que meu namorado gay ficasse com ciúme.

— Oooh. — Lorna estalou a língua nos dentes. — Bola fora.

— Acabou se tornando — concordou Sandra.

— Então diga a ele que se enganou — sugeriu Helene. — Diga a ele que andou pensando nele e que quer muito conhecê-lo melhor.

Sandra olhou para ela com admiração.

— Isso é bom. É bom mesmo.

— Faça isso! — insistiu Lorna. — Seu namorado gay que vá para o inferno.

— Amém. O que me lembra que tenho algo para mostrar a vocês todas. — Helene pegou a bolsa e começou a vasculhar dentro dela.

— Está parecendo a Mary Poppins — observou Sandra. — Vai tirar um abajur daí?

— Melhor. — Helene pegou uma foto de um homem de cabelos escuros. A estrutura óssea parecia entalhada em mármore, os olhos tinham o tom castanho-escuro dos italianos de mais sorte. Ele era lindo. Absolutamente lindo. — Este — disse ela triunfante — é Phillipe Carfagni.

Um arfar coletivo sugou o ar da sala.

Depois um despertador tocou.

— Hora de enxaguar — disse Lorna a Sandra, ainda olhando a foto.

— Tudo bem. — Sandra se levantou e apertou o roupão terracota no corpo enquanto passava por cima de Joss. — Da próxima vez em que me virem, eu estarei... como é mesmo?... com um castanho qualquer coisa. — Ela desapareceu nos fundos.

— Me deixa ver essa foto — disse Lorna, e Helene passou a ela. — Sabe o que temos de fazer, não é?

Helene assentiu.

- Colocá-lo diante do público. Já cuidei disso. Haverá um jantar imenso no Willard na semana que vem. Sempre atrai estrelas de cinema, o que atrai a imprensa, e estou tentando convencê-lo a vir à cidade para isso.

— Precisamos mandar releases para a imprensa, talvez bolar uma história legal... — interrompeu Lorna. Ela teve uma idéia. Uma ótima idéia. — Peraí um minutinho. Não há nada de que as pessoas mais gostem do que uma fofoca picante, não é?

Helene franziu a testa.

— Aonde quer chegar?

— Talvez a gente deva plantar uma nota no *City Paper*. Não é o *Post*, mas não é tão ruim.

Helene ficou lívida.

— Uma nota sobre o quê?

Por um momento, Lorna não conseguiu entender o que incomodava Helene; depois ela se lembrou.

— Ah, não é sobre *você* — ela a tranqüilizou. — Quero dizer que a gente podia contar alguma coisa sobre Phillipe. *Dizem que o lindo designer de sapatos virá à cidade para um grande evento...* Esse tipo de coisa. Temos que bolar alguma história melhor, mas nessa linha.

— Gostei — disse Joss.

— Mas como você vai conseguir que alguém escreva?

Lorna soltou uma gargalhada.

— Já leu aquela coluna? Às vezes ela recorre a *cachorros* de políticos. Literalmente. Eles ficariam felizes em ter uns petiscos de uma pessoa real e suculenta. — Ela só inventaria se fosse necessário.

— Então vamos fazer dele uma figura romântica — disse Helene.

Lorna gesticulou para a foto dele.

— O que mais ele *poderia* ser? Ele é um Romeu. E... — Ela se virou para Joss — ...é aí que você entra.

— Eu? — Joss pôs a mão no peito. — Quer que eu vá pegá-lo no aeroporto ou o quê?

— Na verdade, isso seria bom. — Helene riu. — Mas precisamos é que você seja a acompanhante dele no jantar.

— Ah, sem essa, *eu?*

Lorna e Helene trocaram olhares, e Lorna disse:

— Qual é o problema, Cinderela? Não quer sair com o Príncipe Encantado?

Joss olhou a foto do deus vivo.

— Não sei como eu poderia sair com um homem desses. Eu ia derreter. Simplesmente derreter. Ia virar gelatina nos meus sapatos baratos. — Ela sacudiu a cabeça. — De jeito nenhum.

— Você será perfeita — disse Helene, depois para Lorna: — Consegue ver isso?

Lorna assentiu com sagacidade.

— Os dois ficarão ótimos juntos. Os fotógrafos vão ficar loucos!

A cara de Joss ficou escarlate.

— *Fotógrafos!* Sabe com quem está lidando? Deixa eu te mostrar a foto de minha carteira de motorista.

— Não se incomode com isso, eles são pagos para fazer você ficar feia — disse Helene, pegando o celular. — Vou te marcar uma hora de emergência com Denise. Quanto mais cedo você se colocar na frente das pessoas como nossa porta-voz, melhor. Depois, quando Phillipe aparecer... — Ela estalou os dedos. — Mágica.

E *foi mesmo* mágico.

No minuto em que pôs os olhos em Phillipe Carfagni, Joss teve uma sensação que nunca sentira na vida.

Luxúria.

Ela estava parada do lado de fora do terminal principal do aeroporto Dulles, segurando uma placa com o nome dele e o desenho grande de um sapato – um toque que Lorna insistira em acrescentar –, procurando pela cara dele na multidão.

Quando ele apareceu, Joss viu que não havia motivo para procurar. Foi como olhar a Lua num céu estrelado. Ele era ainda mais bonito pessoalmente do que na fotografia, e a multidão se afastou em volta dele um pouco, talvez para poder ver melhor.

Quando os olhos dele caíram em Joss, ele sorriu e se aproximou dela com um riso leve e melodioso.

— O sapato – disse ele, o forte sotaque evidente até naquelas duas palavrinhas. – É bonito. Bom.

Ela também sorriu.

— Que bom.

— Você é... Jocelyn. Sim?

O modo como ele disse o nome dela provocou um formigamento em sua pele.

— Sim. Phillipe?

Ele sorriu. Deslumbrante. Estonteante. Ela ouviu música?

— Phillipe Carfagni. – Ele pegou a mão dela e a levou aos lábios, sustentando o olhar de Joss. Ele recuou um passo e a olhou de cima a baixo, parando, é claro, nos pés. – Você tem 38 pé?

O rosto de Joss ficou quente.

— Não? Não. Dois. — Ela mexeu os pés sem jeito e ergueu dois dedos. — Dois.

Ele sorriu de novo e passou a mão pelo cabelo escuro que se encrespava na altura da gola.

— Não, não, *cara mia... Misura*. — Ele levantou o pé e deu um tapinha nele.

Ela não entendeu.

— Misura?

— *Scarpa*. — Ele ergueu as mãos, como se estivesse lhe mostrando o tamanho do peixe que pegara. — *Numero*.

— Numero... Ah, o *tamanho*! — Ela tirou um dos sapatos e apontou para o 36 estampado na sola. — Tamanho. Trinta e seis. Não é 38. — Meu Deus, será que 38 seria muito *grande*? Evidentemente ele não achava que era o tamanho dela. Ele só estava fazendo uma brincadeira. Uma brincadeira estranha.

E daí? Ele era lindo.

Ele franziu o cenho, uma covinha desfigurando a testa antes perfeita, e deu de ombros.

— Não importa — disse Joss. — Os bons sapatos nunca cabem muito bem em mim.

— Não... cabem? — repetiu ele, sacudindo a cabeça.

Ela assentiu e fez o gesto do peixe, depois o fez maior.

— Grandes demais. — Ela se lembrou do espanhol da sétima série e tentou a sorte de que as línguas fossem parecidas. — *Grande*. — Ela fez uma careta e sacudiu a cabeça.

— *Grande*? — ele riu. — Não, *bella*. Meus sapatos... para você. — Ele beijou a ponta dos dedos. — *Perfezione*.

Isso ela entendeu.

E os contos de fadas estavam certos o tempo todo. Quando os sapatos cabem, você encontra o Príncipe Encantado.

Só que, no caso de Joss, ela teve de encontrar o Príncipe Encantado para conseguir sapatos que coubessem.

Na hora do almoço, quando Helene voltou à cidade, o dia já fora bem *longo*. Tantas emoções, tantas perguntas, tantos *negócios*... Ela estava exausta.

Então devia ter ido direto para casa e caído na cama, mas achou que era melhor parar no gabinete de Jim primeiro e lhe dizer exatamente o que estava acontecendo. Se ele soubesse o que ela estava planejando, nos negócios, e ela soubesse o que *ele* planejava, politicamente, talvez os dois ainda trabalhassem juntos e criassem uma fachada boa o bastante para enganar a todos por mais um tempinho.

Não era a primeira opção de Helene, mas agora tinha um filho a considerar, e talvez fosse melhor para a criança ter alguma impressão de lar mamãe–papai nos primeiros anos do que crescer numa casa só da mamãe.

Era o que Helene estava pensando antes de entrar no gabinete de Jim, de qualquer modo. *Fachada*. Isso bastava por enquanto.

Mas quando ela entrou no local de trabalho dele a recepção estava completamente vazia. Qualquer um podia ter entrado ali, colocado um punhado de antraz na mesa e ido embora.

Dadas as risadinhas de idiotas que vinham de trás da porta do gabinete executivo, Helene com sabedoria adivinhou que nem todo mundo tinha saído. E tinha uma boa noção de quem *não* tinha saído.

Ela esperava sentir raiva – qualquer uma teria sentido –, mas não foi assim. Ela se sentiu tremendamente calma. Isso respondia a todas as suas perguntas. Ela descartou por completo a idéia de criar uma vida de fachada com Jim.

O problema não era *só* que ele estivesse transando com a assessora, ou com Chiara, ou com quem mais ele topasse – o casamento estava falido, é claro, mas não era esse o motivo para ela não estar disposta a fingir.

Não, era a completa e total falta de respeito dele ao ser tão indiscreto que a empurrava do precipício.

Ela entrou num rompante no gabinete dele – destrancado, é claro – e o encontrou, com as calças pelos tornozelos, curvando-se para uma mulher que parecia ter uns 18 anos em cima da mesa dele.

Jim ficou tão chocado ao vê-la que Helene teve de rir.

– Calculo que não estava me esperando – observou Helene.
– *Merda!* Helene, que diabos está fazendo aqui?

Como se fosse culpa dela.

– O motivo para eu vir não importa mais – disse ela com calma. – Isso muda a situação.

Ele se atrapalhou para puxar as calças.

– Ah, não se incomode com isso – disse Helene. – Não vou demorar muito. Mas, pelo que me lembro, nem *isso* demora. – Ela olhou a garota, que nunca vira. Devia ser uma estagiária nova. – Desculpe, querida, mas poderia se cobrir e sair por um momento enquanto converso com meu marido?

A garota assentiu de modo frenético e procurou pelas roupas. Nem tentou se vestir, somente as pegou e correu para fora da sala.

Helene voltou a atenção para um Jim decididamente murcho.

– Eu quero o divórcio.
– *O quê?* – Ele a olhou boquiaberto.

— Mas não deve ser surpresa para você!
— Sabe o que isso pode me fazer politicamente?
Ela estalou a língua nos dentes.
— Ora, ora, querido, não se preocupe, vai aprender a amar de novo.
— Isso vai me arruinar.
— Ah, não vai, não — disse ela. — O que você e seus colegas precisam aprender é que o povo entende situações humanas normais, como o divórcio e talvez até a infidelidade. É a *mentira* que nós odiamos.
— Você sabia que havia outras.
Ela ergueu as sobrancelhas.
— Eu sabia?
— Não fode comigo.
Ela riu.
— Parece que sou a única que está prestes a *não* fazer isso. Agora, o acordo é o seguinte. Quero o divórcio e quero a casa liberada. Também quero um acordo líquido de 2 milhões, então você terá que pagar os impostos antes de me entregar o dinheiro.
Ele olhou para ela com franca hostilidade.
— Sua vaca.
Ela semicerrou os olhos.
— Ah, você ainda não viu *nada*. Experimente me ferrar e verá isto público, e aí é que não vai ter futuro algum.
Ele retorceu os lábios num sorriso presunçoso.
— Você acabou de dizer que o povo perdoaria a infidelidade.
— Eu não quis dizer um futuro político. Quis dizer um futuro literal... Graças àquele detetive que contratou para me seguir, eu tenho umas fotos excelentes de você e Chiara Mornini. Na cama de seda vermelha dela. Se lembra disso, não é?

Jim parecia completamente sem sangue.

— Não acho que Anthony receberia a novidade tão bem quanto eu. — Helene se levantou. — Então, espero que concorde com meus termos.

Ele fechou a carranca para ela.

— E eu espero que você seja discreta.

Ela assentiu, como se eles tivessem acabado de combinar um jantar.

— Não tenha dúvida. Para sorte sua, posso ser *muito* mais discreta do que você. — Ela se virou para ir embora e atirou por sobre o ombro: — Me informe onde ficará, assim meu advogado poderá entrar em contato com você.

Ela não ouviu a resposta dele. Não ligava mais. Tinha um trunfo nas mãos e sabia disso.

Ela estava saindo de cabeça erguida.

E ia direito para a Ormond's, comprar aqueles Bruno Magli.

Epílogo

Um ano depois

— Consegui! — gritou Lorna, correndo pela sede recém-ampliada da SAA, Inc. Erguia um exemplar de *Women in Business*, uma publicação nacional mensal sobre mulheres bem-sucedidas que fizera os perfis de Lorna, Helene, Sandra e Joss alguns meses antes para essa edição de outubro.

Sandra e Helene correram, Helene segurando no colo Hope Sutton Zaharis, de 6 meses, apesar do terninho Armani de 2 mil dólares.

— Que título eles deram? — perguntou Helene, passando o bebê para o outro braço a fim de se aproximar e olhar por sobre o ombro de Lorna.

Lorna folheou as páginas.

— "Distribuidor Exclusivo." — Ela assentiu, aprovando. — Elegante. Preciso.

— Onde está a Joss? — perguntou Helene. — Ela devia ouvir isso.
— Com Phillipe, é claro. — Sandra riu. — Onde *mais* estaria?
Joss e Phillipe passavam muito tempo juntos e, como conseqüência, Joss não só brilhava de paixão como seu gosto para sapatos tinha melhorado *enormemente*. Phillipe chegou a batizar sua mais recente criação, um lindo escarpin de cetim com salto agulha e dedos expostos, de Jocelyn.
— Eles deviam se casar — disse Lorna, passando os olhos no artigo. — Seria ótima publicidade. Ah! Ah! Olha só isso... "*Recorde de vendas* na Nordstrom, na Macy's, na Bergdorf Goodman, na Saks etc. etc. etc." Lá vamos nós. "Com o olhar criativo de Helene Zaharis, ex-mulher de senador, e o senso de consumo da ex-perdulária Lorna Rafferty, o grupo tomou a dianteira no coração e na mente de viciadas em sapatos de toda parte." Estou louca para mostrar a Holden o que a *BusinessWeek* acha de meus antigos gastos como um ativo para a empresa.
— E eu? — brincou Sandra. — Só porque não durmo com poderosos nem sobrecarrego meus cartões de crédito não mereço uma menção?
— Não se preocupe, aqui está você: "Nascida em Potomac, Sandra Vanderslice tem o mérito de ser a bússola moral do grupo, mantendo a empresa ecologicamente consciente e implementando iniciativas de comércio justo." O que acham disso? — Lorna mexeu as sobrancelhas. — Você é nossa bússola moral!
— Muitos de meus ex-clientes concordariam com isso.
Lorna riu e leu.
— "Jocelyn Bowen, armada apenas de um diploma em administração de empresas da Faculdade Comunitária Felling-Garver (VA), montou um plano de negócios tão empolgante para os investidores que a IPO foi completamente encerrada uma hora

depois da abertura." Isso foi incrível – comentou Lorna, depois leu: – "Agora ela é o *amore* sólido do astro do design Phillipe Carfagni, e ele a chama de sua musa para a coleção de primavera." Ai. Isso não é uma graça?
– Ela também merece – disse Sandra, sem a menor inveja.
– Pelo menos uma de nós conseguiu o conto de fadas sem ter de beijar todos os sapos primeiro.
– E ela conseguiu os sapatos também – disse Lorna, pensativa. – Todos os lindos Carfagni perfeitamente ajustados de pode querer.
– E você também – disse Helene, cutucando Lorna. – É uma das grandes vantagens de ser dona desta empresa.
– Tem razão. – Lorna riu. – Sapatos de graça a vida toda. Acho que é um conto de fadas que se realizou para todas nós. Parece que os vícios podem ou nos matar, ou nos enriquecer.
– Prefiro ficar rica – disse Helene.
– Apoiado, apoiado – concordou Sandra.
E elas ficaram mesmo.

Este livro foi composto na tipologia
EideticNeoRegular, em corpo 11/15,5, e impresso
em papel off-white 80g/m² no Sistema Cameron
da Divisão Gráfica da Distribuidora Record.